THE TRAVELLING VET

FROM PETS TO PANDAS
MY LIFE IN ANIMALS

JONATHAN
CRANSTON

我的动物朋友

环球动物大拯救
一名兽医的诊疗记录

〔英〕乔纳森·克兰斯顿 著

刘海静 译

人民文学出版社

著作权合同登记号 图字 01-2020-1562

The Travelling Vet: From Pets to Pandas, My Life in Animals
© Jonathan Cranston, 2018
This edition arranged with Furniss Lawton
through Andrew Nurnberg Associates International Limited
Simplified Chinese translation copyright © (2022) by Shanghai 99 Readers' Culture Co. Ltd.
ALL RIGHTS RESERVED

图书在版编目(CIP)数据

环球动物大拯救：一名兽医的诊疗记录 /（英）乔纳森·克兰斯顿著；刘海静译. -- 北京：人民文学出版社，2022
（我的动物朋友）
ISBN 978-7-02-017510-9

Ⅰ．①环… Ⅱ．①乔… ②刘… Ⅲ．①纪实文学－英国－现代 Ⅳ．① I561.55

中国版本图书馆CIP数据核字（2022）第177727号

| 责任编辑 | 卜艳冰　汤　淼 |
| 装帧设计 | 钱　珺 |

出版发行	人民文学出版社
社　　址	北京市朝内大街166号
邮政编码	100705
印　　刷	上海盛通时代印刷有限公司
经　　销	全国新华书店等
字　　数	267千字
开　　本	700毫米×1000毫米　1/16
印　　张	19　插页 8
版　　次	2022年10月北京第1版
印　　次	2022年10月第1次印刷
书　　号	978-7-02-017510-9
定　　价	79.00元

如有印装质量问题，请与本社图书销售中心调换。电话：010-65233595

致麦克斯

我最真挚的朋友、同伴和老师

卷首语

"动物界",这一术语涵盖了我们居住的这个星球上种类纷繁、数量浩瀚的动物。据估计,单个物种的数量在两百万至五千万之间。对许多人来说,他们所知的"动物"就是与他们同处一个世界,但只是偶尔出现一下的家伙们——浴室里的蜘蛛啦,庭院里的鸟儿啦,车库里的老鼠啦,市场里捣乱的猴子啦。然而对我来说,动物始终是我生命里无法割舍的一部分。我记得自己六岁那年就已经有长大后当兽医的意识,在父母为我拍下的照片里,从我会走路起,我不是怀里抱着几只动物,就是跟它们在一起玩。

时光向前快进三十年。如今,我已经是一个拥有十一年资历的注册兽医师了。我对动物的热爱依然有增无减。每年一度的非洲之行以及我有幸治疗过的种类庞杂的动物拓展了我的眼界,让我更加深刻地体会到了动物世界的壮阔。小鸡、小羊和狗狗的做伴曾让三岁的我十分快乐。如今,三十六岁的我打交道的对象却变成了大熊猫、长颈鹿、豹子和河马。但动物在我心中唤起的惊奇之情却与当年毫无二致。正如瘾君子永远只想着再过把瘾,冲浪者永远渴望着下一个浪头一样,我的瘾就是各种各样的动物。我非常喜欢为以前没见过的动物提供治疗。在自然环境中与动物相处的新鲜体验、了解各种动物的习性、为它们的繁衍生息尽一份力,对我而言永远是种享受。

当年那个六岁的小男孩梦想着成为兽医。这一梦想现在化为一种激情,鼓舞着我环游世界,亲眼见识与我们同处地球的辽阔种群。无论是从史前时期就已存在的尼罗鳄，还是可爱的蜜袋鼯，又或者是神秘的雪豹，我遇到的物种越多，胸中的激情就越是勃发。

作为一名英国乡村兽医，我的激情与快乐并没有因这种兴趣上的转变而减少。入行十一年，这份工作对我来说一如既往的迷人而刺激。每一天对我都是独一无二的，过去如此，将来也如此。当我早上开始工作时，我永远不知道当天会发生什么，也不知道我会接诊哪种动物、遇上什么状况：狗、牛、兔子、马、小鸡、猪、羊驼或乌龟；死亡、生命、悲剧、胜利、欢跃、沉重；循规蹈矩或另辟蹊径——总之，兽医绝对是个不同寻常的职业。每天我的情绪都像在坐过山车。当你以为自己解决了一个问题时，立刻会有别的问题跳出来提醒你：要学的还有很多！

人们常常误以为兽医只需要跟动物打交道。事实上，作为一名兽医，与人打交道的重要性不亚于与动物打交道。哪怕是技术一流的兽医，如果不善于与人打交道，肯定也无法赢得与医术相称的名声。只有当一名兽医真正理解了与人沟通的重要意义，愿意积极主动与人沟通时，他才能真正体会到人与动物相处的美好与依赖。人与动物之间的关系就和人与人之间的关系一样独特非凡。因纽特人靠雪橇犬运送物品；尼泊尔农民用耕牛犁地；蒙古人训练猎鹰捕猎；庄稼汉叫得出自己每头牲口的名字；动物饲养员每天为自己管理的动物投食和提供照料；丧偶的寡妇与狗狗相依为命；还有，头一次养宠物的孩童……不论遇到哪种情形，兽医都需要理解动物与人的关系并善加应对，分享或分担这些关系中的欢乐和痛苦；视不同情况采取不同的策略：或婉言纠正，或给予鼓励，或坚定强势，或谦卑恭顺。

对我来说，对人与动物关系的认识给我的工作带来了很多额外的乐趣。我见过令人发指的虐待动物的行为，但更多的是看到人性优美的一面。我遇到过很多对动物充满关爱的人，也亲自为很多动物提供过治疗。对此我深感荣幸。

我希望通过这本书表达我对兽医工作的热爱；这本书讲述了很多真实的故事。它们有的发人深省，有的滑稽可笑。我也希望读者通过这些故事，能一窥兽医师们古怪而精彩的职业生活。为保护当事者的隐私，书中的某些人名和地点做了更改。书中涉及的动物有的是宠物，有的是家畜，有的生活在动物园，有的生长在自然环境里；我会在本书中分享一些与这些神奇的动物有关的小知识，同时也会指出许多动物面临的生存困境。这本书中出现的个人经历和动物没什么固定顺序，书里的动物主角们既不是按名字拼写排的先后，也不是按地理分布来出场的。生命——一切生命——之所以如此美丽，就在于它们的缤纷多姿。具体到我个人的生命，我觉得它令人着迷的一点就在于，你永远不知道未来会发生什么，也不知道下一个走进诊室的会是谁。

那么，亲爱的读者，请走进我的接诊室吧，你也可以把这本书当成是你自己的动物候诊单。本书的每一章都会为你介绍一个不同的动物病号，这些动物各有各的问题，而且每个问题都是独一无二的。

乔纳森·克兰斯顿
写于 2018 年 3 月

目　录

1
楔子

5
犰狳

21
长颈鹿

39
天鹅

51
雪豹

65
山羊

85
大象

109
鸡

119
鬃狼

137
荷斯坦牛

151
犀牛

167
毛驴

185
大熊猫

197
猪

209
鬣蜥

219
鳄鱼

233
袋鼠

245
斑马

267
蜜袋鼯

277
牛羚

293
致谢

楔　子

一个国家对待动物的态度体现了这个国家的文明程度。

——甘地

世界上为恐龙缝合过伤口的兽医师大概找不出几个。学校里的就业指导老师也不会把这种雄心壮志太当回事。我的指导老师甚至建议我不要报兽医学院。他觉得兽医专业竞争太激烈，我可能会跟不上。在申请兽医学院被拒十三次之后，我觉得他的话也许不无道理。但一个男孩六岁时许下的梦想可没那么容易被打败。如今，在获得兽医资格十一年后，我不仅是一名兽医，还把这个职业能体验到的东西都体验了一遍。我的足迹遍布四大洲，治疗过地球上辨识度最高的动物。不仅如此，我还为一部投巨资拍摄的好莱坞大片当过兽医顾问。如今回想起来，我自己都觉得不可思议。

"我的朋友，生活的方式有无数种。"

我望着车窗外，脑中回想着比尔的这句话。那是11月的一个早晨，空气温暖潮湿。尽管已是隆冬时分，但感觉更像是秋天。比尔是我们家的一位熟人。我们开着车，兜兜转转地穿过布雷肯山美丽的村庄和山谷。低垂的雾霭让周围的一切显得如梦似幻。我想象着我们经过的一扇扇门户背后，人们在过着怎样的生活。在这片美丽的田地上劳作的农民、小店店主、邮递员、巴士司机，他们都有各自的生活。

他们的生活中也都有各种各样的机遇、故事、伤心、惊喜。生命中的种种机缘加起来，造就了他们在2017年11月这个潮乎乎的早晨的生活。

生活对我来说，可能完全是另外一番模样。我从六岁起，就梦想着成为一名兽医。我的意思是，我真心实意地想当兽医。无论过去还是现在，什么都无法让我改变这一志向。或许我更年幼的时候就已经流露出这一迹象了。在我幼年时的照片中，刚学会走路的我怀里抱着小鸡或小羊羔，要么就是在睡梦中依偎着爷爷奶奶的金毛猎犬。可以这么说，我生来就是要干兽医这行，也从未动摇过。但2000年8月13日，我却在为读布里斯班大学的病理与微生物系做准备。在这之前，我已经申请过英国的所有兽医学院。每个学院都拒绝过我至少两次——好吧，都柏林大学学院倒是只拒过一次。前一年，利物浦大学动物学系给我发来了入学邀请，但我拒绝了。我被迫放空了整整一年。但我心里还抱着希望，觉得总能找到个地方读我喜欢的兽医专业。如果当时我选择了一条完全不同的道路，2017年的我现在又会在哪里呢？也许我会在别的城市，拥有不同的朋友，做着不同的事业——我在心里想象着无数种可能，即便我后来确实如愿以偿当上了兽医——我的生活也可能会与现在截然不同。

我不由得回忆起我十八岁生日派对的那个夜晚。派对已经接近尾声，我和三五个好友聚在家里客厅的茶几旁。音乐渐停，灯光亮起。我喝着余下的啤酒。我们周围是空酒瓶、半空的酒杯、沾满红酒酒污的桌布、没吃完的小吃盘、装着薯片和点心的碗碟。我的父母忙忙碌碌地收拾着，我和朋友们依然兴致勃勃地聊着天。我们准备迎接即将到来的人生转折，大家都沉浸在一种飘飘然的氛围中，畅想着各自的希望、志愿和梦想。十年后，我们会在哪里？对我来说，答案显而易见。当晨曦开始穿透春日清晨浓重潮湿的雾气，我会出现在早晨六点钟的田野里。田野上停着我的绿色路虎卫士，后车门敞开着，两条狗在田地上撒着欢儿。不远处卧着一头牛，我就趴在一头牛屁股后头帮它接生。一位农场主站在边上为我加油鼓劲。当时我梦寐以求的只是成为一名正式的全科乡村兽医。

楔　子

十年之后，我已经二十八岁。一切都跟我当初梦想的一模一样——不同的是，我的车是一辆"五十铃骑兵"，而不是路虎。我养的狗也只有一只，而不是两只。它叫麦克斯。那时我已经从兽医学院毕业。我的第一份工作是在北德文郡乡下行医，这正是我的梦想职业。时间再向前快进七年：我已走遍世界四大洲，为超过一百种动物提供过治疗——从常见的猫、狗、牛、马、猪、山羊到更珍奇的雪豹、大象、河马和大熊猫（这还只是其中一部分）。我还曾经是电影《侏罗纪世界2：迷失王国》的官方兽医顾问。这部电影是卖座巨片《侏罗纪公园》系列的第五部。没有几个孩子会对自己的就业指导老师说："我想成为《侏罗纪公园》的兽医顾问。"但人生往往如此，各种事都能遇到；你会遇到意想不到的机会，你会做出不同的选择。

我睿智的老朋友比尔说得一点儿没错，无论作为地球上七十二亿人口中的一员，还是作为英国两万名兽医中的一员，生活的方式都有无数种。入行之初，我对兽医这行难免有过多的浪漫幻想；如今以执业兽医身份工作十年后，我早已不再那么天真。在申请兽医学院时我奋力拼搏，挤过独木桥，好不容易才为自己争到一个学习机会；而兽医专业的学习又是那么压力重重、冗长无期。终于，我获得了兽医资质。接下来却又不得不远远地离开自己熟悉的环境，开始从事一份漫长而孤独的工作。这份工作紧张且严酷，很容易让人身心俱疲。尽管MRCVS（英国皇家兽医学院会员）这几个缩写字母让我很自豪，但一想到我选择的职业属于自杀率最高的行业之一，还是难免有种想哭的冲动。兽医也不像大众所认为的那样待遇丰厚，正相反，考虑到兽医的工作时长，我们的收入往往连平均工资都够不到。我身上满是伤痕，包括咬伤、踢伤、抓伤、刺伤、划伤、踩伤、挤伤、踏伤、撞伤，以及受伤后做手术留下的缝合伤。我曾被各种你能想象到的动物体液淋到过：血液、脓水、尿液、腹泻喷射物、羊水、胃液、肛门腺分泌物、溃烂的组织，等等。我曾经不小心掉进过饲料坑里，把车开进沟里，跌进水塘里，还曾因为感染牛结核病住院。

那么，如果一切可以重来，我会重新选择吗？我会不会回到过去，告诉六岁的自己，当兽医一点儿都不划算，不如干点儿别的？那个 11 月的早晨，我望着窗外，心里回想着自己这十年来所做的事、所遇到的同事和客户、所接触和治疗过的动物、所收获的经验、所到过的地方。我知道，即便能回到过去，我也会毫不犹豫地说，"不会"。

事实上，这么一想倒是提醒了我：作为一名兽医师，我才刚刚上道而已。

ARMADILLO

1

犰狳

犰狳是种很有爱的宠物,如果你需要那么多的爱的话。

——威尔·卡皮

动物世界广大辽阔又奇妙无比。我想，看到自然纪录片中种类纷繁的动物时，没有谁的心里不会充满深深的敬畏与惊叹之情。这些物种都与我们共居一个星球。

人们往往理所当然地觉得，无论诊疗台上或栅栏里是什么动物，我都认识并能治好，谁让我是一名兽医呢。因此，当我老老实实承认我对某种动物所知不多时——比方说吧，我不知道大冠蝾螈（拉丁学名：Triturus cristatus）的常见症有哪些——人们往往感到惊讶、失望。虽然如此，我还是很喜欢人们对我们的假设，也会尽力去符合大众的期待。但遗憾的是，虽然修完了五年兽医课程，但对某些物种我依然不够了解，比如鬃狼、大熊猫、雪豹和河豚。

那么兽医学位的课程是如何设置的？这么说吧，我们在兽医学院会深入研究六个主要物种：马、牛、猪、绵羊、狗和猫——它们都是哺乳动物。我们也会有几周的时间专门学习那些"小型覆毛动物"（兔子、仓鼠、豚鼠等）；此外还有十几天的时间分配给爬行动物和鸟类；或许还有点儿零碎时间用来研究两栖动物和鱼类。也就是说，我们的学习时间是远远不够的，特别是如果你很喜欢某个物种，而它在整个兽医课程中所占的分量又不大的话。但我们不妨来就这个问题算一算。保守估计，地球上有八百七十万种动物。平均算来，在一个典型的兽医课程中，我们只有十八秒来学习与某个物种相关的解剖学、生理学、物种行为、临床药理学、药物学、外科手术学、牙科学、内分泌学、肿瘤学和生殖学知识。如此一来，我们整整五年就得全天候无休无止地学习。这还不包括兽医学习中最重要的一部分，也就是人际关系中所谓的3C：关怀（care）、同情（compassion）与咨询（counselling）。因此，兽医学院的课程难免有所遗漏。

对我的某些同行来说，获得英国皇家兽医学院会员资格只是第一步。他们还将耗费一生的时间来研究不为大众熟知的物种。这类人未来将成为我们需要向其讨教的"上师"，而不走这条路的人会成为现场作业的兽医。全科兽医需要学习一些技巧以弥补知识的不足。首先是"物种比较"原则。举例来说，多数情况下都可以把兔子当成缩小版的马来治疗：它们都是后肠发酵动物，且都有高冠齿，也就是说，它们的牙齿会不断生长。羊驼和美洲鸵与牛羊一样都是反刍动物，而雪貂与狗有很多共同特征。其次是运用发散思维。假如有一条狗狗因腹泻而在主人的起居室留下一连串"印记"，我为它治疗时，就会考虑一系列问题。是什么原因导致它腹泻？腹泻与哪些器官相关？需要为它提供哪些当下和长期治疗？它是否脱水？需要检查它的体液水平吗？是否存在感染？要不要使用抗生素？需要为它驱虫吗？它的症状是否只是因为吃了太多周末的剩饭剩菜？如果我能以这种方式治疗狗狗，那么为什么不能以同样的方式去治疗海猫、驯鹿或沙袋鼠呢？就算一切都行不通的时候，还有谷歌呢……

  是的，我承认在我十年的职业生涯里，为了解决遇到的问题，我查过一两百次，甚至是数百次谷歌。我也记得我头一次靠谷歌来解决疑难杂症的情形。那时候我刚获得兽医师资格才几个月。我的老板让我到一位客户家里去为客户饲养的绿树蟒打针，其中几条绿树蟒因支原体引发的呼吸道感染而出现不适。鉴于绿树蟒价值不菲，西蒙建议我为所有这些树蟒都进行治疗。那时的我可谓是初生牛犊不怕虎，什么都想见识一下。何况，这是我老板的要求，我不大可能拒绝。唯一的问题是，在这之前我甚至都没有听说过有绿树蟒这种东西，更谈不上对它们有任何了解。把客户的十条绿树蟒全都治疗一遍需要超过一个小时的时间。作为一个入行不久的"菜鸟"，我在这段时间里不仅需要赢得客户的信任和尊重，还要回答他一连串的问题。我当然不想让自己看起来像个门外汉。我知道进攻就是最好的防御，因此我觉得如果我能够一开始就秀几条跟绿树蟒相关的知识，说不定能让他对我放心。这样一来，本来充满挑战的出诊将变成一次轻松有趣的经历。于是我打开了谷歌。我了解到绿树蟒（拉丁学名：Morelia viridis）生活在新几内亚、印尼群岛、约克角半岛及其邻近区域的热带雨林中，它们需要温暖湿润的环境。正如其名字所示，绿树蟒主要生活在树上，以小型啮齿类动物和爬行动物为食。饲养绿树蟒需要专门的知识。但如果环境适宜的话，它们就能茁壮成长。了解到这些知识后，我心里多出几分自

8

信，便动身去拜访客户。

　　见到客户后，他看上去对我很不放心。他认真地查看了我的证明文件，以确认我的确具备为爬行及两栖类动物治疗的资质。我满面笑容地做了自我介绍，以掩饰内心的紧张。看来，要赢得他的信任可不是那么容易。但对此我一点儿也不奇怪：他饲养的这些动物价值数千英镑，这可是一大笔钱。他对自己爱好毫不含糊。他领着我穿过屋子，走进庭院里一个专门设置的爬行动物饲育屋。这个饲育屋的专业程度令我惊叹。一走进去，湿热之气扑面而来，我觉得仿佛进入了亚马孙丛林。十几个生态缸沿着三面墙呈 U 字形排列，里面铺满绿色的枝叶。主人的绿树蟒就隐藏在这些枝叶中。每个玻璃生态箱旁边都装着一个数码监测屏，上面显示着生态箱的温度和湿度。我以前只在动物园的饲育屋见过这么专业的配置。不用说，在养树蟒这件事儿上，这位客户绝对是认真的。我觉得有点儿忐忑，但还是努力保持镇定。毕竟，我要做的也只不过是为这些绿树蟒打个针而已，以前又不是没干过。但这是个肚里有货的客户，我能从他那儿学到很多东西。我必须表现好点儿才行。我得以自己的专业素养让他放心。这样他才能放轻松，跟我聊聊他的爱好。要是他一直满怀戒心地盯着我为他的"蟒宝宝"们提供治疗，可就不大好。我知道我给他留下好印象的机会并不多，而现在就是一个机会。

　　"一进来我就觉得这里很潮湿，"我说道，"就跟在新几内亚或印尼的雨林里一样。"好吧，这样的开场白也许算不上最动听，但好歹也是开了个头，我还得继续说下去。

　　"它们挺难养的，你得复制它们生活的自然丛林环境。但我必须说，这是我见过的最专业的饲育装置。"这句赞美发挥了作用，我能感觉到他逐渐放松下来。但要让他彻底解除戒心，我还得再来一下子。我凑到一个生态箱边上朝里面瞧。树叶的保护效果实在太好了，我一下子竟没看到里面的绿树蟒。它缠着一根树枝盘成三圈，头放在身子中间，亮闪闪的石灰绿皮肤，通身布满白色斑点。我在谷歌上看过它们的图片，但亲眼见到，还是震撼于它们的美丽。

我说:"它们缠在树枝上的样子真是别致,我喜欢……它们真的太漂亮了!"

这句话总算打开了他的心防,就好像我掌握了某个俱乐部的接头暗号,并成功地混入其中!我为这些绿树蟒打针的时候,他兴致勃勃地向我介绍每条绿树蟒的个性。我的工作很快就完成了。但主人还有很多关于蛇类动物的知识想分享,刚好又有我这么个热心听众,于是他邀请我一块儿喝杯茶。他讲得太有意思了,再加上一切进展顺利,我心里也放松下来,就愉快地接受了邀请。整整一个小时后我才离开。他亲切地同我道别,就仿佛我们是一对熟悉的老友。我独自沿着汽车道走向我的汽车时,不禁开心地笑了起来。那次之后,每次他打电话到我们的诊所来,都点名要那位"专攻爬虫及两栖动物的兽医"出诊。

谷歌这次帮了我的忙,但这是因为我刚好有半小时的午休时间,可以不慌不忙地查资料和做准备。但下一次我通过谷歌救急时,就没那么幸运了。

常有人问我在接诊室见过的最古怪的动物是什么。候选者可不只一位——排在前十名的可能会有古巴树蛙、蜜袋鼯和臭鼬——但我永远记得一种动物,它的名字叫作犰狳。

那是3月一个普普通通的星期五。早上六点,我已经开始了当天工作:我正在埃克斯穆尔中部的某个农场查看为六十头牛所做的结核菌素测试结果。

那天早上很冷。我们干活的地方是一个破旧的小农场,周围几英里[①]都空无人烟。单一比较颈部皮内结核菌素实验(SICCT)是检测牛结核病的标准手段。这一方法可追溯到一百年前。具体来说,先要在动物颈部皮下注射结核菌,然后在七十二小时后检查注射部位:如果出现肿胀现象,则说明动物可能有结核病。这是我的回访。我明白,整个测试的第二步并非易事。在埃克斯穆尔地区做牛结核测试从来都不容易。这群牛才一岁大,什么品种都有。它们还是幼崽时就被从市场上买来,从它们走下卡车的那天起,几乎就没有再跟人类

---

① 1英里约合1.6公里。

打过交道。所有这些牛都是杂交品种,其中多数都是弗里斯安-赫里福德母牛和肉用公牛(例如夏洛来牛、阿伯丁安格斯牛、比利时蓝牛、西门塔尔牛或利木赞牛)杂交的后代。利木赞杂交牛总是令人头疼。这种牛性子很野,又很容易受惊。牛群里只需要有一头这样的牛,其他的牛就别想安生。鉴于我过去曾很多次在田野、沼泽和荒原上追着牛群狂奔,我很清楚,带头的总是利木赞杂交牛。虽然此前周二的出诊很顺利,但这次回访时,牛群对我的戒心很高——不仅仅百般不愿被关进金属笼子,对人类也很抵触。

我们打开牛舍的门,把牛群放进果园。领头的公牛一冲出来,今天的情况已不言自明。它昂着头,眼神充满警惕,一边狂奔,鼻子一边呼呼喷着气。它本来性子就野,现在更是怒气冲冲。我顿时就明白了:这项本来可以在半小时内完成的工作,将会耗费我几个小时,而且我还得驾驶路虎和四轮摩托车在沼地上追赶牛群。

果然,那头牛立即带头冲了出去,它在果园里又蹦又跳、转来转去,在大门、围墙或篱笆上寻找容易突破的地方。不一会儿,它果然发现了一处薄弱点:那扇只有四英尺①高的果园大门。大门之外就是田野,更远处则是一片沼泽地。它想从大门上方跳过去,但没成功,后半截身子撞到了大门上,把大门撞得朝外突起。那扇门的门框早已锈蚀。这么大力冲撞之下,门轴一下就断开了。那头牛拖着门扇在田地里狂奔了十英里之后,才终于挣脱枷锁,奔向自由。没有了大门阻挡,田野和自由显得如此诱人。其他的牛立刻跟着同伴冲了出去,只留下我们四个人站在果园里,眼睁睁地看着牛群消失在远处,它们身后的田地被踩得稀烂。

整整三个小时后,我总算干完了活,离开了农场。但下一个出诊却被耽搁了。

当天接下来的出诊平淡无奇:为一头患肺炎的小牛提供治疗,阉割了几头小牛,看了一匹足部脓肿的瘸腿马,为一只产仔的羊羔做了剖腹产。我还是兽

---

① 1 英尺 =30.48 厘米。

医学院的学生时，就一直很喜欢帮助羊羔产仔。把两只小羊羔带到这个世界上，看着它们慢慢站起来，一边吸着母亲的奶水，一边欢快地摇着尾巴——这是多么美好的景象啊。然而遗憾的是，从经济成本上来看，请人为羊羔接生并不划算。因此很少有农场专门请兽医干这种活，但这只母羊品种很好，农场主对它很上心，于是请我去为它做剖腹产手术。诞生了两只健康的羊羔。这证明他的决定是正确的。大型动物的出诊结束后，我立刻马不停蹄地跑回诊所。从下午四点开始，我要为小型动物提供治疗。那天我一整天都忙个不停，开车出诊期间匆匆吃了几口三明治，只有十几分钟时间在农场的车道上遛遛我的狗麦克斯。麦克斯一脸嫌弃的表情。我答应它下了班之后带它去海滩上散步，好不容易才把它哄回车里。

再次回到诊所，已经是下午三点四十五分了。这个时间已经很晚，我匆匆清理了一下自己，灌了一杯茶，穿上我的白大褂，走向接诊室。我看了一下当天的预约清单，在脑子里过了一遍是否有需要特别注意的病例，以便提前做好心理准备。从下午四点到六点半，我的预约都排满了。每个病例的接诊时间为十分钟，也就是说，我总共有十五个动物病号。乍看上去，都是些常规病例：需要注射几次疫苗，一只瘸腿的狗狗，几个呕吐/腹泻的病患，一只皮肤过敏的猫。随后我又仔细阅读了一遍那张预约单，想看看里面有没有我之前接待过的客户或动物。下午五点十分的预约引起了我的注意。电脑记录显示，客户是"史密斯先生"，而动物病号叫作"犰狳"。

我以前也遇到过一些听起来很奇怪的动物名字。事实上，在兽医学校最后一年的轮值实习期，我们经常玩一个游戏，就是根据饲主给自己的动物所取的名字来判断动物的品种。比方说，"查理"会是一只黑色的拉布拉多犬，要安排给骨科。"洛奇"是一只拳师犬，需要由心脏病专家接诊。"蒂尼"显然是一只腊肠犬，得交给神经科。而"犰狳"这个名字却是我此前从未听过的。我在电脑上点开客户信息表，想了解更多信息。这究竟是一只猫还是一只狗呢？我在心里猜测着。从客户信息上看，我们之前并未接待过这位客户和他的动物。

预约信息只提到"史密斯先生将前来为犰狳植入一块微芯片"。

  当天下午，前一半预约进行得很顺利。下午五点钟的预约结束时，我不由自主地注意到一位客户。他双手捧着一个蓝色的猫箱，坐在角落的座位上，刚好正对着我的视线。他大概五十多岁，满头白发，胡须略显蓬乱。他弓着背，身子俯在猫箱上，看上去十分小心谨慎。我在接诊室里见识过人们形形色色的表现——有的轻轻松松、有的紧张兮兮、有的不情不愿、有的充满戒心——但是这位先生有点儿不一样，但究竟哪里不一样，我也说不准。

  终于到下午五点十分了，我看了看电脑上的预约信息——为了提醒自己，我事先以高亮字体突出显示了"犰狳史密斯"这几个字。不用说，史密斯先生正是坐在角落里的那位绅士。他捧着手里的猫箱站起身来，那个箱子似乎非常重，这让我有点儿吃惊。按常理来说，猫箱里装的应该是一只猫。如果客户要为它装微芯片，那么它很可能是一只重量还不到一公斤的小猫。但他站起来时却是一副很费力的样子，仿佛那个猫箱差不多要重上十倍。也许他的猫是从动物救助站领养来的？

  但这也说不通，因为如果是这种情况，猫咪应该已经早就被植入芯片了。我脑补出这么一个故事：一只体态过于肥胖的猫正在被实施安乐死。它是刚刚去世的某位老人的唯一伴侣。也许现在这只猫只能由老人的儿子来照料了。他要做的第一件事就是为猫咪植入芯片。难怪他对这只猫如此看重，毕竟，这是他与已故父母的最后联系。如果我的推断是正确的，那么整件事就不仅仅是植入微芯片那么简单了。这只猫咪可能会有一系列被忽略的健康问题：跳蚤、寄生虫、皮肤病、牙疾、糖尿病、关节炎……

  史密斯先生进来后，我关上了他身后的门，向他作了自我介绍。他小心翼翼地把猫箱放在接诊室的桌子上，满面笑容地同我握了握手。

  "很高兴认识你。"他说。

  他开始打开猫箱的盖子，而我的视线转向了我的电脑。

  "我敢说，你肯定没怎么见过这个！"他说。

我过了几秒钟才从他的话里回过神来，也许这只猫咪还有什么别的健康问题，但为猫咪植入微型芯片本身倒是相当简单。因此我的脑袋不小心开起了小差。我在想，如果我能很快搞定手上的活儿，或许我还有时间在接待下一位客户之前泡杯茶呢。我把眼睛从电脑屏幕上移开，去认真打量我要治疗的动物。

出现在我眼前的根本就不是什么肥胖的猫咪。我面前的这个生物有张啮齿动物的面孔，耳朵又大又尖，身体圆滚滚的，拖着一条长长的、分成一节一节的尾巴。它的身上覆盖着一层鳞片，看上去很像中世纪骑士的盔甲。它的头上也的确套着一顶"头盔"，尺寸恰好，如同专为它定制的一样。我脸上的震惊之情一定过于明显，因为史密斯先生脸上露出一丝尴尬的笑意。但我仍尽力掩饰自己的惊讶，以保持淡定从容的专业范儿。

"你说得对，我确实没怎么见过犰狳。这是我第一次见到！"我故作轻松地说。

"这是一只九带犰狳。"他说，"它们的原产地在美洲。但不用说，你这么聪明的小伙子肯定知道。"

他的话让我极为尴尬。我不得不面对这样一个事实：我对犰狳其实一无所知。由于我对犰狳一点儿也不了解，我在跟客户谈论犰狳时根本就无法进入话题。更糟糕的是，我看到这只哺乳动物全身都覆盖着一层鳞甲。甲片大概有一厘米厚。我该如何下针将微芯片植入它体内呢？我在脑子里盘算着究竟该如何处理这个难题，脑袋都快想破了。

"这么说来，你住在北德文郡，怎么会养一只犰狳当宠物呢？"我问道。试图靠聊天为自己多争取一点时间。

"我从来没有见过美洲豹，也没见过披着盔甲打滚的犰狳，大概我永远也见不到。"他开始吟诵，并未注意到我惊奇的神色。他继续吟诵道：

"噢，最亲爱的！在浑浊的亚马孙河两岸，大家除了把'刺棱棱'和'慢敦敦'叫作'犰狳'之外，从没喊过别的！"我的表情显然没有任何变化，因为他突然不再吟诵，而直接问我说，"小伙子，你在哪儿受的教育？难道你从来没有读过吉卜林的《原来如此的故事》吗？"

"哎呀，我当然读过！"我回答道，"但那是很久之前的事儿了。"

"所以，你不记得'犰狳的来历'那部分的内容了吧？这是我小时候最喜欢的一个故事。从那之后我一直有养只犰狳当宠物的想法。只不过四十五年后，我才真的养上一只！"

"我明白了。"我说。但说实话，我依然摸不着头脑。

接着他开始告诉我他是如何得到这只宠物的。这次我很快反应了过来。

"养它的话，你需要办理危险野生动物许可证吗？"话一出口，我才意识到我还不知道这只犰狳是公的还是母的。

"不需要。"他说，"只有养巨型犰狳（Priodontes maximus）时才需要。幸亏九带犰狳、矮犰狳和长毛犰狳都不需要申请危险野生动物许可证。"

我之前从来没有听说过什么"矮犰狳"或"长毛犰狳"。不知不觉间，我已经学到了这么多与犰狳相关的知识。与此同时，我也痛苦地意识到，我对该如何为这种生物植入微芯片依然一无所知。我知道我必须主动出击，而不是老是等他来问我。

"所以……我们今天要为它植入微芯片，是吗？"

"是的，要麻烦你了。"他说，"而且，'它'是一个男孩，名字叫阿尼。"

"哦，是男孩啊。"他尴尬的笑意转移到了我脸上，"你等一下，我去取植入芯片需要的工具，马上就回来。"

没等他询问与植入芯片相关的任何步骤程序，我便迅速离开了接诊室。事实上，给狗或猫植入微芯片所需的一切工具就在接诊室后面的药房里，但这不是我找借口离开那位客户的主要原因。我穿过药房进入预备室，径直走向我的电脑。

我点开浏览器，打开谷歌主页，输入："如何为犰狳植入微芯片？"跳出来一堆与"犰狳-43/T嵌入式计算机显示模块"相关的信息，对我而言毫无意义（我的兄弟们可能懂得这些，但对我没什么意义）。于是我换了个思路。我在搜索框中输入"为稀有动物植入微芯片"，但同样没找到想要的结果。我非常清楚：我只能离开一小会儿，时间再长的话，就会引起客户的怀疑。赶紧想啊！小伙子！

于是我再次输入："动物微芯片植入部位。"维基百科提供了一个"微芯片植入（动物）"的条目，但这个条目涵盖的只有狗、猫、马和鸟类。

我继续向下滚动页面，看到了这样的内容，"世界小型动物兽医协会（WSAVA）微芯片识别指南"，这似乎有点儿帮助。我点开链接。浏览新打开的网页时，我发现有个小节的标题是"小型（陪伴型）动物微芯片植入点"。我想史密斯先生会很乐意把阿尼视为"陪伴型动物"，但我不认为世界小型动物兽医协会用这个术语来定义犰狳。我继续迫不及待地往下读。"其他物种的建议微芯片植入点"？这个结果看起来更有帮助。这个条目也没有提到犰狳，这毫不奇怪。但它针对"其他哺乳动物"给出了一个建议：如果成年哺乳动物个体从脊柱到肩膀的长度小于十七厘米，芯片植入点位于肩胛骨之间。阿尼的体型符合这个标准，这很好。但这也意味着，我需要穿透通过它坚硬的甲片才能植入芯片！

我继续读下去。农耕动物大象、海牛、懒猴、羊驼、两栖动物、鸟类、鸸鹋、企鹅、秃鹫、鱼、鳌虾、鳄鱼、蛇、蜥蜴……这就是条目中包含的全部动物。是时候来点发散思维了。这个条目列出的所有动物中，与犰狳最接近的动物是龟——全身包覆着硬壳的海龟、水龟或陆龟。我又把页面拖回"龟类"部分。

"左后肢窝植入，小型物种皮下注射植入，大型物种肌肉注射植入……然后用组织胶密封植入点。"总算被我找到了！我关掉网页，从预备室的柜子里拿了几瓶组织胶，自信满满地大步穿过药房，顺手捎带上微芯片和微芯片读卡器，回到了接诊室。

"我的工具都准备妥当了。这个任务挺简单的，"我以一种"这事儿我懂"的权威口吻说道，"我要把微芯片植入阿尼左大腿的肌肉。我首先会清洁阿尼的腿部，然后再植入芯片。这个过程中，我需要你帮我把阿尼固定在桌子上。之后，我会用组织胶把皮肤上的植入点密封住，以防止微芯片脱落。"我继续补充道，"由于犰狳的皮肤没有弹性，如果不用组织胶密封植入点的话，针头就会在皮肤上留下针孔。"

"哦，听起来确实很简单。"他说道，语气明显放松了很多，"但我不确定它是否需要麻醉剂。"他把阿尼从猫箱里拎出来，放在桌子上。

一开始，阿尼表现得相当配合。但是将 12 号 1.5 英寸①针刺进大腿上部可一点儿都不好玩。因此我很快发现，尽管有史密斯先生的帮助，但要把阿尼的腿从甲片下弄出来也非常不容易，因为它的腿也非常有力。我用尽力气，才凭借双手将阿尼的腿摆成植入微芯片所需的姿势。但这么一来，我当然就无法再腾出双手做准备工作、植入芯片或用组织胶密封针孔了。我迫切需要另一双手来帮忙！

"这小家伙可真壮实哪！"我尽可能用故作轻松的语气说道，"我需要找人来搭把手。"我离开诊室，出门寻找一位可以帮忙的护士。我看到了我们的护士长路易丝。她正在照料一只住院收治的动物。

"我现在要为一只动物植入微芯片，你能帮我一下吗？"

我有意没告诉她我所说的"动物"究竟是什么。我必须给她一个惊喜——她大吃一惊的表情可是多少钱也买不到的。

"当然没问题。"她说，"稍等一下，等为波比做完检查就过去。"

"谢谢。我在最里面那间接诊室。"

不一会儿，路易丝就敲门进来了。她的反应比我原以为的还要夸张。当她看到阿尼时，由于害怕、惊讶和难以置信，她立刻缩着身子向后退去。我原本以为她会大喊大叫，但她的专业素养非常好，只是说道："哎呀，我的天，这可真有点儿出乎我的意料。"

---

① 1 英寸 =2.54 厘米。

"路易丝,"我停顿了一下才继续说,好让她稍稍恢复平静,"这位是史密斯先生。这是阿尼,一只九带犰狳。我要把微芯片植入阿尼的左大腿,所以我需要你帮我将它的腿从甲片下方弄出来。阿尼力气相当大。史密斯先生固定住阿尼的身体时,你能按住它的腿吗?这样我才能做准备工作,并为它植入微芯片。"

她走到桌子前,伸出手去小心翼翼地摸了摸阿尼的背部。她的手摸惯了毛茸茸的动物,而犰狳却披着皮革般的片甲;别的动物对她的抚摸往往会给予温情的回应,而犰狳冷冰冰的没有任何表示。不过,当路易丝从触感和情感上都适应了之后,她的专业风范立刻体现了出来。

有了路易丝的帮助,整个植入过程干脆利落地完成了。等组织胶已经切实凝固,对阿尼的左后大腿进行扫描检查,确认芯片位置也正确无误之后,史密斯先生重新把阿尼放入猫箱。他对我和路易丝表达了谢意,走出了接诊室。

门一关上,路易丝便瞪了我一眼说:

"这绝对是我在这里十年来所见过最奇怪的动物。谢谢你的事先提醒啊!"

"我自己也没料到,"我坦白说,"一开始我还以为是只猫呢!"

"但我还是有个疑问。整个北德文郡也没几只犰狳。就算哪天这只犰狳跑掉了,也不难追查,不是吗?那么,为什么要费这么大劲为它植入芯片呢?"

我知道史密斯先生肯定有自己的理由,但我也不得不承认,路易丝的疑问也有道理。

"不管怎么样吧,"她接着说,"你怎么知道为犰狳植入芯片时,植入点应该是左后大腿?"

"你连这都不知道,还好意思说自己是兽医护士?"我开玩笑地说,心想,幸亏我经关掉了网页,"我还以为这不过是常识呢。"

犰狳小百科

拉丁学名	Dasypus novemcinctus
通用名	九带犰狳
地理分布	北美洲、中美洲和南美洲。
概要	夜行哺乳动物，共有20个亚种。
名称	年幼的犰狳被称为 pup，成群的犰狳叫作 fez。
寿命	最多可达20年。
栖息地	犰狳为穴居动物，非常适应温暖多雨的环境（如雨林），但也栖息于灌木丛、大草原或草地等环境中。犰狳体脂很低，所以无法适应寒冷或干燥环境，因为在这种环境下，它们体内的热量和水分会很快流失。
食性	犰狳是食虫动物，靠富有黏性的舌头舔食蚂蚁、白蚁和蠕虫等动物。
孕期	122天，但在交配后3—4个月才会形成胚胎。
体重	出生时为85克，成年后可达2.5—6.5千克。
生长	出生后3个月断奶，1年性成熟，每年产仔。
组织构造	背部、体侧、头部、尾部和腿部外侧覆盖有由多骨真皮鳞片构成的硬甲外壳。外壳又被互不重叠的角化鳞片覆盖，这些鳞片与富有弹性的肉质条带相连。
体温	30—35℃
动物冷知识	在严重受惊的情况下，犰狳可以在空中垂直跃起达4英尺。犰狳能够膨胀肠子以漂浮于水面，或者下潜到河床上快速前进（它们可以在水下屏住呼吸长达6分钟）。它们可以凭这两种本领穿越河流。
天敌	犰狳天敌众多，包括鳄鱼、猛禽和熊等，但最常见的天敌是美洲狮。
保护	国际自然保护联盟（IUCN）将九带犰狳列为"无危"物种。然而，生活在南美洲草原、森林和湿地，与九带犰狳有血缘联系的大犰狳却被列为易危物种。犰狳堪称是生物界的工程师。它们不断地修筑洞穴，然后又抛弃。这一过程对维持生物多样性有非常重要的意义。

GIRAFFE

2
长颈鹿

人类无法复原野生动物。一个物种一旦消失，就永远消失。人类可以复原金字塔，但无法重建生态系统，也无法复原一头长颈鹿。

——乔伊·亚当森

我离开自己的小屋，走进非洲清晨充满凉意的黑暗里。时间是8月9日周六早上五点三十分，距日出还有一个小时。清晨的凉意扑面而来，冲淡了我对自己那张惬意舒适的手工非洲床的最后一丝留恋。八天前，我还在切尔滕纳姆的科茨沃尔德镇当兽医，这个时候应该才睡醒。但那年8月，我却来到了位于南非普马兰加省内斯普鲁特郊外的恩戈尼戈尼野生动物保护区（Ngonigoni game reserve）。我要为科巴斯·拉斯博士和他率领的"野生动物兽医服务"团队提供为期一个月的协助。"野生动物兽医服务"是一个致力于非洲野生动物捕捉、转运、治疗、研究和教育的机构。

　　与许多非洲国家不同，南非的野生动物保护事业非常发达。野生动物不局限于政府拥有的国家公园，私人所有的野生动物区同样可以买卖野生动物。于是，安全地捕获、装载、运输和释放这些动物的业务也成为这一产业配套服务的一部分。每一个环节都需要兽医进行监督，因此科巴斯的"野生动物兽医服务"团队十分忙碌。

　　我出发去吃早餐。保护区里每天都有长颈鹿、斑马、角马、羚羊和黑斑羚在离我们用餐地仅一百米远的地方吃草，但这会儿天还很黑，无法欣赏这一壮观的景象。我们约定早上八点在距我们有两小时车程、位于我们北面的一个野生动物保护区会合，因此必须很早起床。那个保护区在赫德斯普尔特——一个坐落于克鲁格国家公园西部边界附近的市镇。吃早餐时，我们七嘴八舌地讨论着当天的任务：捕捉并运输三头成年雄性长颈鹿。捕捉长颈鹿是件极为危险的工作，整个南非只有三家公司拥有这方面的经验、知识和能力。由于长颈鹿独特的生理构造，它们的血压比任何其他哺乳动物都要高得多，而用于麻醉其他动物的药物会导致长颈鹿血压进一步升高，甚至会造成其死亡。麻醉药物具有抑制呼吸作用，而长颈鹿的气管非常长，有大量可让气体滞留的"死角"，这使得问题更为棘手。除此之外，鉴于长颈鹿的身高，如果任由它们跌倒在地面上，可能会使它们摔成重伤。

　　我喝咖啡时，车队正从位于农场边上的营地出发。它们发出哐当哐当的响声。车队包括一辆重型货柜式卡车，一辆带拖斗的卡车，用来拖长颈鹿，还有德瑞克驾驶的小货车。这提醒我们：我们也该动身了；我们挤进一辆面包车里，加入了车队。每一次捕捉行动都要动用惊人的人力物力；今天的任务除了需要许可证之外，还调用了五辆车、一架直升机和一支超过十五人的团队。

当非洲骄阳深红色的光芒冲破地平线时，熟悉的景象在我们眼前呈现开来：道旁卖橘子和牛油果的小贩，路边穿着破旧的蓝色工装走去上班的男人，燃烧的甘蔗田——这是收甘蔗的第一步。然后是城区尘土飞扬的土路两旁，铁皮房子乱糟糟地挤在一起；一座座四四方方的水泥建筑，竖着各式各样的招牌：美发沙龙、殡仪馆、杂货店、酒吧。这些广告的空隙间散布着几块可口可乐的广告牌。它们现在是我与被我抛在身后的西方世界的唯一联系。

两个小时后，我们抵达了预定的集合点：一个距离我们要前往的保护区只有几英里的小加油站。我们要等货车和卡车赶上来，趁这个空当，刚好可以喝杯咖啡。恰在此时，又传来了指令：直升机飞行员得飞往别处，去救助一头白犀牛，几个小时后才能回来。在这里，犀牛常常遭到残酷无情的猎杀，只为了获取成分跟人类指甲差不多的犀牛角。因此，当有犀牛需要救助时，我们始终会把这当作头等要事。没有了直升机，我们只能干等着。"赶快赶快！""等等等等！"是野生动物保护界人士的口头禅。这次就是这种情况。

咖啡有了，一顿丰盛的早餐也有指望了。我们的精神为之一振，又开始畅聊起来。将犀牛角贸易合法化有什么利弊？一个素食主义者是否应该在度假和旅行时也坚持吃素？在一支由非洲野生动物组成的橄榄球队里，不同的动物会担任什么角色？这只是我们谈到的话题的一部分。我们一边聊着天，一边看着加油站院子里进进出出的车辆和人：多数车都是"帕奇斯（南非语，意思是皮卡货车）"；很多德国游客，一律穿着卡其色衣服，背着鼓鼓囊囊的背包，坐着租来的巡游车，车上拉的装备足以武装一支小型军队。

到中午十二点三十分的时候，我们的桌子上已经一片狼藉，堆满了各种吃剩的食物：有风干羚羊肉，腰果，浸在辣酱汁里的腰果，还有"鲍太太"牌腌菜味薯条。捕捉专家比扬恩和临床医师德瑞克已经抽完了他们的第十二根烟，比扬恩接连喝了八杯咖啡。

直到比扬恩的电话突然响起，混乱的场面才重新恢复秩序。他的电话还没打完，就朝他的卡车走去，一边做手势示意我们回到小巴上。直升机十分钟后就到——我们得动身去捉长颈鹿了！

我们沿着一条尘土飞扬的道路行驶了三英里。大路旁边，有两扇破旧的五米高的铁丝网大门，被铁链和挂锁锁着。门前停着的一辆帕奇斯是提示我们"目的地已到"的唯一线索。帕奇斯的司机——这片野生动物保护区的主人——跳下车，打开锁，推开了大门，我们跟着他走了进去。我们刚走下巴士，就听到了远处传来直升机螺旋桨的轰鸣声。我们朝天空望去。直升机朝我们的方向飞来，空中一个黄色的小点越来越大。它先在树梢上方盘旋了一圈，然后才降落。降落时扬起滚滚沙尘。

这片保护区有八千公顷，由灌木丛和崎岖的岩地构成。以人类的目光来看，这片干燥荒凉的土地似乎充满恶意。一切都暴露在非洲灼人的艳阳之下，每一株植物自带"武器"，随时都可能把人刺伤、割伤、毒伤。然而，这里却是许多非洲动物的家园。

长颈鹿通常生活在相对和谐的环境中，有的是由一头成年雄性长颈鹿带领的松散鹿群，有的是由年轻单身的雄鹿组成的"单身汉"鹿群，也有的鹿独来独往。一般说来，雄性动物之间爆发争斗往往是因为争夺配偶。在这个保护区，雄性动物的数量已经远远超过雌性动物，争斗已成常态。几周前，甚至发现了一头因拼斗而死的老公鹿的尸体。"一切交给自然规律"是个很美的想法。但在实际的保育工作当中，当人类竖起篱笆来圈养动物时，无论保护区的面积有多大，都需要对保护区内的动物进行人为管理。因此，一些年轻的雄性动物必须被移出保护区。我们今天要对付的就是三头这样的动物。

亲眼见识过这片保护区的辽阔后，我们越发感到，调用直升机的确很有必要。当地的团队成员，除了德瑞克之外，正忙着将备用的燃料桶从直升机上卸下来，拆下直升机的舱门。不一会儿，他们便忙完了，于是又习惯性地从衬衫左口袋里掏出烟盒，抽出一支，夹在噘起的嘴唇之间，点上，吞云吐雾，享受其中，仿佛他们已经工作了好几个小时。我对他们的这套仪式已经太熟悉了。当他们靠在直升机上，一边抽烟，一边兴致勃勃地聊天时，德瑞克看都没看他们一眼。他的全部注意力都集中在手里拿的脊椎穿刺针上，针头被固定在一个三毫升的注射器上，此刻，德瑞克用这个注射器把硫芬太尼和玻璃酸酶混合物推进一个小号麻醉飞镖里。这是麻醉长颈鹿的准备工作。作为强效阿片类药物芬太尼的衍生药品，硫芬太尼是长颈鹿野外麻醉的首选药物。玻璃酸酶对硫芬太尼药效的发挥有促进作用，使得它起效十分迅速，而且更容易被吸收。

　　飞行员跳进直升机机舱，启动了发动机。倚在机身上抽烟的那些人立刻散开了。德瑞克在螺旋桨扬起的灰尘中走向直升机。他的右肩上扛着麻醉枪，左手拿着装麻醉飞镖的盒子，这一幕宛如美国越战电影里的场景。

　　片刻之后，直升机就变成了天际线上的一个小点。它向山地深处飞去，去寻找我们要捕捉的第一头长颈鹿。我们分别登上两辆卡车，沿着一条把保护区一分为二的大路，朝直升机的方向进发。准备运输长颈鹿的拖车跟在最后面。从技术角度讲，仅仅做到这一步也很复杂——我们需要各就其位，才能在长颈鹿被麻醉枪击中的两分钟之内快速做出响应并拦下它。气氛变得紧张起来。大家几乎不再说话了，因为每个人的头脑都在飞速思考着这些问题：我们能成功抓到任何一头长颈鹿吗？一旦它们被麻醉枪击中，我们能及时赶到它们身边吗？它们能抗过麻醉药并活下来吗？一头孤零零的白犀牛在距我们二十米开外的地方吃着草。这一景象让我们紧绷的心得以略微放松。

　　对讲机里传来了德瑞克的声音，夹杂着噼噼啪啪的噪声，他向我们通报了他那边的情况。他们发现了一头独自游荡的雄鹿，正在追踪它，试图把它引到安全的地方再实施麻醉射击。我们的车队驶入一片空地，等待后续指示。我们应该不会等太久。直升机在一英里外的山脊上方盘旋着。

这一步对技术的考验同样十分严苛。我们在地面上的位置能很好地观察直升机，以我们外行的眼光看来，直升机正盘旋着飞向我们，忽而朝左，忽而朝右，忽而掠过树梢，忽而高高地升入非洲湛蓝的天空。飞行员花样繁多的飞行技巧体现得淋漓尽致。兽医与飞行员之间的沟通必须非常有默契。他们需要预见长颈鹿的一举一动，不显山不露水地将它从充满不确定因素的危险地带引开，同时还要把控好它的逃逸速度，以免它因过度疲劳而引发"捕获性肌病"。

压力、过度疲劳和脱水，再加上野生动物麻醉药物导致的血压升高，这几种因素加起来，可能对野生动物产生致命影响。而在非洲炙热的阳光下实施捕捉作业，风险更是会成倍增加。因捕获而导致的动物发病无一例外都是致命性的。体温过高引起的肌肉退化，再加上乳酸过度积累，会导致肌肉细胞大量释放钾，在严重的情况下将会导致心力衰竭。如果动物挺过了捕获的第一阶段，但出现了肌肉破裂，将意味着动物只能卧倒。致命的乳酸中毒会导致动物的肌肉和肾脏细胞被破坏，继而肾脏衰竭，并在几天内死亡。我们面临的风险相当高。

又过了十分钟，德瑞克的声音再次从对讲机里传来。

"我们确认飞镖已经命中目标，直升机现在正在跟踪目标，你们需要在两分钟内做好准备！"

比扬恩本能地按下了自己的秒表，了解猎物被麻醉枪击中后的确切时间十分关键。

经过几个小时的无所事事后，我们突然进入了忙得发疯的状态中。经验丰富的队员们片刻之前还在心情轻松地开着玩笑，现在他们都是一副全力以赴的样子，但看得出有点儿紧张。每次捕捉行动都是独一无二的，而且转眼之间，就可能出现一连串的差错。所有人都知道，稍有不慎，就可能对长颈鹿造成致命伤害，并导致团队成员受重伤。我能感觉到自己的心脏在胸口怦怦直跳。我以前可从未像现在这样紧张过。我们乘坐的皮卡毫无征兆地发动了，加速朝直升机的方向奔驰而去。我们身后的非洲大地笼罩在一团烟尘之中。我们的身子贴在靠背上，求生本能告诉我们：这种时候，手里牢牢地抓住点儿东西才安全。现在已经没时间顾及任何繁文缛节了：我们必须全神贯注，提前预判，否则准会受伤！

我们做了最后一次检查，以确保我们带齐了本次行动所需的药物——其中最重要的是逆转剂二丙诺啡，我们几个人都带着它。这样一来，不论谁先赶到长颈鹿身边，都可以立即把它从长颈鹿的颈部注射下去。一旦动物倒下，在硫芬太尼对动物的呼吸系统产生致命的抑制作用之前，我们只有几秒钟的时间注射逆转剂。此外，由于麻醉飞镖会在动物身上造成创口，还需要为动物注射抗生素、消炎药和复合维生素，以防止肌肉损伤。

抓捕团队准备好了绳索、眼罩、耳塞、长颈鹿专用绑带和笼头。只要被麻醉枪击中的动物出现了任何脚步不稳的迹象，两名队员就会从皮卡上跳下来追赶它。他们的工作是拦截长颈鹿，用套索套住长颈鹿的胸部，并利用套索拖住长颈鹿，在它倒地时控制它倒下的速度。所有这些通常都应该在长颈鹿依然全速前进的状态下完成，尽管此时长颈鹿已经有点恍惚。理论上听起来不错，但在实际操作中，如果负责捕捉的队员追赶动物的时间过早，他们也许得追着长颈鹿跑上足足一英里；如果追赶的时间太晚，长颈鹿可能会在没有牵引的情况下摔倒在地上，造成严重摔伤。即使他们成功地将长颈鹿的胸膛套住了，但试图阻止体重达一千五百公斤、前进速度每小时三十英里的长颈鹿穿越非洲丛林，显然对人和长颈鹿来说都极度危险。我们抵达了一块空地，直升机在我们前面四百米处盘旋。就是那个时候，我们第一次看到了我们要捕捉的那头长颈鹿。我们的目标前进的速度依然很快，但很显然，麻醉药物正在起效。两分零十秒过去了。比扬恩喊着让他的队员下车，但其实他们根本不用他吩咐。比扬恩发出命令的时候，他的队员们已经在离皮卡十几米远的地方了。当我们的车还在坎坷不平的路面上奔驰时，他们就已经开始行动了。此时，他们正在对那头长颈鹿紧追不舍。比扬恩猛地一踩刹车，余下的队员们纷纷从车上跳下。我们的车转瞬之间就空了，车门敞开，只有发动机还在轰鸣。我们的注意力都集中在一样东西上，除此之外再没有别的：那就是我们前方几百米处摇摇晃晃的长颈鹿。它庞大的身躯看上去好像一座摩天大楼。

硫芬太尼正在迅速起效，这头长颈鹿现在已经认不清方向了。它现在脚步不稳，摇摇晃晃，前进速度降低了很多。尽管如此，当我们在崎岖不平的地形上艰难前进时，它的速度仍明显超过我们。

这头长颈鹿突然改变方向，朝拉着保护区的围栏直奔而去。抓捕的迫切性骤然升级：六米高的围栏，再加上密密匝匝的带刺铁丝网，如果不能及时抓到它，将是一场灾难。在距离围栏不到一百米的地方，抓捕小组已经迅速追上了长颈鹿，但距离还是太远，无法用工具固定它。比扬恩一边追着长颈鹿飞奔，一边疯狂地对他的队员们打着手势，试图让他们迫使长颈鹿改变前进方向。但这头长颈鹿根本不把人类的威慑当回事。直升机也做出了最大程度的干扰，长颈鹿依然照着原先的路线往前冲。眼看就要撞上围栏了。我看到比扬恩脸上满是惊慌。他尽了全力来避免局势失控，依然无力回天。在野生动物捕捉业务中，技术和专业知识至关重要，但运气也很重要。

长颈鹿离围栏只剩六十米了！这时，我们的好运突然来了。长颈鹿冲出灌木丛，冲上其中一条尘土飞扬的小路。这时它不小心跌倒了。抓捕小队立刻追上了它。他们动作娴熟，效率很高，片刻后我们赶到时，他们已经给长颈鹿戴上了眼罩、耳塞和头套。三名队员跨坐在它的脖子上，以防止长颈鹿站起来。对于任何侧躺的动物来说，要站立起来都必须依靠颈部做支撑；压制住它们的颈部，就能有效地压制住整个动物。此时，硫芬太尼的药效已经完全发挥出来，它再也无力对抗我们采取的一系列抓捕行动了。目前还处于初始阶段，它的呼吸和心率都很稳定。但直至被注射少量逆转剂二丙诺啡之前，它依然命悬一线，随时可能停止呼吸。

在与野生动物打交道时，能不能及时解除麻醉药物的药效至关重要。少量反转剂不仅能稳定麻醉药物对动物心肺功能的抑制效果，还能在挪动、控制、装载和运输动物的过程中，把对动物的压力降低到最低程度。在将捕获的动物放归到自然环境中之前，完成对麻醉剂的全部逆转是非常重要的。在这样一个充满激烈竞争的环境中，它们的竞争者或捕食者会无情地抓住任何机会利用它们的弱点。如果它们还在麻醉状态，根本无法在野生环境中活过一个小时。

长颈鹿倒地后，德瑞克立即从盘旋的直升机上跳下，第一个赶到现场展开逆转操作。这时长颈鹿已经被牢牢地固定住，没有明显的外伤。我终于能松一口气了。其他人忙着移除飞镖，在伤口周围注射长效抗生素，准备复合维生素和消炎注射液，检测长颈鹿的心率和呼吸。同时，运输卡车也已经开到距离长颈鹿不足二十米的地方，活动甲板缓缓降下，并准备装车。

所有必要的准备工作都已就绪之后，比扬恩抓起主绳，其他抓捕小组成员也分别抓起其余的绳索。在我这个外行看来，这团绳索无异于一团乱麻。这时，三名按住颈部的队员迅速而灵敏地从长颈鹿身边跳开。不一会儿，长颈鹿重新高高站立在我们面前。持绳的队员各就各位，原先混乱的一团绳索散开后变得非常有序。有两根绳索套在长颈鹿的脖子上，又从两条前腿后面穿过去。

比扬恩抓着主绳，还有一根绳子勒在长颈鹿后腿后面，位置很高。

队员们先拉住它的左前腿，接着是右前腿。它后腿上的绳索也一并发力。这样一来，即便是性子最烈的长颈鹿也会一步步被拉着往前走。幸运的是，这头长颈鹿非常听话。几分钟之内，它就被安全地引到了拖车上。队员们又忙不迭地用金属条围挡在它的身体两侧，形成了一个框架，把它牢牢固定起来。拖车挡板关上了。原来的紧张气氛一下子松弛下来，拍背声、击掌声和祝贺声此起彼伏。我们安全地抓到了一头长颈鹿。现在，"只剩下"两头了……

抓捕组里一名叫摩西的队员在对固定长颈鹿的金属栏杆进行最后调整时，我们都不约而同地感受到了这头动物的惊人力量。出于对这种临时囚禁的不满，长颈鹿用后腿朝声音传来的方向猛地踢去。卡车边沿的一块木挡板上顿时出现一个蹄形的洞，让摩西不禁瞠目结舌。我不由得又想起了我的第一次非洲之旅。在一个动物保护区内，我们曾遇到过一头雄狮。它的下颚与上颚无法合拢，一颗犬齿歪歪扭扭从腮帮子上穿了出来。导游告诉我们，这是一头母长颈鹿为了保护自己的幼崽，一脚把狮子踢成这样的。长颈鹿一般被认为是优雅、美丽、温顺的动物，但那天的事情又让我想起它们可怕的攻击力。事实上，这些木板就是为了尽量减少对长颈鹿的伤害而精心设计的。比起让长颈鹿踢上卡车的铁挡板造成腿骨断裂，还是让这些木挡板碎掉更好些。每次转运作业结束后，都能发现几个这样的蹄印。最要紧的一点是要记住，拖车绝对不是安全区。只有在长颈鹿脚踢不到的地方才安全。

我们又花了点儿时间把散落的绳索和其他零零碎碎的东西收集到一块儿。然后，德瑞克回到了直升机上，我们也爬上了二十分钟前被我们抛下的小货车。直升机再一次飞向非洲蔚蓝的天空。地面上的工作人员聚集在一小块视野很好的空地上，注视着飞机远去。我们为捕获第二头长颈鹿做准备的同时，依然兴致勃勃地谈论着捕捉第一头长颈鹿的情形。德瑞克的声音再次从对讲机中传来。

"我们发现了一小群独自成群的长颈鹿。我想先试着把它们分开，然后再决定麻醉哪头。"

就连这个决定也很复杂。这群长颈鹿正以每小时三十英里的速度前行。要从五十米高空准确判断出它们的体型、年龄和健康状况，需要极为丰富的经验。麻醉飞镖枪会以标准剂量预装，但究竟要对哪头动物进行麻醉射击，还是得由德瑞克来决定。

这群长颈鹿一共有四头。它们朝前飞奔着躲避直升机时，一头长颈鹿很快落在了后头。这头长颈鹿貌似是实施麻醉的完美目标。但事实上，它速度慢很可能是因为身体虚弱，并不适合对它发射飞镖。只能从其他三头鹿中选择。其中一头鹿个头明显比另外两头小；标准的成年个体剂量对它而言可能太多了，所以它也被排除在目标之外。这样一来，就只剩下两头合适的鹿了。现在的决定取决于哪头鹿更容易被击中。德瑞克根据直觉和经验做出了自己的决定。他始终恪守着一条准则：一旦做出了决定，就不再更改。他将自己选中的目标告诉了飞行员。飞行员立刻将飞机调整到了最佳位置。片刻之后，德瑞克扣动麻醉枪的扳机——麻醉剂完美地射入了那头长颈鹿左臀部的肌肉。它立刻抛下其他三头鹿朝左冲去。飞行员紧紧跟随着它。不久之后，其他三头长颈鹿就被直升机远远抛在后面，成为刺槐树丛中模糊的三个小点。此时距离我们发现长颈鹿群只有短短几秒。

目标长颈鹿再次被麻醉飞镖击中的消息立刻被传递给了地面上的工作人员。我们驱车朝着直升机的方向驶去。我们的运气似乎不错。硫芬太尼在被麻醉飞镖击中的长颈鹿体内渐渐扩散，最终进入位于大脑和中枢神经系统中的阿片受体，并发挥出了它的药效。长颈鹿从刚被击中时的飞奔先是变为小跑，继而变成了缓步。这头长颈鹿一开始是躲藏在浓密的灌木丛中，但麻醉药物让它丧失了方向感。它居然意外地停在了一块空地上。这块空地靠近保护区内的一条主干道。所以，在德瑞克扣动他那支麻醉枪的扳机后仅仅两分四十五秒，我们就已经跳下卡车，赶到了这头长颈鹿身边。它这时已经有点儿神志不清。我们进入这片空地时，它仍旧站在原地，试图弄明白周围发生了什么。而这正是抓捕小组最期望看到的场景。他们迅速用绳索将它固定住，并成功地将它拉倒在了地面上。

接下来就是那套标准流程：眼罩、耳塞、吊环和绳索都一一被派上了用场。这一次，逆转作业由比扬恩来实施，而我则负责来监测它的呼吸。事情进行得很顺利。我站在那里，注视着它的胸膛轻柔而有节奏地起伏着。大约每分钟起伏八次。有了抓捕第一头长颈鹿的经历，再抓捕这头长颈鹿简直就是小菜一碟。它看起来非常稳定，二丙诺啡很快就会部分地抵消硫芬太尼的药效，麻醉剂对呼吸和心血管的影响也会逐渐缓解。"注射麻醉药物之后，动物随时都可能会停止呼吸。"德瑞克曾这样警告过我们。但这头鹿肯定不会出现这种情况，我理所当然地想。它的体征很稳定。

我转身去跟比扬恩说话，随后注意力却转移到了抓捕队中的两名队员身上。此时长颈鹿已经被放倒在地。用来捆绑长颈鹿的一根绳子被灌木缠住了。这两名队员正忙不迭地解开绳子。几秒钟之后，我才再次去关注长颈鹿的呼吸。我盯着它的胸口看了大概二十秒——没有动静。刚才肯定是没看到它呼吸的起伏，我这么想着。我继续盯着它的胸膛——还是没有动静。如今回想这件事，我觉得我当时的感觉只有"震惊"和"难以置信"。但不知为什么，我当时却想不出任何词。我对猫狗心肺功能复苏术很娴熟。但我突然意识到，为长颈鹿进行心肺复苏远远超出了我的能力范围。理论归理论，这毕竟不是在演习——我面前这头长颈鹿已经停止了呼吸，分分秒秒都可能失去生命。

　　人们遇到极端或突发事件时，意识往往会放慢。我至今依然清楚地记得自己十八岁那年遭遇车祸的情景。尽管我发疯般地猛踩刹车，车子就是无法马上停下来。撞击前的刹那对我来说就像一辈子那样漫长。这一刻我又一次体验到了相同的感觉。我站起身，转向比扬恩，一句话也说不出来。看到我震惊又疑惑的表情，比扬恩立刻明白是哪里出了岔子。他问我长颈鹿的呼吸频率如何，语气十分严厉。而我只能默默地摇摇头。但这对比扬恩来说已经足够了。他立刻把我推到一边。随后，他以一名捕获队员的身体为助力，用尽全力反复跳跃踩踏那头长颈鹿的胸膛。我曾经跪在一头牛的胸膛上反复为它进行呼吸复苏。但比扬恩的方法是我从未见过的。在进行了五六次高强度的胸部踩压后，比扬恩停下来评估复苏状况。依然没有呼吸。比扬恩又重复踩压了几次，依然没有呼吸。我的心沉了下去。我是个多么傻的傻瓜啊！比扬恩又开始起身，使劲地上下跳跃。由于用力过猛，他失去了平衡，撞在了长颈鹿的胸口上。他立刻站起来，继续施展他的非常规复苏术。

　　实施了整整四轮复苏术之后，这头长颈鹿终于浅浅地吸了一口气——尽管只有一口气，但毕竟有了呼吸。我们都站在长颈鹿周围，目光紧盯着长颈鹿的胸膛，祈祷着、盼望着。它又吸了一口气；接着是另一口气——这次的呼吸比刚才更深一点；然后是另一口气……它终于恢复呼吸了！大家脸上都露出如释重负的表情。它的呼吸频率很快就恢复到了正常的每分钟八次。

经过这一出有惊无险的折腾，大家开始为让长颈鹿重新站立起来和将它运到拖车上而忙碌。司机将拖车开进了空地。长颈鹿被缓慢而牢稳地牵着走向拖车。这一次，长颈鹿有点站立不稳，工作人员必须很有技巧地控制着它，让它慢慢走。一切都很顺利，直到那头长颈鹿抵达拖车的后甲板。工作人员需要将长颈鹿的腿抬得足够高，使它能够沿着倾斜的甲板走进车里。但这实在太难做到了。它刚踏上甲板，就一个趔趄失去了平衡，从侧面摔下了甲板。比扬恩和抓捕小组的其他队员立刻出手，将长颈鹿拽离了拖车，好让它有足够的空间重新站立。它站立起来之后，工作人员将它从拖车旁边拉开，兜了一圈之后，才让它再次尝试登上甲板。这一次它走到了一半，但又失去了平衡，向后倒去，一屁股蹲在甲板上。它倒下去时，惊动了已经被关在拖车上的另一头长颈鹿。它又恶狠狠地朝安装在拖车内部的木制侧板踢去，侧板上立刻又多出了几个洞。一名抓捕队员抓着主绳，爬到了拖车前部，将长颈鹿的头朝前拉去。与此同时，比扬恩和德瑞克从后面努力把它往前推——这么做极其危险，因为这头长颈鹿一旦站稳之后，会警惕地朝他们踢去。幸运的是，比扬恩和德瑞克都预料到了长颈鹿的反应，及时跳到了被攻击的范围之外。之后，长颈鹿终于迈开步子，走进拖车车斗里。拖车后门迅速合上了。我们现在已经成功捕获了两头长颈鹿——在这个过程中，我也做出了一点儿宝贵的贡献。

相比之下，对第三头长颈鹿的抓捕可以说是直截了当、风平浪静。再次返回天空之后，直升机驾驶员迅速锁定了另一个单独漫游的鹿群。德瑞克没费什么劲就放倒了其中一头鹿。占了运气的光。捕获队队员顺利地把它领到了一条路上。我们赶紧为它注射了二丙诺啡。很快，它就被装载到了第二辆拖车上。

我们慢慢地走回拖车。因为捕获行动很顺利，比扬恩很高兴。他兴冲冲地对我说："容易的时候就是这么容易。但我们很少遇到这样的情况。我们今天很走运，简直太走运了。不管怎么说，抓捕很顺利，这依然是美好的一天。我们去喝杯啤酒，庆祝一下！"

我坐下来，一边喝着啤酒，一边回顾着这一天的经历。一切都很顺利：事实上顺利得出乎我们的意料。尽管有一些棘手的时刻，但我们都克服了。我打量着由捕获队员构成的这个"非洲军团"。他们正大口大口地灌着饮料，脸上充满喜悦之情。他们选择了一种什么样的生活啊。对于捕获行动来说，只要捕获过程中没有出现动物或人员伤亡就算是成功。顺利完成工作则是赚到了。如果每个人都平安无事，那么大家就回去尽情吃喝玩乐一通，因为明天的事情谁也说不准。如果出现了伤亡……也只能抱着希望继续活下去。总之，这里的规则是"放胆去做"。

我默默地注视着我的啤酒，心里思索着这些捕获队员职业生涯中的种种经历，突然对他们有些嫉妒。对他们来说，最重要的绝不是给自己争取更多好处不停地向上爬，而是保护好各类物种。有些动物足以令最高傲的人心生谦卑。与这些动物相处是种很特别的体验。而与野生动物打交道时，这种感觉尤为强烈。这些捕获队员都是典型的非洲人，他们有着温柔、同情和真正的谦卑。他们对养育了自己的非洲大地充满热情，但他们也知道，他们拼尽全力保护的动物下一刻可能会置他们于死地。他们也许能风风光光地过上一两个月，但多数时候，他们的日子都是艰辛而不可预料的。这项工作对体力也是严苛的考验，所以他们中也只有很少人能够胜任。

能短暂地与他们一道体验这种生活，我感到十分幸运。但我们知道，我是不可能长期维持这种生活的。因此，我更加打心眼里对他们感到敬重。

长颈鹿小百科

拉丁学名	Giraffa camelopardalis
通用名	长颈鹿
地理分布	北起乍得，南至南非，西至尼日尔，东至索马里，非洲各地都有长颈鹿的分布。
概要	陆地上最高的哺乳动物和体型最大的反刍动物。共有9个亚种。
名称	雄性长颈鹿叫作bull，母长颈鹿被叫cow，长颈鹿幼崽叫作calf。成群的长颈鹿叫作tower。
寿命	25年左右。
栖息地	草原和林地。
食性	长颈鹿是食草动物，主要以木本植物（特别是刺槐树种）的叶子、果实和花为食。长颈鹿能达到的高度是大多数其他食草动物无法达到的。
孕期	400—460天。
身高	出生时1.7—2米，成年后可达5.7米。
体重	出生时65公斤，成年后可达800—1200公斤。
生长	母长颈鹿会以群聚的方式抚育长颈鹿，这样的长颈鹿群称为"育犊群"。1岁左右断奶，4—5岁达到性成熟。
组织构造	长颈鹿的神经是所有物种中最长的：位于左侧喉部的左侧喉返神经约有2米长。 为了向长达2.5米的脖子输送血液，长颈鹿的心脏重达11公斤，长约60厘米，心肌壁厚达7.5厘米，心脏的重量约为11公斤。长颈鹿位于头骨底部的血管网络，也就是所谓的"细脉网"，可以调节流向脑部的血液，当它们低头的时候会降低血液流量，当它们抬头的时候会增加血液流量。长颈鹿小腿的皮肤异常厚实紧致，可以防止四肢血液栓塞。作为反刍动物，长颈鹿吃下的食物必须反刍才能更好地消化。这意味着它们的食道肌必须非常有力，才能把食物从瘤胃经过3.5米长的食道反刍到口腔。长颈鹿的肠道可达70多米长。
体温	38—39℃。
天敌	成年长颈鹿因为体型巨大和极具杀伤力的踢腿攻击，很少成为被猎食的对象。尽管如此，它们也难以抵御狮子、豹子、野狗等动物的

	攻击。饮水时也容易遭受鳄鱼攻击。
保　　护	在过去30年里，长颈鹿的数量下降了40%，现在野生的长颈鹿只剩下97500头左右。2016年，世界自然保护联盟将长颈鹿列为"易危动物"，西非亚种和罗氏亚种长颈鹿被列为"濒危动物"。这主要是由栖息地丧失或退化以及偷猎导致的。

SWAN

3
天鹅

但那不再是一只粗笨的、深灰色的、
又丑又令人讨厌的鸭子,而是——
一只天鹅!只要你曾经在一只天鹅
蛋里待过,就算你出生在养鸭场也
没有什么关系。

——汉斯·克里斯蒂·安徒生

这是我取得执业兽医资格后第一次周末值班。与我的许多同窗相比，我很幸运。作为一个刚从兽医学校毕业的学生，我就职的诊所对我可谓非常照顾。在我的能力足够之前，诊所都没有派我去处理较为棘手的情况，以免我陷入什么难以收拾的烂摊子。因此我一直没有在晚上或周末值过班，在成为执业兽医师两个月后，才轮到我值周末班。

"乔，我们想这个周末让你来值班。"周三的时候，马丁对我说，"如果值班时遇到任何疑问或情况，打电话给我。但我觉得你肯定行。"有马丁做后盾，我觉得放心多了。我听朋友们说起过他们遇到过的糟心事。他们上班第一天就被派去值夜班。结果他们遇到状况给老板打电话寻求帮助时，老板却出门消遣去了，电话处于关机状态。尽管如此，我心中也不免有点儿忐忑。以往，周末遇到的那些比较难搞的任务落不到我头上，但现在不一样了。也许是一匹突发严重腹绞痛的马，也许是某头需要剖腹产的母牛……我可能会遇到任何情况。被迫走出自己的舒适区对我来说并不陌生。我就是这么一路从兽医学校走过来的。如今，走出校门之后，我依然希望能继续挑战自己的舒适区，因为这是学习、成长和进步的唯一途径。对我来说，应对值班时的突发状况是横在兽医专业学生和职业兽医师之间的最后一道障碍。周四过去了，周五一点点向前推移。想到从周五下午六点半到周一早上八点半这段时间可能会遇到的情况，我不由得有些紧张。

这是个忙碌的周末。忙碌始于周五晚上七点半。一位客户回到家时，发现自家的马右大腿内侧被割了一个大口子——它把腿伸到带刀片的铁丝网围篱里去了。她的房子边上有个破旧的马棚，于是就把那匹受伤的马拉到了那个马棚里。她认为需要为伤口做缝合。她的判断是对的。在亲眼看到伤口的大小时，我吓了一跳。我决定打电话请马丁来帮忙，但这个位于埃克斯摩尔地区边缘的深谷没有手机信号。看来我只能一个人缝合伤口了。借着手电筒的微弱灯光，我在那匹马的两条前腿之间弓着身子足足工作了三个小时。马棚十分简陋，咆哮的风不时地从板壁的破洞中灌进来。我缝了一百多针。工作终于结束后，我感到又冷又累，浑身疼痛。所幸马的主人出奇地耐心温和，一再对我表示感谢。因此，离开这家农场时，想到自己独自一人完成了任务，我心中充满自豪。

但这种感觉并没有持续多久。刚回到有手机信号的地方，我的手机上便跳出很多条未接来电和留言。值班的护士凯特已经找了我两个小时。她手上有一个急诊。一位客户的母牛要产仔，很可能需要进行剖腹产。一开始，她给我留言说让我看到留言后立刻给她回电话；后来逐渐变得有点儿不耐烦；但最后又在为这么长时间无法联系到我而极度担心。我满心惶恐地给凯特回了个电话。尽管我又累又冷又饿，却不得不立刻赶到另一个农场出诊。这让我有点儿抓狂。我害怕那个农场主会因为等得太久而对我大发雷霆；但我更担心的是，临产的那头母牛或它的幼崽由于得不到救助，可能早已一命呜呼。但电话接通后，凯特对我说马丁已经去了现场。得知我一切平安，出诊也顺利，凯特也很高兴。她从电话里听出了我的疲惫，让我趁这个空当回家吃点儿东西，打个盹儿。不需要她再交代第二遍，我就回家了。好在当晚接下来都没什么事。第二天早上六点钟，漫长的周末开始了。一头母牛得了乳热病，一头小牛得了肺炎，一匹马眼睛发炎，为昨晚受伤的马进行复诊，为一头母牛接生，还有头母牛得了乳腺炎……没完没了的一堆事。总有好几个出诊在前面等着。每当我觉得终于可以喘口气了，值班护士卡洛瑞娜就会打电话来通知我又有一个新的出诊。好在这些出诊都在我能胜任的范围内，每个都处理得比较顺利。我越来越有信心。但马不停蹄地忙了半天，再加上没吃什么东西，到了下午两点钟，我感到极为疲乏。终于，当天的最后一个出诊也处理完了。我小心翼翼地打电话到诊所，另一位值班护士海瑟尔告诉我，目前没有别的出诊安排。我很高兴，终于逮到个机会可以回家吃点儿午餐了。

三十分钟后，我瘫倒在沙发里，大口大口吃着上一顿剩下的意大利肉酱面。这简直是一种难得的奢侈，以至于十分钟后电话再次响起来时，我差点儿哭出声来。

"乔，恐怕我又得给你安排了一个预约……"这次是卡洛瑞娜，"这次情况有点儿不同寻常。事实上，我也不清楚这是不是我们出诊的范围。但除此外我也不知道该怎么办了。最近几个小时内，已经好几个人给我打过电话了。我建议他们联系皇家防止虐待动物协会，但不知为什么，他们不理会我的建议。总之，很抱歉打扰你，但布伦顿后面的田地里有只天鹅似乎出了点儿状况。在场的人不确定它是被困住了，还是受伤了。它还挺凶的，谁都不敢靠近它，因此谁也不知道它到底出了什么问题。你可能也抓不到它。但起码你可以去现场看看。你愿意去吗？"

她给的信息量有点儿大。我过了好一会儿才镇静下来，切换到工作模式，理清楚她的话。我回答说：

"我知道了，我当然愿意去。吃完午饭马上就出发。你知道那只天鹅的确切地点吗？"

"我有打电话给我的那位女士的联系方式，她叫洛夫尔太太。她说，你可以给她打电话，她会带你到那块田地里去。你能开车到距离那只天鹅很近的地方。"

卡洛瑞娜把号码念给我听，又补充说：

"对了，乔，这只天鹅已经吸引了一大群人。所以，祝你好运。"

听她这么一说，倒勾起了我的好奇心。与此同时，我又不由得有点儿畏缩。我以前还从没有应付过天鹅呢。从小我们就被告诫天鹅有多么危险——绝对不要激怒天鹅，绝对不要挡在天鹅和它们的幼崽之间，天鹅力气大到足以折断一个成年人的胳膊，等等。这在我们心中埋下了深深的恐惧。某位爱心市民看到有动物遇险时，想帮忙又帮不上，于是就打电话给最近的兽医诊所，因为确信兽医肯定知道该怎么做。这种事再常见不过，这次的"天鹅事件"就是其中之一。

我们也的确知道该怎么办：我们会赶紧给皇家防止虐待动物协会、皇家鸟类保护协会或当地的动物救助站打电话。然而，这些途径在这次已经被证明行不通。然而那位女士不知道的是，在如何对付天鹅这件事上，被派去现场的我并不比在场的任何一个看客懂得更多。我真的不想让他们失望。吃过午饭之后，经过短暂的休息，再加上好奇心的驱使，我很快就恢复了精神。我打电话给洛夫尔太太说我已经出发了。

我一边开车，一边思索着我应该采取什么策略。在与动物打交道时"出其不意"往往能取得最好的效果，但这需要参与者保持完全的、百分百的专注。稍一疏忽，就可能导致伤害事故。这还只是理论上的。实际操作时，我还需要克服自己惯有的恐惧、焦虑和不自信。当然，也可能现场很危险，根本就不允许我太接近目标。如果是这样的话，我就得想别的法子了……最后我得出一个结论：至少我得假设自己得亲自捕捉那只天鹅。但我突然又想到一点：就算我抓住了它，接下来又该怎么办呢？我应该把它送到哪里？我应该怎么转移它？途中我拐到诊所，拿了一个小号狗笼、几条毛巾和几副防护手套。毛巾可以用来罩住它的脑袋；而防护手套可以保护我不被啄伤。我不知道被天鹅啄一下该有多疼，我也不想知道。这些装备多少让我的信心增加了一点儿，我驱车朝布伦顿的方向驶去。

沿着一条尘土飞扬的土路开到尽头，我看到一位身材娇小的中年女士。她穿着长筒雨靴、蓝色牛仔裤，套着件雨衣。她一直在这里很有耐心地等着我。我放慢车速，摇下车窗玻璃。

"洛夫尔太太吗？我是打电话给您的兽医，名字叫乔。"

"是的。非常感谢你过来。这条路走到头就是那块田地的入口。我丈夫在大门那儿守着。那只天鹅就在人群后面的一个角落里。我们就在那儿见吧。"

我沿着颠簸不平的土路继续朝前开去。开到一扇大门前，一位个子很高的老先生对我指了指田地边沿的树篱。我沿着他的视线朝远处望去，本来指望能看到那只天鹅，却只看到田地里距我五十英尺开外的地方聚拢着约莫二十个人。听到汽车马达的声音,他们全都转向我的方向,像一个热烈的欢迎团。这大概是他们这个周六意料之外的"娱乐活动"中最激动人心的一刻了。我的车开过那片田地,绕过等待的人群。终于,我头一次见到了那只天鹅。它蹲在离田地一角几米远的地方,头高高地昂着,显得十分警觉。我离它还有一段距离,所以看不清楚。但乍看上去,并没有觉得它有什么问题。

刚走出车门,我就被一连串的问题、表扬、感谢和鼓励声所包围。这场面让我有点儿畏惧。幸亏洛夫尔夫人和丈夫及时赶来,控制住了局面。

她用不容置疑的语气对大伙儿说:"我觉得我们应该退后一步,让兽医检查一下天鹅。"

人们纷纷表示赞同。这时突然有人说:"你警告过兽医先生这只天鹅的攻击性有多强吗?"

这提醒了洛夫尔夫人,她转向我说道:"是的……它有点儿凶。它现在既不能走,也不能飞。我猜它也只能用这种方式保护自己了。它攻击人之前,会事先发出警告。因此谁也不敢靠近它。但你肯定该知道怎么办。"然后她又对刚才说话的人说道:"兽医先生肯定有办法。"

我倒是希望我有。我在心里说。有那么一瞬间,这样的念头从我脑中闪过:洛夫尔夫人下一个电话肯定是叫救护车——为一个被天鹅疯狂攻击的兽医。我浮想联翩,觉得这都能编成童谣了:"有位老婆婆,叫来救护车。叫车干什么?为了救兽医。兽医怎么了?他要救天鹅。"

"有什么需要帮忙的吗,乔?"洛夫尔夫人的话把我拉回了现实。

"我带了一个小号狗笼。如果能抓到天鹅,我会把它关进这个笼子里。如果你能帮我看一下这个笼子就太好了。"

"没问题。"她立刻说道,能亲自参与到这个事件中,她感到很高兴,"你说'如果'能抓到天鹅是什么意思?我可是对你信心满满哪。这种事你之前肯定遇到过不下数百次了吧?"

我决定这次还是不回她的话了。我感觉到了人们的期待。他们肯定盼着我成功抓到天鹅，如果能有一场惊心动魄的人鹅对峙就更完美了——他们也许还期待着我受点儿小伤——能作为晚餐谈资的那种，但大体上，我认为他们还是希望我成功的。

我慢慢接近天鹅。它感觉到了威胁，死死地盯住我，然后发出一连串咄咄逼人的嘶嘶声，试图用这种方式来向我发出威胁。它的威胁很奏效。我在距离目标还有相当远的地方便停了下来不敢再前进，生怕它会突然冲过来啄我。然后我转向充满期待的人群，勉强挤出一丝笑容，表示"一切都在掌握之中"。

我想到了利用我手里的工具。如果我把毛巾扔过去罩住它的脑袋，那么我就有个短暂的机会跳到它跟前抓它；但话说回来，万一我没罩住，可能只会招来它更猛烈的攻击。我试了试手套，发现戴上手套后，触觉就不那么灵敏了。相比保护我的双手，还是避免因此而误伤到天鹅更为重要。现在只能赤手空拳地对抗这只天鹅了，我突然觉得有点儿无助。为了成功抓住这只大鸟，我需要一只手握住它脖子上部，另一只手抱住它的身子，把它抱向我的胸前，固定住它的翅膀。如果我能成功做到这一步，理想状态下，我就用抱着它身子的手同时抓住它的脚。对我来说，最自然的方式是用左手抱住天鹅的脖子，用右手抱住天鹅的身体。而且，这种姿势刚好也适合它的体态。但这一切都只是我的推测。我站在那里盯着那只天鹅的时候，完全不知道自己会遇到怎样的抵抗，也不知道自己究竟能不能固定住它。捕捉过程中，可能会出现各种各样的结果。根据我的推测，多数结果都会造成不同程度的伤害。

我尽可能缓慢、稳步又轻柔地靠近它，逐渐进入它的攻击范围。它也察觉到了我的行动，对我发出更加激烈的嘶叫声。尽管如此，我还是做好了出击的准备。我在头脑中一遍遍地演练着我将要进行的动作，对自己说一定能行，并慢慢调整好手和身体的姿态。我能感觉到身后二十多双眼睛都盯着我的后脑勺。我深深地吸了一口气……纵身扑向那只天鹅。

我的突然出击让我暂时在与天鹅的对峙中占据了上风。过去多年打橄榄球所积累的肌肉记忆也带上了力。短短几秒钟之后，出乎我的意料，也出乎那只天鹅的预料，我竟然已经牢牢地抓住了它。尽管它也有所挣扎，但它的力气已经很弱，不足以对我构成任何真正的挑战。我笨拙地站起身来，生怕一松手，好不容易捉到的大鹅又会逃走。我抱着它慢慢走到放箱子的地方。洛夫尔太太一直守在箱子旁边。

人们纷纷发出赞叹声。同时人们又为这场对峙就这样匆匆结束感到十分失望。天鹅被关进了笼子里，人群中爆发出阵阵掌声，随后便开始散去。这场对峙终于结束了。我把箱子搬上副驾驶座的同时，洛夫尔先生帮我取回了我丢下的毛巾和防护手套。有几个看客踱过来，问我接下来要把天鹅带到哪里。我对他们说，我首先会把它带回诊所做医学评估，并留置观察一段时间。如果它身体状况良好的话，我会把它放归野外；否则，我们会把它送到野生动物救助站帮助它恢复。这个回答让他们很满意。他们催促我赶快照计划执行，不要耽搁时间。

我爬进车里，从副驾座上不断传来的嘶叫声提醒我，车里还有一位特殊的乘客。为了让它闭嘴，我小心地在笼子上蒙了一块毛巾。在一轮轮客套的道别声中，我的车子启动了。对这样的结果我是满意的，我现在终于能喘口气了。

回到诊所后，我不禁感叹，我的第一个周末值班真是一场严峻的考验啊。但当我的目光落在汽车的仪表盘上时，我意识到，值班时间连一半都还没过去呢。

天鹅小百科

拉丁学名	Cygnus olor
通用名	疣鼻天鹅
地理分布	原产于欧洲和亚洲大部分地区，后被引入北美洲、大洋洲和南部非洲。
概　要	世界上最重的飞禽之一，疣鼻天鹅是6个天鹅亚种中最大的一种。
名　称	公天鹅叫作cob，母天鹅叫作pen，天鹅幼崽叫作cygnet。成群的天鹅被称为bevy。
寿　命	野外环境下约为15年。
栖息地	温带地区、浅水湖和缓流河。（"池塘"与"湖"的区别就是根据天鹅的起降能力来定义的。）
食　性	吃水生植被、作物草、软体动物、小鱼、青蛙和蠕虫。
孵化期	36天。雌性产卵约4—10枚，雌雄均参与孵化。
翼　展	208—238厘米。
体　重	出生时体重225克，成年后体重可达8.5—11.8公斤。
生　长	雏鸟会由父母陪伴，直至4—5个月大学会飞翔时，会加入较大的天鹅群。雏鸟出生2年后才会开始繁育后代。
体　温	39—40 ℃。
天鹅的皇家"渊源"	历史上，人们曾将驯养的天鹅当作食物，并在天鹅的翅膀和鸟喙上做标记以表明所有权，天鹅的主人需要向英国皇室备案。任何没有标记的天鹅都自动属于皇室。时至今日，从技术层面讲，英国皇室仍是所有公共水域未做标记的天鹅的所有者。但英国女王仅对泰晤士河及其支流附近的特定地段行使这一权力，并与英国名酒酒商公会和英国名染匠协会分享这一权力。这两个机构每年都会举办一次天鹅放飞活动。人们把天鹅赶到一块，为它们套上做了标记的脚环，然后再放飞它们。
天　敌	成年天鹅很少被捕食，因为它们的防卫很有攻击性，但狐狸、土狼、猞猁和熊却对它们构成潜在威胁。
保　护	13—19世纪期间，天鹅几乎被猎杀至灭绝。但由于后来采取了相应的保护措施，它们的数量也急剧增加。另一场危机出现于20世纪60—80年代，因为捕捞船造成的铅污染导致大量天鹅中毒。后来它

们的数量虽然逐渐恢复，但仍被英国皇家鸟类保护协会列为"琥珀色"（濒危）级别。英国目前有大约6400对处于繁殖期的天鹅配偶，其中74000只会留在英国过冬。全世界约有50万只天鹅，其中有35万只栖息在俄罗斯等国。

SNOW LEOPARD

4

雪豹

一旦你拥有一只雪豹,你就很难再回头了。因为别的任何东西跟它相比都会黯然失色。

——丹尼尔·克雷格

这是个美妙的周末，我忙里偷闲刚为弟弟庆祝完生日。还有几个月我就要从兽医学校毕业了，我都快忙疯了。

这点儿时间是我硬生生从见习期的最后几周挤出来的。过去五年里我积攒了五大本资料夹。那阵子我不是在埋头苦读其中一本，就是在实验室借助动物标本练习"基础技能"。终日苦读加熬夜，让我有点儿吃不消。所以，趁着跟自己弟弟团聚庆生的机会，我刚好也可以放松一下。一般这种场合我们会一边吃着咖喱饭、喝着啤酒，一边看着《血染雪山堡》，而且一定要跟着一字不落地念出里面的台词——这让弟妹烦得要死。然而这次我们却一致决定看一集大卫·艾登堡主持的《地球脉动》。

这一集里出现了一头雪豹，这是人类第一次在野外环境下近距离拍到雪豹的影像。那头雪豹在喜马拉雅山嶙峋的峭壁间捕猎，身手矫健而敏捷。坐在沙发上的我们被电视上这头美丽而珍稀的猫科动物深深地迷住了。

时间向前快进一年。我在德文郡乡下的一家混合诊所工作，主要工作包括结核病检测、到农场出诊、小动物咨询和日常操作。这些东西学起来很不容易，尽管很有趣，但也非常累人。不过我很喜欢，而且很快就体会到，治疗各种各样的动物让我觉得很带劲。我们有个客户是一个野生动物园。我时不时会去那里为海狮、狐猴、海猴或浣熊做检查。对我来说，这是个非常荣幸的机会。

在我获得兽医职业资格后的九个月里，我去过那个野生动物园不少次，因此我对整个动物园的布局非常了解。但我居然不知道动物园里还有两头雪豹。直到有天早晨，我的同事戴夫从我们的另一个门诊给我打来电话。

"你今天有什么任务？你能来野生动物园一趟吗？我需要你的帮助。我要为一头十五岁的雪豹马吉塔做手术。它的左前肢腋下有一个伤口。"

我脑海中立刻又浮现出以前看过的喜马拉雅雪豹的片段，那头神秘、高贵的美丽生灵。当然，野生动物园并不等于野生环境——甚至可以说与野生环境相去甚远。但能为如此美丽的生物提供治疗，我顿时有种热血沸腾的感觉。

"当然能。"我随即说道,"你想让我什么时候过去?"

"一直到十二点我都要接诊,因此我把手术安排在了下午一点左右。你到时候能把便携式麻醉机运过来吗?你的车能装下吗?我自己会带其他的工具。"

便携式麻醉机包括一个装在手推车上的氧气瓶和一组管线,通过汽化器将麻醉剂输送到病号体内。便携式麻醉机器相当笨重,但只要整理一下车内空间,还是能放得下的。

我对戴夫说:"今天上午我还有别的出诊。但我会回诊所把设备都装好,再去跟你会合。"

"太棒了。谢谢你。那么我们下午一点见。"

那天上午我有两个出诊:首先是为一头猪缝合伤口——它试图从铁丝网底下爬过去时,划伤了自己;还有一头牛,它的蹄子需要修。那头猪需要几圈缝合线,那头牛需要一针镇静剂。我们用上了所有的人力才用绳索把它捆住放倒在地上。它以非常憋屈的姿势躺在沾满粪便的草秸上,极不情愿地由我为它完成了"美甲"。这两个出诊结束后,已经是日到中天了。我直奔诊所,把便携式麻醉机搬到汽车后座,然后开车去野生动物园与戴夫会合。

我们几乎同时抵达了野生动物园,简短地交流了一下要采取的计划,然后一块儿前往接待处去找保育主任托尼。他告诉我们,马吉塔的左前肢腋窝处有个已经爆裂的囊肿。

托尼说:"我不知道这是什么导致的。但因为这个,它都没法走路了。"

戴夫问道:"我们能不能先看看它,然后再决定是否把它麻醉后进行深度检查?它现在在哪里?"

托尼说:"它现在还在室外围栏里。从那个围栏走回它的屋子需要经过一个通道。屋子里有个铁笼可以把它关起来。它之前受过入笼训练,所以我们给它打任何针都没问题。"

"太好了!这样一来,我们就不需要发射麻醉飞镖了!我们可以省不少事儿!"

我们跟着托尼穿过员工室，走到主楼的后面。这时我们发现，我们已经置身于一群游客之中。他们才刚刚开始自己的野生动物园探索之旅。与这些闲逛的游客相比，托尼的方向十分明确。我们经过了金刚鹦鹉、巨龟、袋鼠、狐猴，穿过一个美丽的、东方风格的花园，最后到了一个高约二十五英尺的大型兽笼前。笼子前面，一道三英尺多高的栅栏将游客与铁笼隔开一定的距离，并有告示牌警告市民不要攀爬。栅栏上挂着一块牌子，上面是对兽笼中两个居民的介绍：两头雪豹，一头名叫马吉塔，另一头叫萨沙。乍一看上去，很难从浓密的枝叶和巨石丛中分辨出兽笼中的任何"居民"。然而托尼一眼就认出了萨沙。它蜷伏在围栏远处角落一个十五英尺高的、木头搭成的平台上。片刻之后，他也发现了另一个角落里的马吉塔。它藏在两块巨石之间。我们站在那里观看这两头雪豹的时候，负责管理它们的饲养员杰森走了过来。

"你能把马吉塔叫到这边来吗？"托尼为我们做了介绍之后，对杰森说，"我们先看看它的情况，然后再决定做什么。"

于是我们四人翻过外层的栅栏，杰森开始温柔地呼喊马吉塔，让它到这边来。萨沙知道，托尼的呼唤一般是意味着有吃的了。于是它悄无声息又毫不费力地从平台上一跃而下，直接朝我们走过来。而马吉塔比较谨慎，一开始它只是朝我们观望，但在杰森温柔的鼓励下，它终于站起身，小心翼翼地走向我们。它的左前腿看起来明显有点儿不舒服。

"它的伤有点儿严重。"托尼说道。

"它瘸腿多长时间了？"我问杰森。

"就我回忆所及，大概两天了。它跟往常不太一样，老是待在同一个地方。这很不寻常。但今天早上它的状况格外惹人注意。"

在它走近我们时，我们可以看到它的前腿内侧已经干涸的血痕。为了更好地查看腿部内侧的伤口，戴夫和我蹲下身去。但它浓密的皮毛遮住了伤口，使我们无法看清伤势。

戴夫说："从它腿上那些血痕的颜色判断，我估计可能是脓肿。它的伤势显然让它很痛苦,所以我觉得,最好将它麻醉后再好好检查。"

"我同意,"杰森说,"我也想知道它的伤究竟是怎么回事,我不愿意看到它的伤势进一步恶化。"

"你说的那条与笼子相连的通道在哪里?"戴夫问,"你能把它单独关进笼子里吗?只关它一个,不要关萨沙。"

"笼子就在那边。"杰森指了指左前方的角落。我们看到一个长宽各两英尺、高十五英尺、由铁丝网编成的铁笼。它与围栏另一侧一栋小小的白色建筑相连。"把它哄进去应该问题不大。"

"很好。乔和我需要设备。如果你能把马吉塔哄到笼子里,我们这就去拿设备。我们朝车走去时,发现有一群人正往一块儿凑。不用说,肯定是看热闹的。我们对这类场景已经见怪不怪了。托尼匆匆丢给他们几句话,我们就赶紧溜了。

"一头雪豹的腿出了点儿问题,兽医要给它做个检查。恐怕我得请你们都离远一点儿,以免给它造成不必要的压力。"

听了他的话,人们一阵交头接耳,表示理解。既然是为了照顾动物,大家都乐意听从。人群中还有几个好奇的孩子,托尼的话让他们有点儿失望。人群渐渐散去。他们的家长简单地为他们解释了一下原因。

"你打算怎么办?"走向我们的汽车时,我问戴夫。

"我们得在笼子里给它注射氯胺酮和美托咪定,等它走进自己的屋子时,药效就会发挥,随后它自然会入睡。这样一来,我们就能把它跟萨沙分开,而且可以避开游客的视线。然后我们可以插入麻醉管,对它进行麻醉。与此同时,我可以对它的腿部进行检查。条件允许的话,我们也可以抽点儿血,以确认它的整体健康状况。"

"当然没问题。"我说,然后又补充道,"我只要把它当成一头老虎那样对待就行了是吗?"

戴夫说道:"没错,就像治疗其他猫科动物一样,根据它下巴和眼睛的位置来判断麻醉药的效果就可以了。"戴夫预先准备了一个小箱子，里面有他需要的一切。我们把这个箱子打开，重新检查了一遍箱子里的东西，把接下来要采取的步骤按部就班讨论了一遍。还好，没有遗漏任何东西。随后我从汽车后座上把麻醉机扛了下来，和戴夫一起走向关雪豹的铁笼。我们离开了大概有十分钟。我们不在的时候，托尼已经把相关区域隔离了起来。而杰森正哄着不情不愿的马吉塔沿着通道走向我们设下的"陷阱"。我们把设备搬到与围栏相连的那间小屋的门口。我和托尼都认为我们应该在这里实施麻醉操作。戴夫评估了一下马吉塔的体重，并根据它的体重兑好了麻醉剂。这会儿马吉塔已经被关进笼子里了，我们朝放笼子的小屋走去。

我们的出现让马吉塔感到了威胁。它从笼子里扑向我们，身姿矫健，口里发出呜呜的低鸣。

"你准备好给它注射麻醉剂了吗？"杰森问戴夫。

"是的，一切就绪。"

"乔，你能帮忙拉一下把手吗？我们需要把它逼到笼子的一侧，好让戴夫安全地给它注射麻醉剂。"这个笼子前后各有一个把手，这两个把手都固定在笼子的铁丝网面上。拉动这两个手柄能暂时挤压马吉塔在笼子里占据的空间。戴夫可以趁马吉塔身体受限且做出强力反击之前，把麻醉剂注入它的臀部。

一旦注射完成后，我们就会放开手柄。之后杰森会打开笼子的前门，让马吉塔回到室内。又怒又惧的马吉塔很快就逃回了自己的房子，杰森随后关上房门。整个注射的第一步就这么顺利完成了。现在我们要做的就是等待麻醉剂发挥药效，当然，前提是戴夫计算的时间正确无误。

"它得多久才能睡着？"托尼轻声说。他知道在这种场合要保持安静。

"大概五到十分钟吧。"

关马吉塔的小房子顶部有一扇小窗。那扇窗落满灰尘，模糊不清。但透过窗子，我们还是能观察到铁笼里马吉塔的动静。一开始，它绕着围栏一边转圈，一边发出嘶吼。但随着药效逐渐发动，它终于摇头晃脑地趴了下来。注入药剂八分钟之后，马吉塔侧身瘫倒在地上，彻底失去了知觉。我们立刻开始行动，打开房门，把我们的设备搬进了房间。

打开关马吉塔的笼子之前，杰森用棍子轻轻地戳了戳它，好确认它确实已经睡着了。它一动也没动。笼子门朝里打开了，马吉塔随之被轻轻推出了笼子——这也证明了它睡得有多沉。我们把它抬到担架上，把担架抬到过道上，让它的头冲着门。戴夫轻柔地打开它的嘴巴，以检查它的颌肌反应——动物的舌头受到刺激时，先张开又卷起的自然反应。尽管此刻已经被麻醉，但它舌头的舒卷同样吓人。它长达一英寸的犬牙在我们眼前闪闪发光。

"我们需要给它插喉管，但我只带了一个张口器。如果我们插管时操作失误，它的牙齿一下就能把人类的手掌夹碎。"戴夫警告我说，我的心头不禁一颤，"你看到盒子里那个带呼吸导管的张口器了吗？"

我找到一小扎捆在小木块上的无纺布，接着又找到一台呼吸机和喉镜。戴夫用无纺布绷带在它的上颚缠了一圈，然后抬起它的脑袋，打开它的嘴巴。我轻轻地将张口器放在它的上下臼齿之间，直到张口器能稳稳地卡住。多亏了这个张口器，就算它牙齿合拢，我的手指也不会被咬断了。我掏出它的舌头，将喉镜轻轻地伸进它喉咙，以观察它的声带。取出喉镜后，我们用无纺布将呼吸机的导管固定于马吉塔的上颚，确定供气没问题之后，才将导管与麻醉机连接起来。戴夫和杰森将马吉塔摆成贴背平躺的姿势，以检查它的伤口，与此同时，我用听诊器检查它的心率（108）及呼吸频率（26）。测得的数值与它的体型符合，但心跳和呼吸的规律是否正常才是最关键的。戴夫来时带了一张麻醉测量表。我开始填写这张表。每隔五分钟，我就要重新测量一遍它的呼吸和心跳。如果数据能大致保持稳定，说明一切正常；如果波动比较大，则说明我需要进行干预。随后，我为它的眼睛涂抹了一些滋润凝胶，以保持其眼睛的湿润。这么做是为了弥补它处于麻醉状态时泪液分泌不足的问题。

"它的情况如何？"戴夫转身问我。我把表格递给他。"体征似乎很稳定。"

"很好。它现在的流率是多少？"所谓"流率"指的是指与氧气混合后，输送给病号的麻醉剂的浓度。

"2.5%。"

"好。还是要密切关注它的状况,尤其在我为它检查伤口时。这里空间有点儿挤,如果它突然醒了,我们可就麻烦了。"

我们四个人都挤在小过道里,再加上马吉塔和所有的设备,的确有点儿转不过身。而且,小屋子的门只向内开,我和麻醉机刚好挡住了逃生通道。看着它外翻的嘴唇,闪亮的大犬牙,餐盘大小的利爪和足有一英寸长的爪甲,我突然意识到自己的处境是多么危险,我们又是多么脆弱。当然,此刻它看起来睡得很沉,但任何意外的疼痛刺激都可能激起它的反应。我小心翼翼地检查了它的颌肌反应和瞬目反射,并把麻醉剂的流率上调到了3%。

"乔,它情况还好吗?我现在要检查它的伤口了。我不知道这会有多疼,所以,你得做好准备。"

"它的情况很稳定。"我确认道。

戴夫把它的左前腿拨到一边,露出一片血迹模糊的皮毛。血已经干透。血迹的中央,是一道很大的刺伤伤口。伤口还在淌血,周围的皮肤已经脓肿发炎。

"伤势很糟糕。真不知道它是怎么把自己搞成这样的。我们先固定和清理伤口再说吧。"说完,他开始剪除伤口周围沾满血污的毛发。马吉塔一动也没动。我又检查了一遍它的体征参数:心率120,呼吸24。外界的刺激让它微微有些反应,但并未引发它的颌肌反应和眨眼反应。这让我松了口气。戴夫继续缓慢而细致地剪掉了伤口周围的毛发,然后拿了一袋一升装的无菌盐水袋,插入针头,开始用盐水冲洗和清洁伤口。戴夫忙着手头上的活儿时,我打量着眼前这头美丽的生物,不禁心醉神迷。它的皮毛那么柔软、厚实、浓密,斑驳的烟灰色与草黄色,全身点缀着宛如黑色玫瑰花般的图案和相对较小的黑色斑点。它天鹅绒般光滑的尾巴和身体一样长。它的脚掌又大又柔软,脚掌上的肉垫富有弹性。肉垫可以让它无声无息地行动,但从肉掌伸出的爪子却又如剃刀般锋利。它的耳朵很小，这最大限度地减少了身体的热损失，同时又赋予它敏锐的听觉；它的三十二颗牙齿可以轻易地咬碎骨头，撕裂猎物的肉体；它那双平时警觉而敏锐的眼睛，此刻正深埋于在第三层眼皮之下。

戴夫终于冲洗完了伤口；马吉塔除了有节奏的呼吸外，身体仍然一动不动。伤口的脓液清除干净之后，显露出健康的肉芽组织。但戴夫的目光却落在了伤口中的一条深痕上。他用十五厘米长的鳄鱼钳轻轻地探查着伤口，将其伸入那条深痕之中——它似乎一直朝着肩膀延伸。让我们震惊的是，镊子竟然消失伤痕之中，直至看不到柄。

"这道深痕就像一个钻进它体内的异物一样。而且这个异物是可以来回活动的。"戴夫惊讶地说，"你能在它的肩膀上找到什么线索吗？"

我立刻去查看戴夫所说的部位。我分开厚厚的毛发，把它的肩膀仔仔细细摸了个遍。很快我就发现了我要找的东西：肩骨前方的皮肤之下，有一块硬痂。这是一个已经愈合的伤口。

"是一块痂。"我说道。

"你先用手指按住它，我会再用尖嘴镊子探探伤口，看镊子的长度跟这块痂是否吻合。"

确实吻合。按压硬痂时，我能感觉到镊子的尖端。

"这就是你要找的东西。"戴夫转过脸对杰森说，"肯定是有什么东西刺入它的肩膀正面，又从腋下穿了出来。它也许受伤好几个星期了。你有没有注意到什么可能与它的伤势有关的异常情况？"

"这么一说我倒想起来了。有一阵子，它似乎特别喜欢舔那只受伤的前腿。"我猜测这就是原因了。刺伤它的到底是什么东西呢？

"这种情况我见过不少。在狗身上，通常是由草籽导致的。草籽落入狗狗浓密的毛发中之后，会逐渐穿透皮肤，并在皮下移动。通常它们不会在皮下移动很远，因为狗狗会很快察觉并把它们舔出来。但有时，它们也会迁移到皮下很深的地方，"

我插话说:"我在兽医学校上学的时候就遇到过这样的情况。一条狗不小心吸入一颗异物。连续咳嗽了几个月。六个月之后,它的支气管开始化脓。我们切开支气管之后,发现是一粒草籽。"戴夫也说道:"是的,我也遇到过类似的由草籽导致的案例。"

"但这也可能是什么植物的刺或木头碎片导致的。可怜的马吉塔……"

"所以我们要怎么做呢?"托尼问道。

"我们需要再次为它冲洗伤口和那道痕迹,然后为它进行一疗程的抗生素和止痛药治疗,再根据情况,在一两周内为它重新检查。你可以把药物加在食物里喂给它,对吧?"

"是的。没问题。如果我们将药片混在肉里,它应该能顺利地吃下去。"

"很好。"

再次为马吉塔冲洗完伤口后,戴夫用无菌棉签轻轻擦干,在上面涂抹外伤乳霜,然后才放下受伤的前肢。我们把它摆成侧身躺倒的姿势。

"在我关掉麻醉机之前。你想抽点儿血做样本吗?"我问戴夫说。

"好的。或许可以从头静脉抽取?"头静脉是前腿关节之下,贯穿于前肢的一条静脉。它和颈动脉都是最容易取血的静脉。

戴夫脱下手套,把修剪皮毛用的小剪刀、一些储存血样用的真空试管和一根针头递给我。我在它膝关节下方的前肢部位剪掉了一小片皮毛。戴夫举起前肢,马吉塔腿上的静脉显示在我面前,我迅速抽了两管血。

"还有什么别的需要做的吗?"戴夫问道。

对于别的动物病患,我们还可以定期对其复查。但对于马吉塔,我们仅有一次机会来确保我们没有遗漏任何该做的事。一旦我们把它吵醒,今天就不会有第二次机会了。

"我觉得该做的我们都做了。"

"很好。那么让我们关闭麻醉机,把它放回笼子里吧,之后再给它注射逆转剂唤醒它。"

于是我关掉了麻醉机，断开了呼吸机的管子。之后我们一起将马吉塔弄回它的笼子，将它放回地板上。戴夫准备逆转剂的同时，我解开了固定喉镜的绑带。它的状态仍然很稳定，这让我很安慰。我将呼吸机的导管从它口中拔出来，将它的舌头拉直，好使它能够顺畅呼吸。戴夫对它进行了逆转剂肌肉注射。随后，我们两个走出笼子，关上并锁牢笼门。

　　大约十分钟之后，马吉塔开始醒过来。它缓缓抬起脑袋，试图站立起来。但它只是摇晃几下脑袋，几秒钟之后，便再一次摔倒在地。接下来很长一阵子，只有它的尾巴轻轻摆动——这是它正在苏醒的唯一迹象。不过它终于还是支撑着身子站立了起来。它的脑袋依然有点摇晃，在笼子里绕圈的时候，脚步依然非常不稳。但它最终还是靠尾巴维持住了身体的平衡。时间一分一秒过去，它逐渐稳定下来，体态也更自然了。但随着它意识的恢复，我们的存在也引起了它的警觉。

　　戴夫建议说："我们现在还是走开一下，让它自己待会儿吧。不过还得把它再关上一两个小时。"我们一边说着，一边离开了现场。

　　"一定照办。"杰森向我们保证道。之后我们便向他道别。"给它的药物呢？"

　　"它今天的药量已经足够了。我会把其他的药放在诊所，需要的时候可以派人去取。"

　　当晚我坐在沙发上，把《地球脉动》第二季又看了一遍。

　　当画面中的雪豹敏捷地在悬崖上追逐一只捻角山羊幼崽时，整个场景忽然对我有了全新的意义。因为我对雪豹身上的所有细节——从它脚掌上的肉垫、尾巴的尖端到它独特的生理构造——都已经有充分了解——正是这样的身体构造让雪豹能在如此恶劣的环境中依然壮大、繁衍。

雪豹小百科

拉 丁 学 名	Panthera uncia
通 用 名	雪豹
地 理 分 布	中亚及南亚山区。
概 要	雪豹是大型猫科动物中攻击性最弱的动物，但也是最隐秘、最狡猾的一种。雪豹是晨昏性动物，在黎明和黄昏时分最为活跃。"雪豹种"包括两个公认的亚种。
名 称	雄性雪豹被称为 leopard，雌性雪豹被称为 leopardess，它们的幼崽叫 cub。一群雪豹被称为 leap。
寿 命	野外环境下约为 15 年。
栖 息 地	夏季生活于海拔 9800—19700 英尺之间的山岩地区或山地草甸，冬季则降至海拔 3900—6600 英尺的森林地区生活。
食 性	雪豹属于随机取食的食肉动物，它们吃任何可能找到的肉类，包括腐肉和家畜。它们可以猎杀比自己体重大 4 倍的动物，捕获野兔和鸟类也毫不费力。除了成年雄性牦牛外，它们能够杀死攻击范围内的大部分动物。它们可以只靠一只巴拉尔（又叫喜马拉雅蓝羊）生存两个星期，会将猎物的所有可食部分吞食尽净。
孕 期	90—100 天。幼仔于 4—6 月之间出生，产仔数量在 1—5 只之间。
体 型	从鼻子到尾端长达 150 厘米，尾巴的长度也在 150 厘米左右。
体 重	出生时体重 320 克，成年后可达 27—55 公斤。
生 长	雪豹幼仔在 4 个月左右离巢生活，但依然会与母亲一起生活，直至长至 18—22 个月获得独立。2—3 岁时达到性成熟。
体 温	37.4—38.8 ℃。
对严寒气候的适应能力	雪豹长而柔软的皮毛可带来极好的隔热效果，短而圆润的耳朵可减少热量流失，毛发浓密且庞大的爪子可在崎岖山地的地形形成有力抓握，并可以防止陷入雪中。长而粗的尾巴有助于保持平衡，储存脂肪，卷起来时还可以起到毯子的作用，提供额外的温暖。雪豹的鼻腔也比较大，有助于它呼吸稀薄的冷空气。
保 护	雪豹没有天敌，但像世界上许多动物一样，它们面临的最大威胁莫过于人类。世界自然保护联盟（IUCN）将雪豹归类为"易危动物"，据估计，现存野生雪豹数量仅剩 4500—8745 头。盗猎者会为了获取

它们的皮毛或骨头而猎杀它们；此外，全球变暖也导致其栖息地大幅减缩；过度放牧也降低了其自然猎物的数量，迫使其与人类的接触和冲突增加。人类为了保护自己的生计，不得不选择杀死它们。但是，与其他大型猫科动物不同，至今没有雪豹袭击人类的先例，它们也很容易被人类赶走。

GOAT

5
山羊

山羊的欲望是上帝的恩宠。

——威廉·布莱克

马丁脚下生风般地走进诊所，看一眼他车顶上的冲浪滑板就知道他为什么这么欢喜雀跃了。

"马丁，早上好！"我跟他打招呼，"你今天冲浪肯定又很爽吧？"时间是上午八点半，我刚刚抵达诊所。

"一直都挺爽啊，以冲浪来开始新的一天再好不过了。你现在是不是也迷上冲浪了？"

"我需要先买一套冲浪衣和一块冲浪板。"我咕哝道。我就职的诊所位于北德文郡，距离拉科姆海滩非常近。来这家诊所工作，最重要的先决条件就是"热爱冲浪"。入职都六个月了，我居然还没有去冲过一次浪。这简直就是犯罪。

"你需要去布劳顿的'第二皮肤'器材店转转！安迪会给你挑一套合适的冲浪衣和一块二手冲浪板。然后你就能入门了。相信我，你肯定会迷上冲浪的。记住，一定要买套厚度为5/3毫米的冲浪衣。这样在12月冲浪也不会被冻到。"

"谢谢。"我答应着，在脑中记下了他的话。并不是我有多么抵触冲浪——远远不是。只是从我毕业后搬到德文郡，开始执业兽医生涯，中间事情太多，以至于我根本没什么空当去发展新的个人爱好。尽管如此，我还是很愿意培养一个新爱好的。下次我到布劳顿时，一定会买套冲浪衣。

我们一边聊着，一边走进诊所，想看看当天又有什么情况在等着我们。我浏览一遍当日的排班表，我要为一群瘸腿的牛看诊，此外有头牛患有乳腺炎，也需要进行检查。接下来还要去吉尔斯先生的家园农场为他的十几头小公牛做阉割——刚好排在中午时分，运气可真"好"。家园农场就位于布劳顿郊区。如果一切顺利，且没有意外状况的话，我可以在出诊结束后去布劳顿吃午饭，挑选一下冲浪衣。

事实也的确如此。周四午后一点四十五分，我带着一件崭新的5/3毫米冲浪衣走向我的汽车；安迪则答应我会帮我挑选一件规格为七英尺九英寸的二手

BIC迷你系列冲浪板——冲浪菜鸟的理想入门装备。用不了多久，我就会成为北德文郡另一名喜爱冲浪的兽医——车顶上拉着冲浪板，随时准备上班前或下班后去冲上一把。

坐在车里享受午餐时，我决定周末就试试新买的装备。我甚至在考虑要不要报一门冲浪课程。我周末不用值班，周六也没有什么安排。休假季已经结束了。要打发时间，还有比冲浪更好的方式吗？就在这时，我的电话响了，打断了我的畅想。打来电话的是杰姬，诊所里负责农场和马科动物业务的接待员。

"乔，你为那些公牛做完阉割了吗？你现在能到安铂睿的山峰农场见一位瓦特先生吗？他家有头牲畜产仔时遇到点儿麻烦，他搞不定，需要你过去。"

"没问题。我刚好还在布劳顿……但安铂睿究竟在哪儿？"虽然我入职已经六个星期，但我还是有点儿搞不清方向。我搬到布劳顿之前，买过一台卫星导航仪。我太天真了。因为到了这里后我才发现，很多坐落于山谷两侧的农场邮政编码是一样的。这个导航仪在伦敦可能很好用，但在德文郡乡下，还真派不上什么用场。幸运的是，杰姬对方圆三十英里内的每个邮箱、街灯、酒吧和电话亭都了如指掌，能非常精准地为我指明方向。

"那地方在巴恩斯特珀尔南边。沿着A377道，穿过比索斯唐顿，一直往前走，直到抵达翁贝利。然后在莱新森左转过桥……"我从副驾驶座旁边的脚踏板上捡起一张皱巴巴的小纸片，忙不迭地记下她提供的路线。她继续说道："沿着路再开一百米就到了。那家农场在路的右边。"

"太棒了。谢谢。"

"应该半个小时就能到，但要看路况。你出发后，我会告诉瓦特先生的。这个农场在地图上有标记，应该很容易找到……对了。他还说牛在田地里，他没办法把它拉回牛舍。"

"那我这就出发了。"

"谢谢你，乔。如果你觉得有必要为它实施剖腹产，马丁或尼尔会过去协助你的。"说完，她就挂断了电话。

我从主驾一侧车门的杂物袋里掏出一份英国地形测量局发行的地图，把它摊在方向盘上，以翁贝利为中心把它折起来，重新摊开放在副驾座上，随后便出发了。

四十分钟之后，我把车开进了农场。一路上我把那头牛可能出现的所有生产状况以及应对方式统统都设想了一遍。过去的六个星期，每一天都像活在《水晶迷宫》和《谋划者》这两部电影里。课本知识和在兽医学校掌握的一些基本技能可以让我顺利通过期末考试，但现在我需要快速提升自己的动手能力和解决问题的能力，好将理论转化为实践。正是这种从理论到实践的转变，让毕业后头一年的执业准备期比大学任何时候都更有压力。在实践中，队友和同事的出色支持是成功的关键。在这一点上，我可以说非常幸运。

瓦特先生走过来欢迎我。他脸上洋溢着典型的、我已渐渐习惯的德文郡式笑容。

"年轻人，下午好。我们以前应该没见过，但杰克说你没问题！"

"很高兴认识你，瓦特先生。您家的牛是生产不顺吗？"

"叫我阿瑟就成，我可受不了说话这么客气。我就是个庄稼汉而已……是不太顺。这头母牛下过四个崽了，以前生产从没遇到啥问题。这会儿它正在田地里呢……它尾巴翘得老高，看样子也在用力，但啥也没生出来。我试探着摸了摸它的产道，产道很紧，我的手几乎伸不进去。我不知道这究竟是怎么一回事。所以我觉得可能需要专业的大夫才能处理。"

"它生了多久了？"我问道。

"我感觉有两三个小时了吧。今天早上我见它卧在地上，想着它也许是得了乳热病，于是十一点左右的时候，给它皮下注射了一瓶钙剂。它当时还没有开始生产。一点钟左右，我又给它做了一次检查。它依然卧倒在地，但产道已经开始收缩。我试探它的产道，并给你们诊所打了电话。我的意思是说，它可能不是真的在生产，但现在已经是时候生产了……这种情况真少见，我有点儿摸不着头脑。"

"我们先去看看再说吧。"我说道。

他扫了一眼我的福特福克斯，目光中满是不屑。"你可别以为你的车能在田地里畅通无阻。你还是拿上你需要的东西，跟我一块儿来吧。"我一边收拾着所有可能派得上用场的工具，一边在心里想：总有一天我会买辆路虎卫士。

我把我的两大箱工具搬进他路虎汽车的后车厢时，他打趣道："你是打算去野营吗？"

"难道不行吗？"我反击道。随后我又问他："你这里有产犊起重器吗？"

他回答说："有的。就在田地里，在它旁边。"

"很好。那我们出发吧。"

我们穿过农场，驶上一条破败的、鹅卵石铺就的小道。小道两侧长满高高的金雀花和荆豆花。突然，从农场的一栋建筑里冲出一只牧羊犬。它紧紧地追在我们的车后面。阿瑟减缓了车速。

他冲着后视镜里的狗狗喊道："福莱，上来呀！"

"它们可不喜欢被冷落。"他对我说。

那只狗狗毫不费力地跳进车厢。我们继续沿着鹅卵石小径朝前驶去，开了大概两百米之后，他猛地向左一掉头，车停在了一扇大门外。我跳下车，推开了大门。我能看到那头母牛坐在田地里，距我们大概有二十米远——那是一头菲仕兰牛，毛色看起来很光亮。我看到它面前有一个大水桶和一堆干草。它身后几米处，放着一台产犊起重器。阿瑟驱车过去，我关上他身后的大门。他把车停在那头母牛旁边，我走过去跟他会合。我留意到牧场尽头，一群牛正在吃草，大概有三十头；它们都是所谓的"干奶牛"——它们在接下来的两个月内就会产犊，因此农场主在这段时间里不会再为它们挤奶。

我走到路虎车旁边，从后车厢里把装直肠检查手套和润滑剂的工具箱搬了出来，绕到那头母牛的屁股后头。我套上手套，在手套上抹上润滑剂，将手探进了母牛的产道。我立刻明白了阿瑟对我描述的情形：产道非常紧，这显然很不正常。一开始，我也感到很困惑，进一步探查它的产道发现，我必须像旋转螺旋开瓶器一样扭转胳膊，才能继续深入。突然间，我明白了问题所在。

"你觉得是啥情况？"阿瑟问道。

"子宫捻转——手只能伸进产道一点点，正是这个原因。"

"它怎么了？"

"子宫捻转。怀孕后期，这头母牛肯定滑倒过，要么就是打过滚儿。这个时候，它子宫里的幼崽已经比较大，这导致子宫发生了扭转。这样一来，牛犊子就没办法正常出生了。现在我们只能要么将子宫正位，要么实施剖腹产。"

"哎呀，原来是这么回事！"阿瑟说道，他摘下自己的平顶帽，用手抓着额头，"我为母牛接生都四十年了，从来都不记得遇上过这种情况。那我们还能把错位的子宫正位吗？"

"我们可以试试看——还有人能给我俩搭把手吗？这活儿得三个人才行。我们需要翻转一下这头母牛的身子，我得把手留在它的产道里，以便固定住它的子宫和子宫里的牛犊子。子宫不动，身子转动，这样才有可能把它子宫的位置给正过来。"

阿瑟说："我从没干过这种活儿。但我老婆肯定在附近。我这就去找她。"随后他跳上路虎车，朝大门开去。我的心怦怦跳个不停。我当然知道子宫捻转正位术背后的理论——这是兽医学校的经典考题——但我从没实际操作过。不过，与兽医学校的某些同学相比，我还算幸运的。在爱尔兰弗莫伊的一家诊所担任临时兽医时，我曾亲眼见到别的兽医实施子宫捻转正位术。我依然记得，那是一个寒冷刺骨的晚上，出诊的兽医伊恩上身脱光了衣服，向我们讲解子宫捻转正位术的关键就在于确定子宫是朝哪个方向错位，只有这样才能朝相反的方向把位置扭转过来。

阿瑟离开后，我一遍遍地检查母牛子宫错位的方向。子宫是逆时针方向错位的，这意味着我需要朝顺时针方向转动子宫以将其正位，或者在固定住子宫的情况下，逆时针方向翻转母牛的身体……真的是这样吗？将母牛的身体朝着子宫发生错位的方向翻转似乎有点儿反常识。我在头脑中将整个过程一步步地演示了一遍。没错。就是这样，我很确定。万一我错了，我想我还可以打电话叫马丁或尼尔过来帮我实施剖腹产。

不一会儿，阿瑟就带着他的妻子回来了。她是一位身材娇小又圆润的女士，脸颊红扑扑的，笑容和善。看上去她似乎是正在厨房忙活的时候被阿瑟给拉过来的，我忍不住想，也许她正在烘焙美味可口的蛋糕呢。她穿着花裙子和围裙，外面套了件很旧的鲜绿色压格棉袄，脚上蹬着一双雨靴，头上戴一顶渔夫帽。不用说，雨靴和渔夫帽肯定是阿瑟叫她时，她临时匆匆忙忙套上的。

她说："你就是新来的兽医吧？我是阿瑟的老婆玛丽。很高兴认识你。阿瑟告诉我说，情况有点复杂。好像我们还得给那头母牛翻个身？"

我向她解释了一下现在的问题，以及我们要采取的行动。

"这活儿不简单哪！"她说道。

"有问题吗？你和阿瑟能给它翻身吗？"我问道。

"不用担心我们。早在你出生之前我们就在农场上干活儿了。之前我们也给母牛翻转过身子。是不是，阿瑟？但不是现在这种情况。"

"没错。"阿瑟附和道。

"很好。我们需要先把它翻到左侧，然后再整个把它的身子翻过去。"我说道。我一边演示动作，一边在脑子里确认我的动作是正确的。

"你的动作没错。"阿瑟说。

我整个身体伏在牛屁股后面的草地上，再次慢慢地将右胳膊伸进了那头母牛的产道。我触到了产道内紧绷的带状组织。我的手顺着它尽可能远地朝逆时针方向探去，但我只摸到子宫内小牛犊的一只蹄子。产道很紧，我小心翼翼地将手臂尽可能向前伸展，终于抓住了牛犊的腿。这是个好兆头。如果我的胳膊能伸到这么远的位置，这说明母牛的子宫可能是呈一百八十度错位。如果是这样，我们的正位术成功的概率就比较高。

"好了，"我说，"我已经准备好了，就等你们把它翻转过来了。"他们轻轻地把母牛翻到了左侧。母牛的腿现在暴露在外了，我得提防被它踢到。阿瑟拿过来几条绳子，在它前腿和后腿上各绕了几圈。阿瑟抓着母牛的前腿和头，玛丽抓着它的后腿，他们一齐用力，慢慢地将它翻到后背上，然后再翻到右侧。随后他们把母牛的前后腿都掰弯，将它摆成坐姿。这么做的效果立竿见影：之前触到的紧绷组织松弛了下来，现在我的手能伸到产道内更深的地方，很轻松就能够到牛犊的腿和头部。现在胎位已经摆正了，母牛明显也舒服了不少。突然，母牛一阵宫缩，接着是另一阵。第三次宫缩来临时，羊水破了。此时我的手臂依然深埋在它体内，直至肩膀；我的头离它只有几寸远；我的整个身子都匍匐在地；它的羊水和尿囊液整个淋到了我身上。大约十二公升暖烘烘、黏糊糊、气味刺鼻的胎液浇了我一头，顺着我的背淌进裤子，又沿着双腿而下，把我的两只胶靴都灌满了。就好像有人把满满一澡盆胎液整个泼在我头上，我整个人都湿透了。我不禁又想起伊恩，我总算明白为什么他当时在寒冷刺骨的夜里也宁愿光着膀子。我怎么就没想到呢，这可太让人恶心了。

"哎呀！真没想到！"玛丽说道，"你好像被淋湿了，年轻人。但这是不是说，给它翻身的做法起作用了？"

我极力保持着镇定和专业精神，说道："是的，一点儿没错，瓦特夫人。完全奏效了。现在我们给它接生应该不用费什么力气了。"

虽然被淋了一身，但我依然待在原地一动没动。这个时候其实已经没必要再保持这个姿势了，因为子宫的位置已经正常。而且，我接下来也得为母牛接生。但我知道，只要一动弹，我身上的气味会更加刺鼻。不过我没有别的选择，所以我只能深吸一口气——在吸气的时候，又不能真的把气吸进肺里——站起身来，走到路虎车后面，把接生需要的绳子拿出来。走路的时候，我的靴子发出扑哧扑哧的响声。

我在小牛犊的两只前腿上各套上一根绳索，把绳子固定在接生千斤顶上，然后慢慢地将它拽了出来：是一头健康的公牛，体格很大。一切顺利。这个结果简直太棒了：子宫错位肯定是最近才出现的意外，因为它对子宫和牛犊都没有造成什么实质性的伤害。我对这样的结果相当满意——尽管多少有点儿分神，因为刚才淋到的胎液正在我身上迅速冷却凝结，变得更加黏腻，我的体毛和衣服都被粘连到一块儿去了。其结果就是，我动一动，体毛就被拉扯得生疼。尽管我依然试图维持职业兽医的风度，但我的动作看上去肯定跟一个机器人差不多。幸运的是，牛犊顺利降生，阿瑟和玛丽高兴得要死，并没有留意到我。

"杰克说得真对——你确实很棒！干得好，兽医先生，你真让我刮目相看！"阿瑟拍了拍我的肩膀。我本想表示一下感谢——我的内心也确实很激动——但他这么一拍，一股冰冷的胎液又滑落到了我的裤管里。那种湿答答黏糊糊的感觉又来了，而这种感觉正是我的身体极力想摆脱的。

母牛正在照顾着初生的牛犊，一切看起来都很好。玛丽这才把注意力转移到我这里。

"我觉得你该洗个澡了，你带换洗衣服没有？"

那时的我刚开始兽医生涯，觉得在陌生人家里洗澡有点儿尴尬。另外，我也没有带任何换洗的衣服。我可不想在冲完热水澡后，又换回原来湿腻脏臭的衣服。

"你太好心了，瓦特夫人。可是我没带换洗衣服，所以我得回家把自己弄干净。"

"你的意思是你都不过来喝杯茶、吃块蛋糕吗？"她一脸沮丧地说道，"我还特意为你烤了蛋糕呢。我们可以找条阿瑟的旧法兰绒裤子给你换上。"

我迅速瞟了阿瑟一眼。他有六英尺高，腰围至少三十六英寸。他的一条裤管就能装下我整个身子。但如果拒绝玛丽请我喝茶、吃蛋糕的邀请，就显得太不通人情了。

"你真的太好了，"我结结巴巴地说，"但我还是想回家洗个澡、换换衣服。我可不想这样子走进你们的屋子，我在屋子外面喝茶、吃蛋糕就行了。"

"别担心我们的屋子，亲爱的。相信我，比你现在糟得多的情况我们也见过。"

无视一切社交礼仪，就这么走进人家屋子让我感到十分不安。尽管如此，十五分钟之后，浑身湿淋淋、黏糊糊、臭烘烘的我还是扭扭捏捏地坐上了一把餐椅。阿瑟身心轻松地坐在我的对面。玛丽切开一块看上去很美味的海绵蛋糕，随后又去察看正在燃气灶上沸腾的茶壶。茶水润喉，蛋糕可口。我尽力忘却自己尴尬的处境，两者都品尝了一点儿。尽管茶炊很棒，但对于我糟心的外部状况可一点儿改善也没有。终于，与他们互道感谢之后，我小心地钻到方向盘后面，发动了引擎，驶出农场。

沿着来时的山路而下，我开过教堂，越过桥梁，在商店的停车场停下车，给诊所打了个电话，告诉他们我已经成功完成为母牛接生的任务，不需要再派人过来了。

接电话的是海瑟尔。"嗨，乔纳森。事情进行得怎么样？"

"搞定了。接生还算顺利，是头可爱又健康的公牛犊。"在我再次开口前，海瑟尔见缝插针地说道："干得不错，真不错。这会儿你先别回来，还有只山羊病号，需要你去出个诊。地点是在哈拉考特，离你现在的地方不远。一位帕克夫人家的山羊瘸了，她住在橡树小屋。刚好你回来时可以顺道去看看。就这么定了。"

我本来想说的是："我全身上下都是污物，足足有十二公升，臭味呛死人。一只瘸腿的山羊不算紧急，我可以明天再去。我现在这样子实在太影响职业形象。"

但出于一个刚毕业的兽医急于取悦雇主的渴望，我脱口而出的却是："当然没问题！地址是什么？我不知道你说的那个地方在我的哪边，但我肯定能赶过去的。"

"很棒。"她在电话里说，"哈拉考特离安铂睿只有十分钟路程。"

我匆匆在纸上画了一个表示方向的坐标。"告诉她我已经出发了。"

"我会的。谢谢你，乔纳森。"

你真是个傻瓜，我在心里骂自己。你究竟在想什么？穿成这样怎么能去见客户呢？我调整了一下后视镜，好看看自己现在的样子究竟有多狼狈。我的头发里还残留着一坨坨胎衣组织；脸上的胎液已经干燥凝结，留下一层暗淡的光泽。我从上到下依然湿漉漉的。我把我面临的选项在脑子里过了一遍。我的选择很有限：就这样子去见客户，或者打电话给海瑟尔，告诉她取消预约。无论选哪个都不太合适。

突然，我灵感一闪，想起我早上买的那套冲浪衣还在我汽车后备厢里放着呢。我记得试穿时，它十分贴身。穿上去肯定也特别暖和。我可以穿上它，外面再套上防水裤和上装，这样就不会有人看见我里面穿的是什么了。更重要的是，它能让我保持干爽。这肯定比我现在穿的这身衣服舒服上一百倍。我觉得简直太完美了。如果那个周四下午晚些时候有人路过旭日商店时朝商店的停车场瞟了一眼的话，他也许就能看到，一辆绿色的福特福克斯以十分怪异的角度停在停车场偏僻的角落里。车身后面躲着一个半裸着身子的人，样子十分狼狈。我好不容易脱掉身上湿而刺鼻的衣服，又从行李箱里拿出一卷常备的蓝色纸巾，擦干了身子，把脸也清理了一下。多少还是有点用的。

我试图把自己塞进冲浪衣里。这时候，第一个问题来了。我勉强把裤管套到赤裸的左腿上，但由于裤管很紧，合成橡胶材质的料子一下子就把我的腿毛给磨了个精光。干结的羊水将我的体毛凝固成一团，任何摩擦都会使体毛从皮肤上剥落。预料到了我的右腿将要承受的折磨，我不禁咬紧牙关，鼓足所有的勇气，尽可能地将右腿插进冲浪衣的裤管。由此而来的疼痛是如此剧烈，我几乎晕过去。

终于，两条腿都伸进去了。我把潜水裤拉到腰部。随后我意识到，我还得把两条胳膊也伸进冲浪衣，前面经历的痛苦又要再来一遍。这时我才开始明白，换上冲浪衣这个主意并不如我一开始认为的那么完美。但我依然凭着坚强的意志穿上了冲浪衣，因为我相信此时我别无选择：海瑟尔现在应该已经给帕克夫人打电话了，她在等着我了。

终于穿上冲浪衣之后，我再也没有勇气将拉链拉上了。于是我在冲浪衣外面又套了一套干净的防水衣裤，将脚塞进了已经灌满污物的长筒雨靴里。我看着后视镜里的自己。我防水外套的领子基本上能遮盖住潜水服的上沿，但却挡不住胳膊。两条被橡胶衣料束得很紧的胳膊从防水服的短袖伸出来，显得很怪异。我没办法不让它伸出来。一个专业兽医师穿着冲浪衣去见客户，是不是也太搞笑了点儿？不管怎么说，英国式的礼貌肯定能为我挽回点儿颜面吧。

十分钟后，我开车驶向哈拉考特，等待我的是帕克夫人那只瘸腿的山羊。直到此时，我才体会到马丁向我推荐的 5/3 毫米厚度冲浪衣的保暖性能是多么优良。短短几分钟，我就已经满身大汗。尽管我将空调调到了最大挡，还是觉得，这样下去，等不到我抵达客户那里，我就已经热得化成烟了。我原本以为我只是"考虑不周"而已，没承想却是给自己挖了个大坑。看来我需要好好反思一下自己的决策能力了。

"橡树小屋"是一栋刷成白色的小屋。黑色木质窗框，石板屋顶，古色古香，洋溢着19世纪的复古格调，很容易辨认。我把车停在屋外，一边从后视镜里打量着自己，一边擦去额头的汗水。我面孔通红，头发乱作一团，汗水和胎液混合的气味简直令人作呕。遇上我这么个兽医，帕克夫人可真够倒霉的，我不由得在心里想。我拿了几样可能会用得着的工具：切蹄刀、温度计、手套、听诊器、针头、注射器和几样药品。随后，我关上后备厢，走向橡树小屋的前门，按下了门铃。硬着头皮上吧。我在心里说。

片刻之后，门开了。一位穿着短袜、牛仔裤和套头衫的中年女士出现在我眼前。她左臂抱着个婴儿。"你好！我是来出诊的兽医，叫乔纳森。我听说您家里有只山羊腿瘸了？"她仔细地盯着我看了几秒钟。当兽医来为客户的动物解除病痛时，客户的表情往往是充满感激的，对这样的表情我已经见惯不怪。但帕克夫人脸上感激的表情很快就变成了困惑：一位本该受人尊敬的专业人士居然打扮成这样！

"你的防水服下面是冲浪衣吗？"她怔了片刻后，开口问道。我简直不能相信。见面连十秒钟还不到呢，我的伪装就被看穿了。在卡姆登，穿成这样也许还能说是为了彰显个性；但是在德文郡这么穿，就是百分百的怪异了。

"说来话长。"我说道。

"你是正冲浪的时候被叫过来的吗？"她猜测。

"不全是。"看来我不解释清楚是不行了，"为上一个客户出诊时，衣服弄得有点儿湿。我只能穿成这样了。"

她笑了起来。"我很佩服你如此敬业，但情况并不是很紧急。你可以明天再来。"

我真是个十足的傻瓜。我为什么不一开始就告诉海瑟尔把出诊推迟到明天。

"我们可不能因为面子影响工作。"我一脸严肃地说道，试图用专业精神来弥补自己的窘态。

"太让人佩服了，"她说道，闪到门边示意我进来，"请走这边。"

"我的靴子湿透了，我能从屋子外面绕过去吗？"

"当然没问题。你可以从那边绕过去，"她指给我方向，"我要换上我自己的靴子，到屋子后面等你。"

我摇摇摆摆地沿着房屋的外沿走向后门。紧身冲浪服使我的动作显得像个机器人。让我感到欣慰的是，还好只有我独自一人。屋子后面是个大花园，地面上散落着一些儿童玩具和杂物。再后面，一个小小的围栏里关着三只山羊。帕克夫人走到我身边。她胳膊上依然抱着那个小娃娃。此外，她身边还多出一个看上去约四岁左右的小男孩。那个男孩踩着一双亮蓝色的靴子，身上套着件过于宽大的外套。他警惕地打量着我。

"妈咪，这是谁？"他用手指指着我问。

"他是兽医，杰米。他是来给伯蒂看病的。还记得我告诉过你，伯蒂有条腿不舒服吗？兽医会让它好起来的。"他似乎对这样的回答很满意，但他看我的眼神依然充满警觉。

"山羊们都在栅栏里，请往这边走。"帕克夫人一边说着，一边领着我朝羊圈走去,"我们一共有三只羊。两只母羊,一只公羊。"

小男孩紧紧跟在帕克夫人身后,抓着妈妈的夹克衫。突然,他又开口问道:

"妈咪,妈咪!他为什么穿着冲浪衣啊?"

帕克夫人放声大笑。之后,她做了一件在我看来相当有气魄的事儿。为了替我在她四岁的儿子面前挽留一点颜面,她说道:"有时候兽医需要到潮湿肮脏的地方工作。为了避免自己的衣服被弄湿,穿冲浪衣是很有用的。"我对她又钦佩又感激,但小杰米可不是个容易被打发的孩子。他继续问道:

"但冲浪衣只有下水的时候才穿,现在我们可是在陆地上呀。看起来好傻。"

"宝贝,你说得对。"帕克夫人终于让步了。这等于承认了自己想得一点儿没错,杰米于是开始不停地叫喊:"傻子才穿冲浪衣!傻子才穿冲浪衣!傻子,傻子才穿冲浪衣!"尽管帕克夫人一直低声命令他"杰米,够了",他还是喊个不停。

我们走到栅栏门口。她指着羊群中格外显眼的一只公羊对我说:"那边的就是伯蒂了。我给它套了根链子,为的是抓它的时候容易些。但有这个小家伙在我怀里,你抓它的时候,我估计是帮不上什么忙了。"她指了指怀里的婴孩。"你自己能行吗?它们其实很乖的。如果你觉得不行,可以等到我丈夫回来。"

这样的状况对我来说不算理想。但我巴不得赶紧搞定一切,尽快结束这次出诊。何况,有杰米这么一个"小天使"在跟前一直闹腾,我可不想在帕克先生面前再丢一次脸。

"没问题的。"我回答。我打开围栏的门,径直走进了围栏里。帕克夫人和杰米留在围栏外面。帕克夫人靠在围栏上,而杰米则从栅栏的缝隙观瞧。

"伯蒂,别怕!"他喊道,"这个穿冲浪衣的傻子会让你好起来的!"

对杰米而言,冲浪衣没准跟兽医是一回事。这样的印象或许会永远停留在他脑子里。

那个围栏大概有一英亩①那么大。大门左边的角落里搭着一个正面敞开式的棚子，地面上铺着供山羊躺卧的稻草。棚子的右边，是一个埋在土里的大铁橛子，上面拴着一根五米长的锁链。铁链的尽头是一只很大的白山羊。它原本正满足地啃着地上的草，见我走近，不怀好意地盯着我。从它小心翼翼的动作中，我一眼就能断定，问题肯定在它的左腿上。伯蒂尽管警觉不安，但并没有试图逃走。相反，它显然认为我的兽医工具箱里装着好吃的东西，一瘸一拐地走过来迎接我。它对工具盒的兴趣很快就变得不可遏制。看来，除非它能吃到盒子里的东西，否则是不会罢休的。但这倒让我想到个主意。

"有什么吃的东西可以分散一下它的注意力吗？"我问帕克夫人。

"有一些干草。如果没有干草，它们一般也会啃青草吃。"

"干草可以的。你能往桶里放一点吗？"

"当然没问题。"她消失在花园中那间草棚里。片刻之后，她回来了，提着满满一桶干草。

"太好了。谢谢。"我一边说，一边从她手上接过那只桶。伯蒂依然着迷般地蹭着我的工具箱。我提着工具箱走开时，它一直跟着我走到拴它的锁链所允许的最远的地方。我把工具箱小心地放到围栏边上，从箱子里掏出一把修蹄刀，提着那桶干草走回伯蒂身旁。它立刻扑到干草上，把身子埋进桶里，兴高采烈地啃了起来。趁这个空当，我开始检查它的蹄子。我蹲下身去，抬起它的蹄子。与此同时，我立刻感觉到身上这套滑稽的潜水服的束缚。这真的是我自己要穿的吗？我在心里问自己，我当时究竟在想什么呢？通过检查伯蒂的蹄子，我很快发现了问题（幸亏有这桶干草可以引开它的注意力），它的两个蹄瓣之间有一处已经溃烂的伤口。我又检查了它腿上的其他地方，没发现有什么问题。给它吃几片止痛片，再喷一点儿土霉素喷剂，应该就没事了。我把它的腿放回地上。伯蒂依然一头扎在干草桶里，津津有味地吃着干草。

---

① 1英亩约合4046.86平方米。

"它有什么问题?"帕克夫人问。

"它被烫伤了。"我说,"不过别担心,这很常见。它的蹄瓣间有一处由外部细菌引发的溃疡。非常容易处理……"

我从工具箱里拿了一支两毫升装的消炎药福乃达和一瓶土霉素喷剂,重新回到山羊身边。

"我会给它注射一点儿止疼剂。"我一边说,一边将药液注射进它的肌肉。伯蒂的头依然埋在桶里,身子连动都没动。山羊可真贪吃啊,我不由得想。我抬起它的腿,在它的蹄子间喷了一些土霉素喷剂。

"这样应该就可以了。"我说道。我放开它的腿,朝我的工具箱走去。

"谢谢你。"帕克夫人说,"它看来非要把这桶干草吃完不可。你穿这身衣服,肯定有点儿热吧。"她咯咯笑着打趣我。直到这时,我才意识到额头不停淌下的汗珠。

杰米问我:"你有没有让它好一点儿呀,穿冲浪衣的傻子先生?"

"希望有吧。"我说。我穿过庭院的后门,回到花园中。

"可怜的伯蒂。"他叹了口气。

"你最喜欢伯蒂了,是不是,杰米?"我们一块儿走向屋子时,帕克夫人对杰米说。然后她转向我,问道:"你想喝杯茶吗?我知道你现在肯定迫不及待地想回家。但我已经备好了一点儿茶点。"

"你真的太好了,但你说得对……我还是想马上回家。"

"我猜你也是这么想的。"

我们走到屋子前面时,车道上开来了一辆车。

"爹地回来了!爹地回来了!"那辆车停了下来。杰米兴奋地喊着,冲向主驾一侧的门。

帕克先生走下车,把杰米抱在怀里。而我的心却沉了下去。

"你今天在妈妈跟前淘气了吗?"他问杰米,但杰米根本没理他的话。

"爹地,爹地。这个人在陆地上也穿着冲浪衣,他是个傻子。他来这儿是为了让伯蒂好起来。"

帕克先生心不在焉地听着儿子的话，把头转向他的妻子。

"嗨，亲爱的。"她说，"这位是乔纳森，他是来给伯蒂治疗的兽医。"帕克先生伸出手来跟我握手，这时他才领悟到杰米刚才说的话。

"啊，我懂了……你还真的穿着冲浪衣啊。你是去给海豹看病了吗，还是怎么的？"

"说来……话长。"我底气不足地回答道，我注意到帕克先生和帕克夫人交换了一下眼色，"总之，我现在该走了。伯蒂应该已经没事了。如果还有什么问题的话，请打电话给我。"

说完，我立刻冲向我的汽车，飞速把工具箱丢进后备厢，跳到方向盘后面，发动引擎，疾驰而去。匆忙间也不忘向山羊族之神奉上简短的祈祷，祈祷伯蒂真的得好起来，以免我再来这里一趟！

山羊小百科

拉丁学名	Capra aegagrus hircus
通用名	家山羊
地理分布	野山羊首先在南亚-西亚区域及东欧被驯化，成为家山羊。现在在全球范围内均有分布。
概要	家山羊是野山羊（Capra aegagrus）的一个亚种。野山羊有超过3000个品种。
名称	在英语中，雄性山羊被称为buck或billy，雌山羊被称为doe或nany。山羊幼崽被称为kid。成群的山羊被称为tribe。
寿命	约5—18年。
饲养	在世界大部分地区，它们通常可以在牧羊人（多数是孩童）的看护下在山丘地带和其他放牧区自由游荡。此外，它们通常是被拴在或关在羊圈里。
食性	山羊和牛、绵羊一样，都是反刍动物，但它们是嫩食动物（browsers），而非粗食动物（grazers）。它们对食物并不挑剔，但相比嫩草，更喜欢采食藤类、小型灌木和杂草。在中国的茶园里，山羊被用来清理杂草，给植物施肥，因为茶叶本身味道苦涩，不用担心山羊会吃茶叶。
孕期	150天。山羊的繁殖季节取决于它们的地理分布情况。雌山羊的发情期为21天，通常从白昼开始变短的时节开始，在赤道附近的地区，发情期可持续一整年。
体重	因种类不同而差异较大，体格较小的俾格米山羊体重约20公斤，而体格较大的波尔山羊则可达140公斤。
体格与成长期	性成熟期在3—15个月之间，2—3岁时体格完全长成。
体温	38.8—39.4 ℃。
保护	因其对人类用途广泛，家山羊是世界上分布最广的农业动物之一。在全球范围内，喝山羊奶的人多过喝牛奶的人；山羊肉很受欢迎，它们的粪便可以用作肥料，纤维和皮毛可以用来制作衣物或皮革制品，它们还可以用于清除田地里不需要的植被和搬运较轻的货物。据估计，全世界约有9.24亿只家山羊。这是一个可喜的数据，因为它们并不像本书中的其他一些物种一样属于濒危物种。山羊对人类而言十分有用。你可以送一只山羊给发展中国家的人，以使受赠者从中获益。

两岁的我与祖父母的狗"阿本"在新佛罗斯特度假,我们是形影不离的好伙伴

八岁的我北德文郡帮助羊羔产崽

三岁的我为自己的抓鸡技术深感自豪

一只巴西三带犰狳。它是九带犰狳的近亲，只是体格略小

野生动物兽医协会的工作人员正在将一头长颈鹿赶到拖车上

在我们将长颈鹿从灌木丛驱赶到拖车上的过程中,皮革头套、眼罩和耳塞能起到一定的控制作用。这些都有助于减少外界刺激,让它变得较为镇定。尽管如此,我还是得十分小心,因为它只要随意地摆动一下脖子,就能让我从平台上摔下去

比扬恩向我们演示如何为长颈鹿施行心肺复苏

猎豹在睡着的时候可是非常可爱的!照片中这头年轻的母猎豹是我们在非洲开展工作时的工作对象

在它醒来之前,赶紧来张合影

这对波尔山羊对食料更感兴趣,而不是跟我合影。这毫不奇怪

任务完成!这些大象已被成功麻醉,就等着被转移了。趁它们醒来之前,德瑞克、维恩、洛特和我赶紧跟它们拍张合照

抵达转运目的地后,我和洛特站在拖车上拍了这张照片。接下来我们要把这些大象卸下来,唤醒它们

我职业生涯中的第一头大象(一头三十岁的公象),我刚刚为它换下追踪项圈

两头美丽的、角已经完全长成的犀牛。这张照片摄于2013年的克鲁格国家公园。后来我又去了克鲁格国家公园两次，却再也没见到犀牛。它们的消失是一个悲剧，反映出近十年来盗猎对这个国家公园的伤害是多么严重

一次成功的人工去角术。一个优秀的手术团队能在二十分钟之内完成这一手术，同时将对犀牛的压力降到最低。但遗憾的是，即便是已经被去角的犀牛，依然会成为盗猎分子的目标

ELEPHANT

6
大象

在世界所有的动物中,没有任何一个物种能像大象一样,如此恢弘地彰显上帝的权柄与智慧。

——爱德华·托普赛

我坐在福特游侠的驾驶座上，椅背放得很低，双脚搭在打开的车门上。沙砾铺就的车道边上长着一棵合欢树，树上有两只紫胸佛法僧（lilac-breasted roller）在嬉戏。我注视着它们，沉浸在自己的思绪当中。我的车里有两位乘客。他们睡得正香，对窗外鸟儿的嬉戏毫无察觉。就在刚才，几只羚羊飞奔着从我眼前穿过车道，眨眼之间便消失无踪。当然，睡梦中的两位乘客对此也一无所知。我们现在要做的是等待。汽车变速杆旁边放着一部双向对讲机。本、威廉姆和莱尔三个小时前就出发了，但对讲机一直静悄悄的，没有任何声响。

我们的车停在南非侯斯普瑞特镇外的山脚下一处茂密的灌木丛中。几个月前，三头年幼的公象从野生动物保护区逃了出去。我们需要找到它们，用麻醉枪把它们放倒，然后为它们戴上无线追踪项圈。它们从离这里四十公里之外的家园迁徙到这里，现在把这里当作了栖息地。白天，它们躲在茂密的灌木丛里，晚上出来偷吃当地一户农家的芒果和柑橘。因此不难理解，那家农户觉得这些大象在这里逗留的时间太长了，现在巴不得把它们赶出农场。不然的话，他的生计就难以维持了。

过去的两个月里，保护区管理方几次动用直升机干预。先是尝试将它们引回保护区内，当它们漫游得太远，可能给当地的农户造成破坏时，又试图将它们驱离所待的地方。现在它们喜欢上了柑橘和芒果，每天都要吃。它们把这里当作自己的新家园。这样一来，就只剩下两个选项了：要么射杀它们，要么运走它们。幸好，那个农户非常倾向于后一种选项。慈善组织"拯救大象"愿意承担搬运大象的任务和所需费用。

这三头大象平均每头重达三吨。它们所处的位置是交通颇为不便的山区。要把它们运出去，任务可谓相当艰巨。于是救援方把整个任务分解为两步。幸好，这三头大象组成了一个小小的象群，总是形影不离地一块儿行动。因此，行动的第一步是用麻醉枪击倒三头大象中的一头，并为它安装无线项圈。如此一来便可以掌握象群的行踪，并为第二步要展开的实际运输工作方便地定位象群的位置。救援方也会通过第一步弄清楚第二步具体需要做哪些准备。这已经是我们在第一步行动中第二次尝试找到这些大象。第一次行动以失败告终——我们没能在天黑之前发现它们。所以今天我们凌晨四点半就从侯斯普瑞特出发了，为的是早上七点到达象群出没的农场。这样我们就能有一整天的时间去寻找象群，并为其中一头安装无线项圈。

这些大象是完完全全的野生象。这意味着它们不仅很容易受惊，潜在的危险也相当高。我们只能徒步接近它们，而这会更加增加整项任务的风险系数。于是我们决定抽调精英队员组成一支队伍，先派他们去摸清大象的位置，用麻醉枪击中某头大象。一旦大象被成功麻醉，整个区域没有危险之后，其他的队员再把车开到离大象尽可能近的地方，把设备拿上来实施作业。这支精英队伍由三名队员组成。首先是负责追踪大象的威廉姆，他是找到象群的关键；然后是本，他要负责发射麻醉枪；最后是莱尔，他携带着一把步枪，万一发生最坏的情况，有大象冲向我们，他将守卫我们的安全。

我们花了一个小时试图从象群昨晚活动的踪迹中推测它们的迁移方向，把两辆卡车开到距象群出没尽可能近的地方。之后，威廉姆、本和莱尔下车步行。观看威廉姆工作是种奇妙的体验。我们所有人都注意不到的东西，偏偏他能觉察到。这种能力实在太神奇了。距离水坝五十米的车道上散落着一些水滴。威廉姆从这一迹象推断出，我们要寻找的大象几个小时前曾在那里饮过水：大象离开大坝时，水滴沿着下垂的象鼻，以特殊的方式滴落到车道上。威廉姆能从断枝上干燥的汁液推断出树枝被折断的时间。大象的粪便可能是最近几个小时留下的；从地上的足印和象牙的痕迹，可以判断出象群行进的方向、时间和速度。我们根本留意不到这些迹象，但对威廉姆来说，它们就像书页上的字迹一样清晰。

现在已经是上午十一点了，我们派出的队伍已经离开了整整三个小时。我们不知道还要等上多久；也许随时会收到他们的呼叫，也许还要再等上五个小时。从汽车的后视镜里，我看到"拯救大象"的队员正在打牌消磨时间。他们对这样的等待已经习以为常了。任何投身于野生动物救援工作的人都会很快学会如何消磨漫长的等待时光。这可能会让某些人感到恼火，但对我而言，在非洲大陆茂密的灌木丛里等待进一步行动的指令，这件事本身就很浪漫。这种经历也将成为我终生难忘的宝贵记忆。

突然，对讲机中传出的噼啪声响打破了眼前完美的宁静。说话的是莱尔。

"我们已经找到它们了，就在我们前方一百米处。"本和威廉姆正在朝象群靠拢，等象群进入他们麻醉枪的射程后发射麻醉飞镖。"我会把我们的卫星定位发给你们。请随时待命。"

"收到！"我回答说。

原本在车内睡得正香的两位伙伴立刻醒了过来，一副整装待发的样子。我跳下卡车，将这个消息报告给了其他队员。根据收到的卫星定位，我们可以判断与精英小队会合的最佳路线，以及还能把汽车往那边开多远。但卫星定位未必就是他们的最终位置。象群可能因受到惊吓而逃窜。这样一来，我们就得再花上几个小时去追踪它们。即便它们被麻醉飞镖击中，可药剂八分钟之后才能发挥药效，而这八分钟足够象群奔跑两公里。我们必须做好随时应变的准备。

又是半个小时过去了，精英小队那边没有传来任何动静。之后，莱尔又通过对讲机对我们说：

"他们用麻醉飞镖射中了一头大象。那头大象没有奔逃，但正在离开。本和威廉姆这会儿正跟着它——请赶到我发送给你的位置与我会合。"他的语气中明显透露出如释重负的轻松感。尽管难以推断精英小队那边究竟发生了什么，但局面无疑曾一度很紧张。

我把话传给了其余的队员，随后再次跳上了驾驶座。引擎发动后，我把车靠在路边，让"拯救大象"组织的司机杰西开车做领队。"拯救大象"的队员们过去一个多月来都在这一带巡逻，对茂密的灌木和岩石间纵横交错的道路十分熟悉——尽管把这些狭窄小径尊称为"道路"实在有点儿夸大。它们不过是密不透风的灌木丛里植被略少、岩石较多的地方而已。

不一会儿，我们前面的卡车就消失在一片扬起的烟尘之中。杰西开车毫不含糊。时不时有突起的巨石把道路遮挡住一部分，我必须全神贯注才能在不减速的情况下，避开这些障碍，跟上杰西的车尾。

十分钟之后，我们抵达了威廉姆发给我们的位置。莱尔站在路旁，持枪待命。

"它朝那边过去了。"他指着我们右边浓密的灌木丛说道，"幸好它被麻醉飞镖射中后才走了大概两百米。我们步行几分钟就能赶上它。另外两头大象似乎逃走了，但它们也可能会回来搭救自己的同伴。因此我会护送你们。"这本是一句平淡无奇的话，但莱尔话里的言外之意却不禁让我对与另外两头大象遭遇的景象浮想联翩。我心里很清楚，要是真遇上，那就太吓人了。

即便是为大象安装无线项圈这样看似简单的工作，其实也要动用很多设备。首先，项圈本身大约有六英寸宽，半英寸厚，直径足足有十英尺。然后是项圈的平衡锤。它重约十五公斤，安装在无线项圈的下部。为的是当大象走动时防止项圈滑落。更不用说便携式角磨机、电钻，以及长长的金属线和束线带了，这些是快速高效地开展工作的必备工具。我们现在处于极度危险之中。不仅因为麻醉剂有可能会失效，还因为这头雄象与另外两头大象分开的时间越长，它的同伴回过头来找它的概率就越高。

我们把装设备的箱子拖进灌木丛，莱尔站在我们后面为我们指示方向。他密切留意着周围的情况，做好当出现危险时随时开枪射击的准备。幸运的是，再没有别的大象出现。我们越过树林和灌木，跨过一条沟，又穿过一片低矮的灌木丛，五分钟之后，终于来到那头被飞镖射中的大象旁边。这是一头尚未成年的公象，年纪大概二十五岁。但从如此近的距离观看，它的体格依然庞大得惊人。它刚好躺倒在一块小空地上，右侧身子贴着地面，鼻子完全伸开，已陷入沉睡之中。它每次呼吸时，都从鼻孔里发出雷鸣般的鼾声，震动着我们周围静谧的环境。本和威廉姆已经用大象的大耳朵盖住了它眼睛的上半部分，以将外界刺激降到最低。此外，他们还用一截小树枝小心地支撑住大象鼻子的末端，以帮助大象顺畅呼吸。

欣赏过睡在我们面前这头巨兽巍峨庄严的体态之后，我们便开始着手安装无线项圈。首先，我们将金属线从大象脖子底下绕过去，再用束线带将金属线和无线项圈固定在一起。随后我们会把金属线从大象脖子底下抽回来，根据测得的金属线的长度确定项圈的大小，确保信号发射器能位于大象脖子的上方。无线项圈与象脖之间应空出两个手掌宽的缝隙，以免项圈过紧。然后将平衡锤装好后，用螺栓固定在项圈上。最后用角磨机将螺栓和项圈多出的部分去掉，这项工作才算完成。全部算下来，需要不出十分钟的时间。本、杰西和我安装无线项圈的同时，其他队员正忙着为"拯救大象"组织采集与这头大象相关的各种数据；这些数据将来会被"拯救大象"组织备份及用于数据库，而莱尔一直在周围悉心守护着我们的安全。

终于，我们把设备收拢到一块儿，队员们开始陆陆续续走回卡车。本把装有逆转剂的两毫升注射器递到我手上。

"现在可以把它叫醒了。"他对我说。

"好的。"我回答说。等到大家都走到了安全距离之外后，我在大象耳朵上找到一条大静脉，将纳曲酮打了进去，随后走向卡车的方向，在百米开外的一棵树旁与本会合。我们可以从那儿安全地观察大象的恢复情况。不到一分钟，它便试图抬起脑袋，挣扎着要站起来。它几次要抬起头，但都失败了。胸口贴着地面，身子摇摇晃晃，又过了一分钟，它成功地挺起了脑袋。很快，他便能用腿站立了。大象安全无恙，无线项圈也装好了。我们怀着满意的心情，匆匆回到卡车里，迅速撤离了现场。回到农场后，杰西在她的平板电脑上将当地的地图展示给我们看。那头大象醒来后的行动轨迹清清楚楚地显示在地图上。看来用来追踪象群的雷达线圈已经发挥作用了。至此我们整个计划的第一步已经圆满完成。

接下来那个周五，我们又回到农场实施第二阶段的作业：转移大象。从物流方面说，转移大象确确实实是项大工程。这项任务动用了两架直升机、三辆平板拖车、一辆吊车、一辆挖掘机；参与的团队包括抓捕团队、兽医团队、"拯救大象"团队和电视台的摄制团队。当地路政部门也得知了这次行动，并安排了专门的护送队伍。

当我们早上六点半到达农场时，农场已经停了很多辆车。很多人在围观。这样的事件既热闹非凡又难得一见，因此，"拯救大象"组织的志愿者、一些兽医专业的学生和参与此次行动的工作人员的亲友们纷纷赶来观看。农场上聚集三十个人左右，这还不算抓捕团队的成员、直升机飞行员和其他一线工作人员。

我们走过去迎接米歇尔。她是"拯救大象"团队的资深成员，也是整个行动的重要协调员。我们曾在第一次抓捕大象行动中与米歇尔见过面。但她没有参与对大象的第二次抓捕——那一次我们成功了，当时她正在出席维恩·德瑞克·洛特的葬礼。两周前，这位了不起的野生动物和大象保护者惨遭谋杀。为了缅怀维恩，他勇气非凡的妻子和两个女儿决定也来加入这次转移大象的行动。米歇尔已经询问过她们是否愿意以维恩的名字来命名这三头大象。维恩为保护非洲的野生动物（特别是大象）不懈地工作了二十七年，并献出了自己的生命。用他的名字来命名大象，是种十分美好的纪念方式。

前方队员一周以来都在尝试用食物将象群引诱到我们的人员设备更容易进入的区域，但就在昨天晚上，大象们忽然又返回了山间茂密的灌木丛中。这样的消息无疑令人沮丧。如今它们所在的位置完全无路可通，只能凭借技术娴熟的飞行员先发现它们并将它们从山里驱赶到我们更容易抵达的地方，然后再用起重机和平板拖车把它们运走。但这么做存在一个隐忧：这三头大象已经数次遭遇直升机，它们可能会直接无视直升机的存在，继续躲藏在我们无法接近的地方。如果出现这种情况，我们将不得不放弃整个行动，并耗费巨大的人力物力去协调新的方案。也难怪米歇尔一脸严肃的样子。

恰在此时，一阵轻柔的轰鸣声突然传入耳际。轰鸣声越来越大，声音的源头也逐渐变得清晰。两架直升机一前一后进入我们的视野。飞在前面的是盖瑞驾驶的小型 R22 飞机，雅克驾驶着大型 R44 飞机紧随其后。

罗宾逊直升机公司生产的这两款飞机是野生动物救援工作的首选机型，我之前曾经目睹过这两款飞机开展任务的情形。R44 设计于 1992 年，是一款四座直升机，两座的 R22 是它的兄弟款机型，设计于近二十年前。相比 R22，R44 更加稳定坚固，但机动性稍逊一筹。R22 非常适合引导野生动物——它可以降到非常低的高度，能紧紧追随着速度极快的羚羊奔腾转向——但单纯作为飞行器，R44 性能更为优越。在 R44 中，兽医可以坐在飞行员的驾驶座后面，目光紧盯着地面上的动物。遇到需要逆风发射麻醉飞镖的情况，R44 也更为平稳。这两架飞机在空中盘旋了几圈，寻找安全的降落点。但我们上方有电力电缆，周围树木环绕，显然没有什么适合降落的地点。雅克在农场屋舍另一边的空地上降落，而盖瑞则选择在离我们二十米开外的澳洲坚果树林中的一小块空地上降落。那是一块很小的空地，怎么看都容不下一架直升机。但盖瑞依然把他的 R22 降落在了那里。他的降落技术非常精准，螺旋桨距离树木的枝干只有一两英尺远。不久之后，约翰也带着他的抓捕团队赶到了。他们把平板拖车和吊车停在了农场入口处。全体队员都到齐之后，大家就转移方案展开了讨论。

盖瑞和雅克拿到象群目前所在位置的卫星定位之后，便开始商量如何接近象群。而本、锡尔克和我则在一旁整理我们的设备。根据我们讨论的方案，本将从雅克驾驶的直升机上向大象发射麻醉飞镖，锡尔克和我则会持续监视大象，直到本与我们会合。大象被麻醉后，将分别被装上三台拖车，我们三个人每人跟一辆车，并将在三个小时的运输过程中持续监护大象，将其维持在麻醉状态。我们为这次行动准备的麻醉剂主要是一种名叫埃托啡（Etorphine）的药物。这是一种药效很强，但也极其危险的阿片类药物，当兽药使用时需要极为谨慎。要是注入人体或滴入伤口、鼻眼中哪怕少少几滴，如果不及时施用逆反剂的话，就足以致人死命。根据麻醉的程度和目标动物体格的不同，每隔二十分钟向耳静脉注射两到三毫克埃托啡，就能让一头三吨重的大象持续昏迷。

我以前也给动物注射过埃托啡，但从来没有遇到现在这种情况。按照我们定下的计划，到时候会有一辆平板拖车沿着颠簸不平的道路把我拉到大象跟前。我得一边把自己嵌在两根象牙之间以保持平衡，一边把埃托啡剂量抽到针管里。万一我不小心把针头扎在了自己身上，我的小命当场就没了。光是想想，就足以让我紧张得冒冷汗。我需要全神贯注才能确保大象——而不是我自己——处于持续昏睡状态。我想到时候还是别喝咖啡了，免得洒得到处都是。

检查完装备，也形成了方案之后，本走向他的 R44 飞机，而盖瑞则返回了他的 R22。几分钟后，两架直升机腾空而起。它们再次出发去山里搜寻两头大象的踪迹。飞机越升越高，很快变成了天空中的两个斑点。其余的人也分别登上各自的车辆，向群山脚下茂密的灌木丛边沿地带进发。我们希望把大象们赶到这里，然后对其实施飞镖麻醉。但即使麻醉成功，我们也需要用挖掘机在灌木中辟出一条通道，好让拖车通过。一旦把大象装上拖车，三辆拖车还需要穿越三块田地，才能抵达农场的主路。每块田地大约有一百英亩，一块种的是烟草，一块是马铃薯，还有一块是最近犁过的休耕地。拉大象的拖车经过这些田地时，很有可能陷进泥里出不来，真遇到这种情况就麻烦了。离开农场后，我们将沿一条大路行驶十英里，抵达侯斯普瑞特市。然后穿过市区，进入一条主干道（每小时限速七十英里），继续行驶十二英里，转入野生动物保护区。再行驶十五分钟后，我们将抵达机场。我们将在机场对大象进行卸载和唤醒。运输的每一个环节都会遇到挑战。如果把可能会出现的意外一一列出来的话简直令人崩溃。一切准备就绪，我们又不得不开始等待。但这一次，我们可以通过观察在森林上方巡弋的直升机来推测任务的进展。尽管两位飞行员有米歇尔给他们提供的卫星定位，但要在茂密的植被中寻觅大象的行踪并非易事。两架直升机在天空来回盘旋，宛如一对在威尔士的山上搜寻羊群的牧羊犬。半个小时过去了，仍然没有发现目标。这时我才意识到，幸亏我们给其中一头大象装上了无线项圈，不然的话，在森林里搜索大象无异于大海捞针，根本不可能找到。

这中间，为了再次核实米歇尔提供的定位，也为了确认他们当前的位置，盖瑞曾短暂地降落过一次。随后他又再次起飞，这一次，他有了一些收获。盖瑞用对讲机通知我们说，他发现大象们正在山谷里的一条溪流旁边。从地面上，我们远远地看到 R22 降低高度，飞入了那个山谷。盖瑞试图赶走这个小小的象群。距离山谷一英里之外的我们自然不知道盖瑞这么做需要冒多大的风险。但雅克后来跟我们说，那个山谷根本容不下他驾驶的 R44。对于从事野生动物救援的飞行员来说，这不过是他们职业生涯中的另一天而已。

盖瑞的操作取得了效果。他向我们报告说，大象们正沿着溪流朝山下移动。盖瑞后来对我们说，这三头大象显然很熟悉这条路线。因此他意识到，如果要让它们继续前进，最好的办法就是让它们按照自己的速度沿着溪边走下去。他只是时不时温和地干预一下，以促使它们继续向前。盖瑞的这一招很管用。雅克现在也飞到了他的右侧，和他一起驱赶象群。大象们稳步朝山下我们所在的方向移动。这项任务最为困难的是第一步，也就是把大象赶到一个相对比较容易发射麻醉飞镖、人员设备更容易接近的地方。这一步出乎意料得顺利。现在只等着把大象运走了。

"我们已经射中一头大象。"雅克的声音从对讲机中传来，"请做好准备。我们正努力让大象聚拢在一起。"

即使雅克没有通知我们，我们也能觉察出情况有所变化。因为两架直升机突然改变方向，速度也骤然加快。原先它们只是以平稳而缓慢的引导姿态在飞行，现在则是在一块直径不超过一百米的空域内忽高忽低地盘旋。与此同时，约翰示意他的团队做好准备。我们跳上卡车的车斗。我要负责应对被麻醉飞镖击中的第一头大象。

"现在有头大象正走过来，我们需要一个团队过来。"

不消约翰再说第二遍，我们已经在车斗里了。约翰启动卡车，从树林和灌木丛之间硬开过去。这可苦了坐在车斗里的我们，我们纷纷躲避，以免被长满尖刺的树枝甩到或刺到。而约翰对此却浑然不觉。时间非常关键：如果那头被麻醉的大象，倒下来时压住了象鼻，则可能会发生窒息的危险。卡车朝雅克驾驶的 R44 直升机的方向开去。前方的灌木丛更加密不透风了。突然，我们发现我们的车子开到了一片空地上。眼前有一头大象侧身躺倒在一些小树上。还好，它的鼻子安全地卷在身前，没有被压住。本的直升机在我们头顶五十米高的地方盘旋。他从直升机上看到了我们已经到了大象跟前，对我们竖了大拇指。随即离去追踪另外两头大象去了。

看到这头大象的最初几秒钟里，我简直目瞪口呆，但很快就恢复了平静。我意识到我必须走上前去，行使我的职责。我评估了一下眼前这个"病号"的身体状况。它的状态似乎很稳定，而且睡得很沉。我很庆幸自己一周前已经听过大象那雷鸣般的鼾声，否则我一定会被吓到。

看到这头大象位置良好，正在安全无虞地沉睡，约翰很高兴。他把其余的队员召集到一块，准备接收另外两头大象。直升机上的队员已经准备对那两头大象发射麻醉飞镖了。他转向我说：

"你对这头大象还满意吗？一般来说，四十分钟后要对麻醉目标进行追加麻醉注射。这头大象是十分钟前被射中的，也就是说还要再等上三十分钟。我们的队友所罗门会陪着你。他知道该怎么做。但万一另外两头大象回来寻找它们的同伴，你就躲在这头大象后面，保持安静不动。直升机会为你提供保护。"

他的话反而更说明了潜在的危险。等约翰和团队里的其他成员返回卡车，从我的视线中消失后，我不禁又开始浮想联翩。突然间，我感到非常孤独、无助。而所罗门的反应就大不一样了。他坐在大象脑袋旁边，一副悠然自得的样子。他还掏出手机和这头大象自拍，然后把手机递给我，让我用手机给他拍张合照。我退回小路站着，试图把大象的身子完整地都拍进去。暴露在大象面前让我觉得很不安全。

"你有没有被大象冲撞过？"我问道。

他笑了起来。"是的，好多次呢。头一次的时候，有头大象不知从哪儿突然冒出来，全速向我冲过来。我拼命跑向离我最近的一块岩石，但我觉得我根本来不及跑到那儿。就在这个时候，救援直升机突然一个俯冲，把大象吓跑了。后来我不得不换了身衣服。"说起这件事，他又笑了起来。

理智告诉我，有两架直升机在空中守护，我们相当安全。因此我试着把杂念抛诸脑后，集中精力去看护好眼前这头被麻醉的大象。但发自本能的恐惧依然让我有点分神，我的感官处于高度警觉的状态。

两架直升机似乎离我们越来越近了。我顺着小路朝着声音传来的方向张望，除了天空中的 R44 直升机之外……直升机下方茂密的灌木丛林里，是一头大象吗？我的身体因紧张而绷紧。我紧挨着我要看护的那头大象的臀部蹲了下去。不用说，那头大象要逃跑，必然会经过这条小路。我随时都可能看到它径直朝我们冲过来。我一边紧张地注视着两百米开外那个形似大象的物体，一面竭力在所罗门面前保持着镇定。我密切留意着它的任何动静，好及时确认它的身份并发出警告。又过了几秒钟，直升机飞走了。我这才意识到，刚才不过是由于我过度紧张导致的幻觉而已。

心情平复下来之后，我便着手开展我要做的工作。我记下了它的呼吸：每分钟四次。我测量了它一条耳静脉的脉搏：每分钟四十四次。象鼻无动作。我抬起它的耳朵，检查它的眼球位置和眼睑反射情况。这时我发现它的眼睛正直勾勾地盯着我，不禁吓了一跳。多数动物进入深度麻醉状态后，眼睛都是朝下看的。各项身体指标都表明，它很稳定，且处于深度沉睡状态。但它的眼睛依然让我很紧张。我想，这对大象来说大概是正常的吧。我把它的耳朵放下来遮盖住它的眼睛，以免再被它的眼睛吓到。

我看了看手表。

时间是上午九点二十分。他是在九点钟被麻醉飞镖射中的，因此，现在距离补打麻醉剂还有二十分钟。

除了继续等待和观察之外，我暂时没有什么可做的。但闲待着似乎也不太好，所以我又为它做了一遍检查。

呼吸，每分钟四次；脉搏，每分钟四十四次。不出所料，它的呼吸和脉搏最近两分钟并没有什么变化。我抓起对讲机，看它是否还开着。是的，它依然开着。我并没有错过任何消息。没有人联系我。

我在心里对自己说，振作一点儿。你的"病人"目前很稳定，另外两头大象很快也会被麻醉，其他的队员随后就会赶过来。趁这个空当，就享受一下在非洲丛林中和一头麻醉的大象待在一起的感觉吧。这可是当年十九岁的我作为一个兽医专业的新生梦寐以求的事。十七年之后的此刻，居然美梦成真。一想到自己所在的地方和所做的事情，我不由得自嘲地笑了笑。我用手轻轻地抚摸着大象厚实粗糙的皮肤，一直摸到它的脚上，全身心沉浸在这种奇妙的体验中。

我太专注了，以至于根本没留意到周围的变化。我逐渐察觉到，附近已经变得非常安静。直升机已经降落，这表明其他两头大象也已经被麻醉飞镖击中，其他队员正跟它们待在一起。

我知道用不了多久，眼前的宁静就会被打破。我再次检查了一遍大象的各项身体指标。它的呼吸频率现在提高到了每分钟五次，脉搏则为每分钟四十八次。

所罗门也注意到，大象的鼻子微弱地卷动了一下。我又看了一下手表：时间是上午九点四十分。显然麻醉剂的药效正在减弱，这与约翰先前预测的时间节点是一致的。我用注射器抽了一管埃托啡——剂量为三毫克——并给它做了静脉注射。这是我给它注射的第一支埃托啡。能在如此静谧的环境中给它注射第二支埃托啡，我觉得很幸运。因为我可以不受打扰地专心做事，而下次就不会有这么好的机会了。大象深吸了一口气，后续就再没有什么动静了。但等待的间隔对我而言仿佛有一个世纪那么漫长。埃托啡已经在它身上显现出效果；它的呼吸频率下降到了每分钟三次，心率下降到了每分钟四十次。这反而使我放下心来，因为这是药物引发的正常反应。如果麻醉都能这么顺利的话，我的工作会轻松很多，压力也会小很多。

挖掘机引擎的轰鸣声打破了寂静，树木噼里啪啦地朝两边倒去。它从林中开辟出一条道路，一直通向我们所在的地方。锡尔克的声音从对讲机中传来。

"乔纳森，你还好吗？那头大象还在睡觉吗？它还活着吗？"她这明显是在打趣。

"一切顺利。"我回答说，"它还在沉睡，压根就没醒来过。"

"很好。你给它补打麻醉剂了吗？我现在正在朝你那边赶过去。我要把大象调换一下。"

"是的，几分钟前我给它补了头一针。它目前状况很稳定，你可以放心接手。"我没明白她说的"把大象调换一下"是什么意思，但我也没问。

不一会儿，锡尔克就来了。我向她简要介绍了一下麻醉剂的情况。她把另外两头大象的方向指给我，那两头大象被麻醉飞镖击中时在一块儿。于是我动身朝它们走去。

与刚才的宁静气氛截然不同，出现在我眼前的是一团忙乱景象。到处都是人，看上去总共有五十来人，有的拿着电锯，有的手持绳索，有的在搬石头，有的在扯树枝；有的围着倒下的大象，手里拿着记录簿，密切留意着大象的每一次呼吸；有的在飞快地做着记录；还有些人只是在一旁观望。真可谓是"有序且混乱"。

那两头大象几乎是面对面同时倒地的，宛如两个喝多了的哥们在断片之前互相调侃对方的醉态。这显然要归功于盖瑞和雅克高超的飞行技巧，是他们成功地把这两头大象赶到了一块儿。但这也说明，这两头大象关系非常密切。但令人忧心的是，其中一头大象胸口朝下，被夹在一些小树之间。这种姿态使得它所有的腹部器官都对横膈膜造成挤压，严重抑制了它的呼吸功能。如果不迅速纠正，可能会造成致命危险。手持链锯的队员正竭尽全力清理它周围的区域，好让它能侧身躺着。本和约翰也卖力地投入其中。我需要去监护另外一头大象。它目前暂时由劳拉看管，我给它做了测试。呼吸频率为每分钟四次，心率为每分钟四十次。和我刚刚离开的那头大象一样，这头大象体征也很稳定，而且也睡得很香。我心里在想，如果它们当中的任何一头忽然在人群中醒过来，大家一定会惊慌失措。我检查了一下围在我腰上的腰包，里面装着针头、注射器和药品。

那头夹在树丛中的大象已经被解救出来，侧身放倒，且体征稳定。本这才得以抽身走过来跟我交流一下情况。

"干得漂亮。"我对他说，"目前为止，还算不错。"

"盖瑞就那么直接把直升机开进峡谷里，简直是疯了。但他心里有谱，而且也真让他给搞定了。另外那头大象情况如何？"

"睡得跟一个小娃娃一样，锡尔克现在正守着它。"

"很好。接下来他们会用挖掘机铲出一条道路，然后我们就可以把大象装车出发了。哦，还有，我射中这头大象的时间是在九点二十分左右。因此你需要在大约十五分钟后，也就是十点钟给它补打麻醉剂。"

"没问题。"我回答道。

一切都很顺利。没一个小时，挖掘机就在茂密的、高矮不等的林木中清理出了一条道路。道路很宽阔，足以让第一辆拖车载着吊车顺利通过。十点三十分左右，第一头大象的双腿被绑在一起，慢慢地吊到空中。有两名队员托着它的鼻子，还有一队人协助将它的身体引导到正确的位置。大家齐心协力，务求把大象小心地安放到拖车上。队员们在它的头部和后腿下面安放了一些轮胎，以缓和运输途中的颠簸。等大家都对它的位置没什么异议后，就可以给它上固定绑带了。这些绑带与其说是为了固定它，不如说是为了防止它在旅途中来回滑动。万一它在途中醒过来，几乎毫不费力就能挣脱这些绑带。

第一头大象成功装车之后，就轮到我负责监护的那头大象了。第一辆拖车的位置停在一个合适的位置，可以让它装载的吊车把大象吊装到第二辆拖车上。吊车来的时机简直完美。当时是上午十点四十五分，我刚给大象补打完第三针麻醉剂。这意味着它不太可能在装载过程中惊醒。只需要把装载第一头大象时的作业流程重复一遍就可以了。不出十分钟，"洛特"（这是我们给它起的名字）就被安全地装上了拖车。我需要确认它的耳朵和象鼻位置都没问题，其他队员则忙着把它固定好。受装载过程的影响，它的呼吸频率达到了每分钟五次，心率也达到了每分钟四十四次，但随后便很快降了下来。安德鲁和劳拉也加入了我的行列。安德鲁负责记录数据以及监督埃托啡注射的隔间和剂量，劳拉负责监测大象的呼吸。她还有一项任务——万一我不慎把针头误扎在了自己身上，负责给我注射纳曲酮。我们也找地方坐了下来，前头还有三个小时的旅程在等着呢。

　　我们慢慢地出发了。司机小心翼翼地在新辟的道路上前行，他似乎还是不大放心，不停地通过后视镜观察我的目光，好确认一切平安。显然，他不太习惯运输这样的货物——万一他运的货中途醒来的话，可能会忽然跳下拖车，甚至会闯进驾驶室。十分钟后，我们抵达了灌木丛中一块较大的空地。又过了一会儿，另外两辆卡车也抵达了。三头大象都妥妥地装上了车。到目前为止，整个行动似乎非常顺利。但等我们的车开到大路上后，才算是进入了最危险的阶段。

　　队员们又一次围着拖车忙碌起来，对每头大象进行最后的检查，以确保它们旅途安全。借此机会，一些队员往大象头上浇了几桶水。时间已经是中午，气温越来越高。他们想尽量让大象凉快一点儿。锡尔克、阿诺和我也趁着整个空当，交流了一下我们各自监护的"病人"的最新情况。雅克再次驾驶飞机飞向天空。这次是为了让摄制组从空中拍摄一些画面。一切就绪，终于可以上路了。大家都很振奋。莱尔将乘坐护卫车走在车队的最前面。现在他正挨个儿给三辆拖车做出发前的最后指示：如果我们运输过程中遇到任何问题，我们可以拼命挥手向他求助，并通过对讲机把情况告诉他。随后我们就出发了。我们的拖车在前头领队。但车子刚开动就发生了意外。离开空地一百多米后，我们需要穿过一个大门，才能进入三块田地中的第一块。大门前的路坑洼不平，拖车很颠簸。当我们正要接近大门时，大象的一只脚突然向前滑了出去，吊挂在拖车边缘。拖车边缘跟门柱之间只有一条很小的缝隙。大象的腿随时都有可能被卡住，后果不堪设想。好在我们在象腿可能被卡住之前的几秒钟及时发现了问题。我们发疯般敲打驾驶室的后窗，提醒司机注意。司机迅速避开了危险。我的心怦怦跳个不停；我曾设想过途中可能出现的各种意外状况，但像门柱这样的"小事"却完全出乎我的意料。我感到我整个身子都绷紧了，能亲自参与转移大象的行动让我兴奋不已，但只有一切按计划顺利进行，我才能有心情去体会这一行动给我带来的快乐，而眼前的状况却让我备感压力。把大象的腿放回安全的位置后，我们的拖车才又缓慢前进。

我们遇到的危险给了后面的两辆车警示，因此它们顺利地穿过了大门。车队驶入了开阔的田野。仿佛初次见到一般，我这才发觉我们周围的风景是多么美丽：远处雄伟的山脉在淡蓝的天空映衬下显得格外鲜明，山上布满茂密的相思树林。近处是我们的车队正驶过烟草种植园之间的铜红色土路。我站在这头重达3.5吨的大象的象牙之间。它有节奏的鼾声在卡车发动机的轰鸣声中依然清晰可闻，我又一次陷入了对这段神奇经历的冥想当中。

拖车轰隆隆地前进。很快我们注意到，我们已经把第二辆拖车甩在后面很远。这显然不太对劲。莱尔让整个车队都停下来，回头去察看第二辆车为什么走不动。原来那辆卡车右侧的后车轮滑到泥路边缘的深沟里，导致拖车现在倾斜得很危险。如果这个时候大象滑向车斗的一侧，很可能会连象带车一块掀翻。我不禁想起电影《偷天换日》的最后一幕。莱尔赶到时，局面可谓是千钧一发。万幸的是，大象仍然在原来的位置好好待着。车上所有的队员都移动到卡车左侧，以平衡倾斜的车体。最终，司机打正了车位。又一场灾难被避免了。

在余下的路程里，一切都按计划得以顺利进行，我们的车队穿过田地，转入农场的主干道，抵达了农场入口。在那里，我们停下来检查大象的位置和固定情况。这个时候，我也应该给大象们补打阿扎哌隆了，阿扎哌隆可以用来抵消埃托啡导致的血压升高。本发射的麻醉飞镖中包含的数种混合药物中本来也有阿扎哌隆的成分。但此时距大象被麻醉飞镖击中已经过去了好几个小时。大象耳朵里的血管网明显凸起：这是血压升高的典型标志，因为阿扎哌隆的药效正在减弱。完成补打药物的工作后，我们就把车开到了主干道上。车队一共大概有十辆车。从这儿开始，我们将沿高速公路行驶，大约一个小时内就能抵达野生动物保护区。此时出现的任何意外都将比之前更加难以克服，后果也将是毁灭性的。车队行进的速度明显比之前快了很多。除了大象之外，我再也没有别的东西可以做抓手。为了确保自己的安全，我只能紧挨着象鼻和象牙站着，位置相当尴尬。但至少可以腾出手来监测大象的脉搏，并在必要时为它注射埃托啡。

大象是横着躺倒在拖车车斗上，导致车斗比装载其他货物时宽出许多。这样一来，走在车队最前面的护卫车就不得不对迎面驶来的车辆发出警告，提醒它们先把车停在路边，避免与我们发生碰撞。鉴于非洲交通事故频发的状况，我们的安全由对面的司机来决定，这让我们感到惴惴不安。但一路下来居然很顺利。我们的车队缓缓开过公路边的摊位。店主和顾客们面带困惑地看着我们。但当他们看到车上装载的大象时，这种迷惑立刻化为了狂热的兴奋。人们的欢呼声、鼓掌声、喝彩声犹如潮水般向我们涌来，直到我们离开这些摊位，路边的景色重新变回森林、田野和野生动物保护区，才渐渐退去。当我们通过侯斯普瑞特市时，人们的反应更加夸张。侯斯普瑞特是一个被野生动物保护区所环绕的城市。即便如此，我们这样的车队显然也不常见。等绿灯时停在我们旁边的司机也好、街上的行人也好、在饭店里静静享受午餐的用餐者也好、从超市购物出来的顾客也好、在加油站加油的人也好，一见到我们，他们的脸上都流露出惊喜的神情。一下子变得这么受关注，感觉有点儿奇怪，但这也再次让我深深体会到，能参与这次行动是多么幸运。

离开侯斯普瑞特市后，我们转入 R40 公路。这是抵达保护区前的最后一段路程。这条开阔的公路是克鲁格国家公园西部一条南北向主干道。但幸运的是，我们经过的时段路上刚好很安静，尽管偶尔有汽车以七十迈的速度从我们身边呼啸而过，但路上基本没什么车。终于，十二点三十分，经过六个小时艰苦而危险的旅程之后，我们从 R40 公路进入了巴鲁勒自然保护区。现在我们已经开下了公路，终点近在眼前。总算可以松一口气了。一群人聚集在保护区的入口处欢迎我们的到来。我们的车队开进保护区时，人群爆发出一阵欢呼。这三头逃跑的大象在保护区内人气很高。保护区的工作人员非常想念它们。本来大家以为不出几个星期就能把他们带回来，岂料一拖就是几个月。因此大家觉得这几头大象平安返回的希望越来越渺茫。

　　这时对讲机里传来了锡尔克的声音。"你看护的那头大象还好吗？"她问道，"我们再过十五分钟就要抵达移交大象的简易机场了。"

　　"太好了，谢谢。是的，它状况很好。"

　　"干得好。"

　　我们的眼前，一条笔直的长路伸向远方，起伏不平，尘土飞扬。路的右侧是保护区的围栏，左侧是郁郁葱葱的灌木丛。这时太阳已经升得很高，道路染上一层金黄的色泽。车队两端的护卫车辆使我们的车队看起来宛如一支参加什么重要军事行动的队伍。我们的阵仗对人类也许很有震慑力。但在路边一头正懒洋洋地晒太阳的母狮子眼里，我们似乎根本不存在。我们颠簸着前进——这最后的一段路似乎永无尽头——突然间，莱尔开进了简易机场。那是我们右侧的一块很大的空地。我们的旅程终于圆满结束了：我们护送的三头大象——维恩、德瑞克和洛特——全都平安抵达终点。它们依然在沉睡，对自己经过的这段惊心动魄的行程毫不知情。吊车把它们挨个儿从拖车上卸了下来。现在围观的人群已经增加到大概一百人了。人们乱纷纷地围着大象，欣赏着它们的体格和美丽。再过一会儿，我们就要把它们唤醒了。人们想趁着最后的机会再拍一张照片，再亲手摸一摸它们的象牙或皮肤。

　　莱尔、约翰和平歇尔将人员和车辆疏散到我们身后的百米开外的安全地

104

带。大象面朝着与人群相反的方向。一般来说，大象们被唤醒后会走进灌木丛，但也不能低估它们转身冲向人群的可能性。

留在大象旁边的只有负责唤醒大象的劳拉、锡尔克、本和我四个人。我们根据一路上给大象注射的埃托啡的总剂量，算出了我们每个人所需要使用的纳曲酮的剂量。纳曲酮的药效在一分钟之内就会完全发挥。因此我们必须同时对三头大象进行注射，以确保我们四个人全都撤到安全地带之前，不会有任何一头大象醒来。

"所有人都准备好了吗？"锡尔克问道。这时我们三个都已经手持装好药液的注射器站在各自的大象旁边。

"是的。"本和我同时回答道。

"好的。那开始找你们要注射的静脉吧。"

"我找好了。"本很快说道。

"我也是。"我随后说。

"好，开始注射。"

我推动注射器，将十二毫升剂量的纳曲酮通过洛特的耳静脉注入了它的体内。纳曲酮药物分子将开始全力驱逐控制了洛特的大脑和脊髓中的阿片受体的埃托啡药物分子，使它重新获得清醒的意识。注射完纳曲酮之后，我们随即朝着位于安全地带的车辆撤离。

不一会儿，大象们就开始有动静了。维恩第一个抬起了脑袋，它迅速用胸部撑住身子，随后就能用脚站立了；德瑞克和洛特稍稍慢了一点儿，尝试了几次才坐起来。出于对朋友的关心，维恩慢慢走到洛特身边，想要帮它站起来。与此同时，德瑞克已经摇摇晃晃地站住了脚。三头大象花了点儿工夫才站稳身体。随后它们便慢悠悠地走进了灌木丛，消失在我们的视线之中，仿佛过去的四个小时里什么也没发生过。我们转身彼此祝贺任务圆满时，我能感觉到，一滴泪珠顺着我的脸颊滑落下来。三头大象醒来后相互扶持的动人场景，成为这段非凡而难忘经历的别致终章。

大象小百科

学　　　名	Loxodonta africana
通　用　名	非洲象
地 理 分 布	非洲象是现存的三种大象品种中最大的一支，在整个撒哈拉以南的非洲地区都有分布，数量在非洲大陆南部和东部最多。另外两个品种分别是非洲森林象（分布于刚果盆地）和亚洲象（分布于南亚和东南亚）。
名　　　称	雄象叫作 bull，母象叫作 cow，小象叫作 calf。成群的大象被称为 parade 或 memory。
寿　　　命	约 60—70 年。
栖　息　地	从干燥的热带草原、沙漠、沼泽和湖岸到雪线以上的山区，大象的栖息地多种多样。
食　　　性	大象基本上属于食草动物。它们的食物包括树叶、树枝、果实和树皮，但也会吃草和植物的根。大象每天可消耗多达 150 公斤食物和 40 升水。
孕　　　期	22 个月，雌象每隔 3—5 年会产一只幼象。25 岁以下性发育成熟的雄象会经历"暴躁期"，即在交配前后睾丸素激增所引起的狂暴状态。这种状态可持续 4 个月之久。在此期间，雄象的脸部会流淌一种由颞部腺体分泌的液体，并表现出强烈的攻击性。雌象的发情期为 16 周。这期间雄象会持续跟随守护雌象，直至雌象进入下一次发情期。雌象 12—16 岁达到性成熟，45 岁以后，生育能力开始下降。
体格与体重	大象出生时约为 120 公斤，成年后可达 6000 公斤。
生　　　长	大象在 5—10 岁之间断奶，20 多岁时体格完全成型。
体　　　温	36.5 ℃
组 织 构 造	象鼻是一个主要由肌肉构成的管状器官，由鼻子和上唇在进化中融合而成，与头颅骨上的开口相连。这是大象身上功能最多的一个器官，可以用来呼吸、嗅闻、触碰和发声。象鼻能够举起重达 350 公斤的物体，在水中充当通气管，能伸到 7 米高的地方；象鼻能完成非常精细的任务（例如剥花生壳），也能完成相对粗糙的任务（如连根拔起小树）。和马一样，大象也是后肠发酵动物。大象的肠道长约 35 米，雄象的睾丸位于体内，距肾脏很近。因此对大象实施手术

阉割非常复杂。象牙由大象位于上颌的第二门牙进化而来，构成象牙的物质是珐琅质磨损后留下的牙质层。同人类牙齿一样，象牙的大部分都有神经分布，牙髓延伸到整根象牙的约三分之一处。拔掉象牙对大象而言，就像人类被拔掉牙齿一样痛苦。以获取象牙为目的的盗猎行为已经导致"大型象牙"基因在大象种群中灭绝：20世纪初，象牙重量超过90公斤很常见，但现在大多数象牙都不超过45公斤。

大象冷知识 大象是地球上唯一不能跳跃的哺乳动物。

保 护 世界自然保护联盟（IUCN）将非洲象列为"易危动物"：1979年非洲象的数量估计在130万—300万头之间；2012年，这一数字已减少到仅44万头。这意味着非洲象的数量减少了66%—85%。可悲的是，这一趋势仍在继续。据估计，在非洲每天都有上百头大象被偷猎者屠杀。照这样的速度，大象将在12年内在非洲灭绝。东非地区的大象数量正在不可逆地持续减少。而在南非，大象数量过多导致人象冲突加剧，也给其他野生动物栖息地造成更大破坏。

CHICKEN

7
鸡

无论做什么，耐心都是关键。要获得鸡蛋，得靠小鸡孵化，而不是砸碎鸡蛋。

——阿诺德·赫·格拉索

鸡

从理论上说，我们头一次遇到别人时，给人留下第一印象的时间只有七秒。既然第一印象只有一次，我们自然希望给别人留下良好的第一印象，让别人记住我们温暖美好的一面。万一不凑巧，我们给对方留下的第一印象很糟糕，那么我们需要花费大量的时间和精力，才能改变对方对我们的最初印象。人们放心地把家养或野生的动物交给兽医治疗，对一名兽医而言，最重要的莫过于给客户留下负责、知识丰富、友善而专业的印象。

但不论我们如何努力，总会遇到事与愿违的时候。你小心翼翼地抱起某个小女孩的仓鼠时，突然被它咬了一口；你打开马厩时，马儿突然发足狂奔；你才下车，农场里的大狗就扑到了你腿上；你跟着导航走，却错误地走到了山谷那头的另外一个农场。通常，当这种情况发生时，治疗过程会变得很尴尬，你巴不得它快点儿结束，要么就是逮住个机会赶紧开车火速逃离现场。但有时，出诊拖了又拖，远比预料的时间要长。遇上这种情况，你不得不硬着头皮忍受这段无比尴尬的时间……

常言说，农民不乐意吃傻子的亏。这也不难理解——你治疗的牲口事关他们的生计，他们怎能吃亏呢？因此干兽医这一行的有个共识：跟农场主打交道时，你只有一次机会。如果你表现出色，赢得了农场主的欢心，那么他们就会把你当自己人，对你慷慨热情：送你一大块牛肉、一盘子鸡蛋、一箱苹果、自家做的烤饼；诊疗结束后招待你吃午饭或早饭；甚至会邀你去打上一天的猎。而如果你搞砸了，那么准备好丢脸吧。你可能会立刻被扫地出门，农场里的大狗跟在你脚边狂吠不已。以后农场主无论什么时候再预约兽医上门，都会在预约登记簿上备注一条"除了乔医生，谁来都行"。

"乔尼，我给你预约了星期一上午八点半上门到霍华德先生家做肺结核检查，"星期五下班前，杰姬对我说，"他农场上的家禽全部都要做一遍，大概有四百只吧。你之前没去过，但他的农场很好找。他如果喜欢你的话，还是很好相处的。否则，就有点儿苛刻。不过你肯定没问题。"

这是常规程序。如果预约是安排在周一，杰姬会提前告诉我们，以便我们自行决定到时直接从家里出发，还是提早来诊所准备妥当了再去。那时候动物结核病非常猖獗，我们有做不完的结核病检查。每个兽医每周至少有一个大规模结核病检查要做，我的检查通常都安排在周一。做结核病检查对兽医而言是很平常的工作，但往往可以借着做检查的机会认识新的客户，了解一下农场的情况。这时我已经入行两年了，做结核检查就是顺手完成的事儿。尽管以这样的任务开启新的一周有点儿无聊，但我至少周末不用去花时间查阅相关资料。那个周末我也不值班，因此对这件事儿根本就没放在心上。直到周日晚上，我才算了一下赶到那儿得多久。

杰姬估计到农场需要二十分钟，像往常一样，她很详细地把路线告诉了我。这是我第一次到霍华德先生家的农场。因此，为了确保不会迟到，我决定在早上八点就从诊所出发。周一早上，我七点四十五分就到了诊所，整理好了需要的设备和资料，确认带好了所有该带的东西，我便信心满满地出发了。

杰姬提供给我的路线一如既往的精准。我没绕任何路就顺利抵达了农场。距离预约的时间还有十分钟，我决定利用这个空当把车停到农场前的空地上，调整一下自己的状态。一切都妥当得不能再妥当，我感到很满意。于是我又朝前开了两百码①，穿过比奇农场碎石铺就的宽敞入口，沿着立柱围栏之间的行车道朝前驶去。行车道两侧的田地里，泽西牛正在吃草。行车道大约有一百码长，两侧各有六棵二十英尺高的利兰地柏树。这些树也许是为了遮挡行车道尽头那栋现代风格的红砖农舍而种下的。

距离农舍大约二十码开外的地方种着一排常青树。一群鸡慢吞吞地穿过汽车道，大概有二十只，品种和大小各异。它们在篱笆前的草丛里啄啄挠挠，如饥似渴地找虫子吃。对我的车子视若无睹。我很自然地停下汽车让它们先过。我的狗麦克斯从我驾驶的五十铃骑兵的副驾上朝它们狂吠，催促它们快点儿通过。但就这么点儿距离，它们似乎怎么都走不完。从方向盘后面看，我的视线

---

① 1码约合0.9米。

不是很清晰。但我依然能看到，所有的鸡都已经穿过行车道，正在我汽车左边的地上兴冲冲地刨食吃。于是我继续朝前开去，越过道旁的利兰地树，一直开到农舍前才停下。

我把车熄火，走出车外，穿上长靴和防护服。我穿着靴子朝前走了几步，突然注意到，那排利兰地树后面，一团羽毛正在剧烈地抽动着。我立刻就认出了那是什么，心里非常惊慌。那一瞬间，我回想起了我小时候经历的一起事故。我曾经养过三十只鸡，对于病鸡或适合做肉食的多余小公鸡，我会照我父亲教我的那样，以人道的方式把它们处理掉。但有一次，我杀完一只小公鸡后，就把它放到了杂物间的水槽里，准备拔完毛、清理完内脏后再放进冰箱。突然，那只脑袋已经被砍掉的鸡从水槽里跳了出来，跳过我的头顶，在杂物间里跳来跳去，案板、墙壁和新洗的衣服上溅得到处是血。哪怕不再受大脑支配，鸟类脊髓中分布的神经网络依然引发了剧烈的肌肉运动。我妈妈出门了，为了赶在她回家之前把乱作一团的现场清理干净，我当时可是费尽了力气。

我很清楚，那只正在拼命扑腾的鸡可不是某只发情的公鸡为了吸引母鸡而跳的求偶舞，而是一只俊美的大公鸡临死前的痛苦挣扎。想到这里，我感到一阵反胃。我尽力装出若无其事的样子，快步走向那只正在垂死挣扎的公鸡，一边在心里祈求奇迹出现，希望它是被吓晕了过去，而不是死了。同时我也极力盼望农舍里没有任何人注意到它。然而，由于农舍的大窗户正对着行车道，我能够感觉到霍华德夫妇正从温暖的厨房里密切地观察着我的一举一动。

走到那只公鸡身旁时，我知道，我最担心的事还是发生了。那只公鸡倒在地上一动不动，已经彻底死亡。它的脖子伸得老长，明显有轮胎碾过的痕迹，不需要病理学家来鉴定就能确定死因。我站在那里，全身僵硬，一动也不能动。我简直无法相信这一切。我反复在脑中回想着过去几分钟的情景，懊悔自己为什么不下车把小鸡赶到一边。否则也不会发生这样的状况了。我低头打量着那只公鸡。那是一只苏塞克斯-马兰杂交小公鸡，毛色极为靓丽。好吧，或许应该说"活着的时候毛色极为靓丽"。它为什么偏偏选中我和我的车来结束自己的生命呢？简直太讨厌了。这完全是一场意外。但我仍觉得很狼狈，头一次造访客户就出这样的岔子，况且我还要在人家的农场里待上五个多小时。还有什么比这更糟糕的"见面礼"呢？杰姬的话在我耳边回响：他如果喜欢你的话，还是很好相处的。否则，就有点儿苛刻。不过你肯定没问题。

现在我依然没问题吗？我可不敢肯定。即便我当时立刻被主人请出农场，我也能料到，这事儿没完。接下来的一个月里，无论我去哪个农场出诊，都会受到无情的奚落。因为霍华德夫妇肯定会在周三晚上举行的撞柱球大赛上把这件事讲给大家听，我们诊所的许多客户都会参加大赛。不止如此，这件事肯定还会迅速在这一带的农户间传遍。我警觉地环顾四周。没有人从农舍里走出来迎接我或走过来察看出了什么事儿。也许他们不在厨房，甚至不在屋子里——也许他们完全没看见整个事件，他们甚至不知道我已经到了？但话又说回来，也许他们正在某扇窗户后面悄悄观察着我的反应。

我觉得我现在处于骑虎难下的境地。我应该把那只公鸡的尸体捡起来呢，还是留在原地不动？也许我应该把它丢在树林里，这样就没人看见了。晚上它肯定会被狐狸叼走。还是我应该老老实实把它拿到霍华德先生和夫人面前，承认是我误杀了他们这只无疑非常珍贵的公鸡？我很清楚自己应该做什么，但我又极力想为自己开脱罪责。再过一两天，等有人终于注意到找不到那只公鸡的时候，就会怪罪到狐狸先生头上。此外，一想到自己按下门铃，向霍华德先生或夫人介绍自己说我是他们的新兽医，然后把我轻而易举碾死的小公鸡递给他们，让他们知道我更擅长结束而不是拯救生命，我就提不起任何兴致了。犹豫不决间，我还是俯身把那只死掉的小公鸡捡了起来。就在这时，我听到身后有人跟我打招呼。这从客观上为我解了围。

"你好，年轻人。你一定是为我家农场做肺结核检查的兽医吧。"

我吓了一跳，转身朝声音传来的方向看去，那只死公鸡软绵绵地吊在我的左手上。像一个做坏事时被抓个正着的小男孩，我试图把死公鸡藏到背后。

"是的。"我有点儿扭捏地回答道。我搜肠刮肚地想找个理由来解释为什么我手上抓着一只属于农场的死公鸡。

不出所料，他沿着碎石铺成的车道朝我走过来时，开口问道："手上拿的是什么？"

"嗯……那个，我怕是……出了点儿意外……是您的公鸡。我开车的时候没留神，从它身上碾过去了。真的非常对不起。"我咕哝着说。我已经做好了被劈头盖脸痛骂的准备。

"哦？你可真有本事！让我瞅瞅，碾死的是哪只？"我惊讶得不知该如何回应，只好乖乖听话。我走到霍华德先生身旁，把死公鸡递给了他。霍华德先生仔细打量了它片刻。"哎呀，是这家伙！你千万别多想。这样的公鸡我们有很多只。我老婆一直唠叨，说让我宰掉几只公鸡，特别是这一只。它太野了。她看到这只死公鸡会高兴的。估计是它先去撞你的车轮子，才会被碾死的。你帮了我们一个忙——但不许跟我们要钱！"

霍华德先生的反应完全出乎我的预料，我一时没弄清他话里的笑点在哪里。

"要什么钱？"我一脸困惑地问道。

"你用人道手段帮我们处理了这只霸王鸡呀！"他笑着说。

"当然，当然不会，"我赶紧说，勉强挤出一个笑容。我长长地松了口气，看来我的这个上午和我身为兽医的英名都不会毁于这起倒霉的意外了。

"你肯定就是乔纳森了。我是吉尔斯·霍华德，很高兴见到你。"他换了个话题。与此同时，他把那只公鸡的尸体换到左手上，腾出右手来跟我握手。

"很高兴见到你，霍华德先生。再一次为公鸡的事说声抱歉。我可不想头一次见客户就这样！"我回答说，尽量去配合他的幽默。

"真的，别担心。这早晚都会发生。就像我刚才说的那样，它本来就是个小坏蛋。我老婆会高兴坏的。你只碾过了它的脖子和头，它的身子还好好的。"他走到房子的侧门前，那扇门通向一个很大的盥洗室。

"梅布尔，"他喊道，"兽医在这儿呢。他帮了我们一个大忙。"

片刻之后，霍华德夫人出现在我眼前。"早上好，"她问候我说。然后转向霍华德先生："你刚刚说什么？"

"我说，乔纳森帮了我们一个忙。他把希德那个坏家伙给碾死了。"他把那只死公鸡举起来，仿佛那是一座奖杯，"看来他还挺专业。我们可以把这只鸡当晚餐。我很高兴有人给你省去了亲自杀鸡的麻烦！"

梅布尔笑了起来，然后转身对我说："我相信你肯定不是故意的，但还是要谢谢你。我早想让霍华德把那只鸡给宰了。它好像瞅准了，趁我没穿靴子的时候，一下子不知从哪儿跳出来啄我的脚踝。我跑到外面拿了一把扫帚才把它赶走！"

霍华德先生在鸡脖子上拴了一根绳，把它挂在门边的衣架上，和外套、夹克衫挂在一起。冲在梅布尔前面欢迎它的三只狗尽管眼馋，却够不着。

"在我们开始干活前想喝杯咖啡吗，乔纳森？"霍华德先生问我说。

"太好了，谢谢。"我回答道。过去的十五分钟，我的情绪经历了过山车般的变化，我还在试着冷静下来。

当我跟着他们进入厨房时，梅布尔插话说："吉尔斯，给这个年轻人吃点儿培根和鸡蛋怎么样？他看起来需要再胖一点儿。他肯定是太忙了，都没有时间好好吃饭。"

"听起来不错。我也要吃点儿。吃饱了才有力气干活嘛。"

就这样，我阴差阳错地赢得了这对和蔼的夫妇的好感。他们简直太慷慨了。我当然不值得他们对我这么好，而且我肯定也不愿意头一次来就碾死他们的鸡——不管那只鸡有多坏。我原本认为我给客户的第一印象差极了，没想到居然成了完美的见面礼。我埋头吃着培根和鸡蛋，享用着加了新鲜泽西牛奶的咖啡，心里充满对这对夫妇的感激。我相信结核病检查一定会按部就班地顺利完成。

事实上也的确很顺利。三天后的一个周四，我再次来到霍华德家的农场来读取检查结果。完事后，他们邀请我留下来吃午餐。霍华德先生眉飞色舞地对我说，我们要吃烤鸡。我大口大口吃美味的烤鸡时，心里想，这只鸡是不是那只"坏公鸡"希德？但我决定，还是别问了。

鸡小百科

学　　　名	Gallus gallus domesticus
通　用　名	驯养鸡
地 理 分 布	鸡是红色丛林禽的亚种之一，最初生活在尼泊尔-印尼一带的东南亚地区，现在全球均有分布。
名　　　称	在英语中，不到1岁的公鸡被称为cockerel，超过1岁的公鸡被称为cock或rooster。年幼的母鸡被称为pullet，成年的母鸡叫作hen。小鸡一律叫作chicks。专为产肉而生产的成年鸡被称为broilers，为产蛋而生产的鸡被称为eggs layers。成群的鸡叫作brood。
寿　　　命	约5—10年。
栖　息　地	原本栖息于丛林中，现在则生活于任何有人类居住的地方。
食　　　性	在户外或放养的鸡是杂食性动物，擅长挠食土中的种子或昆虫，也以蜥蜴、蛇和老鼠为食。在肉食工业中，科学家们对鸡饲料的营养成分有非常详尽的研究。
孵　化　期	21天：一只母鸡一次可产约12枚蛋。只有当母鸡孵化这些蛋时，这些蛋才会开始发育，12枚蛋会被一起孵化。
体　　　重	出生时30—50克，成年后可达0.5—4.5公斤。
生　　　长	公鸡和母鸡出生一年后即被视为完全成年。
体　　　温	40.6—41.7℃。
食　用　鸡	每年全世界饲养的肉鸡和蛋鸡加起来有500多亿只（平均每人合6.5只鸡）。其中74%的肉鸡和68%的蛋鸡是在集约化养殖场中饲养的。以英国商业肉鸡行业为例，目前一只鸡从出生到1.5公斤的可屠宰重量，只需要30天（在1925年需要120天），而自由放养的肉鸡或有机肉鸡将则在出生后100天被屠宰。商业化产蛋鸡头一年的产蛋量可达300枚，之后产蛋率就会下降到平均利润率之下，这时它们就会被屠宰并用于加工食品。可悲的是，在有些国家，人们会通过有时长达14天的彻底断食（往往也伴随着断水）来迫使鸡群换毛。换毛之后的鸡会恢复产蛋能力。这是严重的动物福利问题。
保　　　护	根据目前保守估计，全世界有190亿只鸡，它们显然不是濒危物种，但它们的福利条件仍然亟待改善。作为人类蛋白质的最大来源，家

禽业的商业化是不可避免的；但我们有责任在肉用家禽行业和所有肉用动物养殖业中坚持最高的动物福利标准。如果你有时间和意愿的话，何不给那些已经失去商业价值的鸡提供一个幸福的晚年呢？

MANED WOLF

8
鬃狼

所谓绅士，不过是一只有耐心的狼。

——拉娜·特纳

鬃狼

不久前的一个星期六下午，本地的一个野生动物园发生了一起非常不幸的事故。由于这起事故，我们兽医诊所的麻醉镖枪被迫退役了。一匹怀孕很久的母狼出现了产崽的征兆，它不停地踱步、喘气，伴随着明显的宫缩和吸气动作，如此过了几个小时，还是没有产下幼崽。不用说，动物管理员非常担心。他怀疑需要对母狼进行剖腹产，于是打电话到诊所求助。当时值班的医生是罗布。他了解到情况后，抓起麻醉镖枪，带上一些麻醉飞镖和必要的麻醉设备就动身赶往野生动物园。那匹母狼躲在它的洞穴里。那是一个人造洞穴，洞顶有一个观察点可以看到洞里的情况。罗布靠近到离它十米开外的地方，这是一个可以安全发射飞镖的距离。它处在一个密闭空间里。这个野生动物园的狼经常与人接触，因此突然出现的陌生人并不会使它受到太大惊吓。发射飞镖的条件非常有利，看起来完成麻醉任务轻而易举。

然而，罗布怎么也没有料到麻醉镖枪会突然罢工。这支麻醉枪是几年前由一款老旧的二十二毫米口径步枪改造而成的，现在很少用到。我们诊治过的野生动物园里的动物，多数都受过训练，要么知道打针时要站起来；要么会走进特制的笼子里接受打针。罗布发射了两支麻醉飞镖，但都失败了。飞镖从麻醉枪口掉了出来。他的第三支飞镖从那只母狼的后背上掠了过去，射进了墙里。第四支飞镖在离母狼还有两英尺远的地方就掉了下来。母狼受了惊，过了二十分钟才重新稳定下来。终于，第五支飞镖稳稳地落在母狼的屁股上。罗布总算松了口气。接下来一切都还算顺利：母狼很快陷入了沉睡；它的确需要接受剖腹产手术，因为第一只狼崽是个死胎，堵塞住了产道。而其他五只都很健康。狼妈妈恢复得很顺利。饲养员很快就把当初罗布使用麻醉镖枪时出现的问题忘在了脑后。

但罗布没有忘记这件事。周一早上来的时候，他给诊所的同事们发了一封措辞相当激烈的邮件，他指出，那只麻醉镖枪不安全，应该被送去专业机构做评估，在得到进一步通知前，不得再使用。然而，维修费用高得令人咋舌。鉴于诊所极少会用到麻醉枪，我们就是否需要更换它进行了讨论。有两个替代方案：一是询问我们所服务的两个野生动物园是否愿意自己出钱购买一支自用的麻醉枪；二是在需要时由我们联系专业人士去处理。

　　遗憾的是，几周后，当另一个野生动物园急急忙忙地打电话向我们求助时，这个问题依然没得到解决。他们动物园里的一匹公鬃狼排尿困难，似乎非常焦躁。听起来情况很紧急：疑似是膀胱或尿道堵塞。如果它已经出现明显的不适症状，那说明它的膀胱可能已经涨满了，如果不尽快解决堵塞问题，后续可能会出现肾衰竭或膀胱爆裂。这两种情况都很难挽救。

　　戴夫从另一个诊室给我打来电话。他向我简短描述了一下情况，问我是否有空协助他。

　　"当然，我会让杰姬调整一下我上午的出诊安排，好直接去你那儿，"我回答道，"但鬃狼究竟是什么？"

　　"你可以把它想成是一只大号的狐狸。它和狐狸的颜色和外观很接近，不过用后腿站立，而且有八英尺高。"

　　"哇！听上去真有趣……我这就出发——但麻醉枪的问题怎么办？"

　　"问得好。我也没想清楚到底该怎么办。或许我们可以把它弄到它睡觉的笼子里，给它注射麻醉药。或许可以把药物拌进食物里给它吃。萨默塞特有人有一支麻醉枪，但就算人家愿意送过来，也要三个小时的路程。巴恩顿动物园也有麻醉枪，也是同样的问题。所以老实说，我也不知道怎么办……我觉得我们得先到现场看看情况再说。你说呢？"

　　"用远程注射杆怎么样？我们诊所有吗？"

　　"据我所知，没有。"

　　"我们自己做一个怎么样？"

　　"不知道怎么做。但如果你知道的话，那就太棒了。我现在正在处理一个病例，可能一个小时之内都走不开。但你能不能先把需要的东西都准备好，然后尽快过去评估一下现场情况？我也会尽快去跟你会合。"

　　我去杰姬的办公室，把这个情况告诉了她。杰姬很好心，帮我调整了上午三个不太紧急的大型动物出诊预约，好让我能腾出时间去看那匹鬃狼。我一边在预诊室收拾我们可能会用到的器具，一边绞尽脑汁地想办法解决我们目前的困境。借调第三方专业机构的麻醉枪有一系列的问题。首先，就算对方现在立刻出发，最少也要三个小时才能抵达。但或许我还是应该打电话联系他们，问问他们能否赶赴现场，如果可以的话，请他们随时待命。其次，这么一推迟，当天的所有安排都会被打乱。因为我们又得再次调整所有的出诊和预约。否则，诊所就得派别的医生去顶替我们。这两种方案都算不上完美，但如果实在没办法，也只能这么办了。

不过，终归也还有别的办法吧？我想起读兽医学校时，我们曾讨论过如何使用远程注射杆。我们可以把它伸进笼子里，或与动物保持一定距离，以避免被踢到。我们没有现成的远程注射杆可用，但能不能自己改造一个呢？我开始在脑子里琢磨。怎么为远处的动物打针呢？简单点说，只需要一根长长的管子，管子的一头装上针头，另一端装上注射助推器就可以了。问题一：如何掌握管子和针头，以便我们可以精准控制注射位置？问题二：装在管子两头的针头和注射助推器必须十分牢固才行。问题三：如何控制远距离注射的药物剂量？

突然之间，灵光一闪，我想到一个能解决所有这些问题的方法。我忽然想起来，我们诊所有一间阁楼，用来撑开阁楼入口天窗的那根长长的金属杆来做远程注射杆再合适不过了。点滴管的两端可以安装针头和注射器。如果我能把滴水管导管用胶带固定在金属杆上，一头装上针头，就能安全地对鬃狼进行注射。这样一来，我也能将药液吸进管子里，并灵活控制注射器。如果我能算出这根导管能装多少药液，我就能将它的容量与需要应用的药物剂量进行比较。多出来的空间，可以用生理盐水灌满。我相信这个办法肯定行，很为自己感到高兴。于是我便开始动手制作简易远程注射杆。

我先用生理盐水试验了一下，效果完全跟我想的一样。现在我们可以在一定距离之外对那匹鬃狼进行注射了。当然，我们还是得前进到距离它一米之内的范围。不过有了这个"武器",我们就可以把注射器伸进笼子里给它打针。即便如此,我仍然需要联系一下住在萨默塞特的那位专业人士,问问他是否能在必要时为我们提供帮助。重拾信心的我开始把各种工具装上车:便携式麻醉机、手术包、药液袋、隔离帘、缝合材料、相关药物,还有我自己发明的简易注射杆。我找出了动物捕获专家艾瑞克·杰弗瑞的电话号码,打算在路上打给他。

"是杰弗瑞先生吗?我叫乔纳森·克兰斯顿,是北德文郡的一名兽医。我们需要为一匹狼进行麻醉注射,可能需要你的帮助。但我不确定是不是真的需要你上场,只想事先确认一下你今天有没有时间。"

"听起来有点儿意思,我今天有时间。你刚才说你在北德文郡?"他停顿了一下,也许是在看手表,"现在是十点钟,我要到十二点才有时间。所以恐怕赶到你那儿得一点半至两点了。"

正如我所担心的那样,如果没有其他办法对那匹狼实施麻醉,那我们就别无选择,只能求助于第三方。但如果还要再等上四个小时,就会耗上一整天。还有就是,那匹狼等得了那么久吗?

"好的,非常感谢。真高兴你有时间。我们能暂时这么定下来吗?我现在正在去动物园的路上。等我先了解一下情况,到时如果我有更好的想法,会及时告诉你。你觉得怎么样?"

"好的,我都没问题。我就在这儿随时待命。对了,请叫我艾瑞克。"

"真的很感谢你,艾瑞克。我会尽快联系你。多谢。"

二十分钟后,我来到了那家野生动物园。一位一脸忧色的高级动物饲养员在门口迎接我,我之前见过詹姆斯几次,但此刻的他完全没有了往日的轻松和幽默。

"谢谢你这么快就赶过来,乔。那匹鬃狼前阵子也出现过类似问题——西蒙看见的——但它当时还能小便,膀胱还没有完全被堵住。现在的情况要严重得多。据克里斯说,它已经有二十四小时没有任何排泄了。它显然感到非常不适。"

克里斯是这些狼的饲养员。

"这样的话，我们可能需要动手术。"我说，"戴夫应该半小时后就到了，但我们想尽快去现场了解一下情况，然后制定一个方案。对了，你知道我们没有麻醉镖枪吗？"

"是的，西蒙跟我说了。他建议我们自己购置一支。我们还在研究，目前还没买。我们园里有三匹鬃狼，马蒂是最凶的。你觉得我们该怎么办？"

"时间太不凑巧了，"我说，"但目前就是这么个情况。我们联系到了一个住在萨默塞特的人，他那儿有支麻醉枪。他是距离最近的一位麻醉师，但他两点才能到这儿。如果还有别的麻醉方法就最好不过了。我制作了一个简易的注射杆，如果我们能设法让它靠近围栏的话，那么我们也许可以把注射杆伸过围栏给它注射。或者，我们可以把注射杆伸到它的窝里给它注射？实在不行，我们还可以把麻醉药拌在食物里喂给它。但这得看运气，而且花的时间也比较长。"

"是的……麻醉枪的确是个让人头疼的事儿。你可以先去亲自看看马蒂。但我个人觉得，没办法再等上四个小时。你应该能趁它在自己窝里的时候给它打针。我们先去看看再说吧。看过之后你会更了解情况。"

我跟着詹姆斯从员工入口进入动物园。我们沿着一条石子路朝前走，经过黑豹园区后面，在一座红砖建筑的门前停了下来。这就是那几匹狼的室内小窝，一共三栋小房子，每间有 8 英尺 ×8 英尺大。屋后有一条狭窄的通道。我们绕过这些狼舍，走到供它们室外活动的围栏旁边。在那里，我生平第一次见到了鬃狼。鬃狼的样子与戴夫之前跟我描述得十分吻合。它们的头和耳朵跟狐狸一模一样，毛也是跟狐狸一样的棕红色，但它们的体格比狐狸大得多得多。我对詹姆斯说，它们看起来就像狐狸踩着黑色的高跷。它们的腿和身体那么大，头却那么小，简直不成比例。尽管如此，它们周身上下仍然散发着非凡的优雅气质。

"是的，它们很美丽。来看它们的人也很多，"他回答说，"可能是因为大家都没怎么听说过鬃狼吧。那边那匹就是马蒂。"

就算詹姆斯没有向我指明，我也能认出马蒂。它看上去明显很不舒服。它沿着远处的围栏不安地踱来踱去，时不时停下来，徒劳地做出排尿的姿势。

"它明显有排尿困难。就算我们不对它动手术，我们也得好好检查一下它，看能否使用导尿管。"我说。

"好。我觉得我们最好把它引回自己的窝里做检查。如果我们在窝外把它麻倒了，还得把它跟另外两匹狼分开才行。所以最好还是把它们都赶回屋里。"詹姆斯说道。

"同意。这容易办到吗？"

"是的。它们都受过训练，知道怎么回自己的窝。我们待会儿会把三扇门全都打开，看它们会进哪个窝。如果马蒂先进去，那我们就立刻把门关上。否则的话我们就把它们三个都关起来，等把它们锁进屋里之后再分开。每个狼窝里都有一个笼子。这三个笼子是互相连通的。"

他拿起别在腰带上的双向对讲机。"克里斯？兽医已经到这边了。你能过来马蒂的园区这边吗？"

"马上就到。"一个声音从对讲机中传来。

几分钟后，克里斯来了。他是一个体格健壮的男人，四十来岁，身高大概六英尺，一头灰白的短发。

"你怎么看，乔？"他开门见山地说，"马蒂现在很不舒服，是吗？"

"是的，"我说，"我们需要仔细检查一下它。"

"我们能把它引回窝里去吗，克里斯？"詹姆斯问道。

"没问题，稍等片刻。"

他消失在那栋红砖小屋的边沿。几分钟之后，小屋最右侧的一扇门打开了，我们听到克里斯在呼唤马蒂。马蒂反应快得出奇。它轻快地跑向打开的那扇门，另外两匹狼跟在它后面。我忽然意识到，马蒂是狼群中的雄性首领。这么看来，把它跟另外两匹狼分开会相对容易些。马蒂到小屋的入口处时，有点儿犹豫，显然它平日里很少在这个点被饲养员叫回窝里。这让它感到很迷惑。它用鼻子东嗅嗅、西嗅嗅，随后慢慢地进了窝。克里斯显然一直在狼舍的门后观察等待，因为当马蒂从我们的视野里一消失，门随即就被关上了。

"还挺顺利，"我对詹姆斯说，"马蒂是狼群中的首领，对吗？"

"是的，而且是个很霸气的首领。"

我们按照克里斯的指引，穿过一条昏暗的、三英尺宽的通道，进到狼舍里头。靠右侧的墙是三只关狼的笼子。左侧的墙是裸露的红砖，水泥地板很光滑。左墙根有一道跟房间一样长的排水沟。关着马蒂的笼子的内门左边是一组滑轮，用来控制笼子的外门。我们走进小屋时，克里斯刚把外门锁上。我们听到马蒂在笼子里咆哮。

"它不高兴跟我们待在一块儿。"克里斯说道。

"是的，但这不能怪它。"詹姆斯说，"它现在很痛苦，也不知道我们是来帮它的。"

"没错。"我说。

"你打算怎么办？"克里斯问，"你带麻醉镖枪来了吗？还是依然不能用？"

"我告诉詹姆斯了，我们的麻醉枪退役了。我联系了萨默塞特的一个人，他有麻醉枪。他随时听我们安排，但得两点才能赶到这里。我自己动手做了一个注射杆，可以让我在距动物一米开外的地方进行注射，不过——"我看着在笼子里焦躁地徘徊嘶吼的马蒂，继续说道，"这里的空间太大了，我够不到它。我猜没有更小的地方可以关它了，是吗？"

"没有了……"克里斯回答说。他盯着自己的手表。现在已经快十一点了，"要等到两点钟太久了。"

有那么一会儿的工夫，我们都站在那里，谁也没说话，思索着究竟该怎么办。我们都觉得，肯定会有办法的。第一个打破沉默的是克里斯。

"你还记得我们给黑斑羚采血时，为了防止它们误伤自己，曾使用过床垫吗?"

"是的,怎么了?"詹姆斯问。

"我们可以用厚垫子把马蒂围在角落里,好让乔给它快速完成注射。"

我和詹姆斯一时都没明白过来克里斯的提议究竟指的是什么。我们旁边的笼子里不时传来马蒂痛苦的嘶叫声,仿佛提醒我们:再好好想想。

"啊,我懂了。"詹姆斯忽然说道,"我觉得这可行。你觉得呢,乔?"

"老实说,我觉得这个办法不是很安全。如果能行得通当然再好不过,但我觉得挺危险,我没什么把握。"

"是的,但你不觉得马蒂更有可能会乖乖躲起来,而不是挣扎反抗吗?它现在叫得这么凶,只是因为很难受而已。你觉得呢?"克里斯显然认同这个办法,而且看得出来,詹姆斯也觉得这样可行。

"我觉得你说的也许没错,"他说,"至少我们可以试试。我是说,究竟有什么风险——丢条胳膊还是受重伤?垫子在哪儿?"

"这得问詹娜。"克里斯再次拿起了对讲机。

"我想是在储藏室里,"詹娜从对讲机里回答说,"你需要有人搭把手吗?"

"谢谢你,詹娜。要是多个人帮忙那就太好了。我一分钟后就到你那儿——你现在有空吗?"

"当然有空。"克里斯说完就离开了。

"你真打算这么办吗?"克里斯走后,我犹犹豫豫地问詹姆斯。

"是的,我觉得这没问题。也许你可以站在外门边上守着,万一出现什么问题,你直接打开舱门就行。如果它有意攻击我们,也只会是出于害怕而已。如果门开着,它会从门里逃出去的。"詹姆斯的话听上去足够自信,但我不确定他这么说是为了给他自己壮胆呢,还是为了给我壮胆。

我不知道该怎么做。当然,理智的做法是现在就明确否决这个方案,或者至少敦促他们等我的同事戴夫到来后再做决定。戴夫是个明白人,一定了解这么做的利害。但话说回来,我对克里斯提出的办法也有点心动。我在想,匹鬃狼是不是真的比一只大型犬更有危险性呢？而且，有注射杆在手，我们也不需要怎么费劲去控制它；再说，垫子应该能为我们提供足够的抵挡，是吧？我从来都是一个乐观主义者，但面对这种局面，这种态度可能会很危险。万一出现什么闪失，后果将不堪设想——严重的撞伤、撕咬伤，甚至是死亡。但这些风险是确确实实存在呢，还是我太夸张了？我真的不知道。如果无法确定风险，还是小心为上，我对自己说。

但是如果不这么做的话，我们就要再等上三个小时。以马蒂现在的状态，可能根本撑不了那么久。我也相信詹姆斯的话有道理，一旦发现不对劲，我可以随时打开笼门，马蒂肯定会逃走。当克里斯和詹娜把那个厚垫子抬回来时，我的脑子仍然被这些想法搅得一团乱。很显然，他们决定照克里斯提议的办法来。

"你们要这个垫子做什么？"她和克里斯合力将垫子放在过道上时，詹娜问。

"你不会想知道的，"詹姆斯回答说，"如果万一发生什么事，请告诉我们的老婆，我们爱她们。"他和克里斯笑了起来。

"什么？"詹娜难以置信地问道。她的语气里充满关切。

"别担心，我是在开玩笑而已，不会有事的。只是给马蒂打个针。"

"我这就去车上拿注射杆和我的装备。"我终于也下定了决心，按照克里斯和詹姆斯的办法来。

"我也去拿几双防护手套来保护手。"克里斯建议道。

"是啊，好主意，顺便把我的巴伯尔牌夹克衫也拿来吧。"

"好。我把我的也拿上，我们可以把拉链一直拉到领口，护住脖子。"

"你们简直是疯了！"詹娜喊道。

我们真的要这么做吗？走向我的汽车时，我禁不住又开始犹豫。

几分钟后，我所有的设备都已经摆在了过道里。克里斯拿着夹克衫和手套回来。詹娜由于太担心，干脆走掉了。

"这些狼有多重?"我一边挑选待会儿要用到的药物,一边问。

"大概二十五公斤。"克里斯回答说。

"就这么重吗?看它们块头那么大,我以为还要重得多呢。"

"它们是很高,但身体很匀称。"

"懂了,谢谢。"我计算好了药物的剂量,把混合好的药剂抽到了针管里。随后,我拿掉针头,将针管接到滴水管导管上,将药物注入管子里。我又把针管抽满生理盐水,将它重新接到管子上,按压注射器的推进柱,一直将药液推到装了针头的另一端。注射杆准备好了。现在只要我把针头扎进鬃狼体内,推进注射器,就可以对它进行注射了。

当我忙着为注射做准备的时候,詹姆斯和克里斯也已经穿戴齐全:他们穿着巴伯尔夹克,脚踩高筒靴,头上戴着澳大利亚丛林帽,只有脸露在外面。

"你准备好了吗,乔?"詹姆斯问我说。

"你确定要这么做吗?"我最后又犹豫着问了一句。但这个时候,已经是箭在弦上。詹姆斯和克里斯的肾上腺素和雄性荷尔蒙也在持续飙高,要他们现在改变主意根本不可能。

"是的。没问题的。别担心,万一出了什么事,我们也不会怪你!"克里斯笑着说。

"但你老婆会怪我。"我回击道。

"好了,我们要开始了。等到你可以安全进来时,我们会告诉你。你先把门关上就好了。"克里斯说完,拿起厚垫子,慢慢打开笼门,走进了笼子。詹姆斯紧跟他走了进去。

他们走进笼子之后,马蒂的咆哮声更激烈了。我关上了他们身后的门。我留意到,那扇门只能朝里开,因此万一他们中的哪位被困在了笼子里,我也非得进到笼子里才能把他救出来。我绕到他们围困马蒂的那个角落边上,突然害怕得不敢看,因为马蒂的嘶吼声越来越大。各种可能发生的恐怖场景从我脑海里纷至沓来,但现在说什么都太晚了,我只能站在那里,祈祷一切都按计划顺利进行。

或许也就是一两分钟的事儿，但我觉得像一辈子那么漫长。马蒂的嚎叫还在升级，然后又渐渐变得低沉。突然，我听到了詹姆斯的声音。

"该你出手了，乔。"

我是不是听错了？他们的办法奏效了？我简直不敢相信自己的耳朵。詹姆斯的催促更急切了："乔，我们已经抓住它了。你可以进来了！"

我打开笼门，走进了笼子里，手上端着注射杆。詹姆斯之前跟我说过，靠后墙有一个与墙齐宽的木头架子。现在克里斯和他正在不远处的一个角落里用力推着垫子。垫子的一部分被塞到了木架子底下。我看到马蒂的尾巴和屁股正顶着墙壁。我没耽搁工夫，迅速将针头刺入马蒂的臀部进行注射。

"行了，完成了。"我说，随后撤回了门外。

"这就行了？我们搞定了？"克里斯惊讶地说。

"是呀。"

"哇，你动作可真麻利，"詹姆斯说，"来吧，克里斯，我喊一二三，我们一块撤。明白吗？"

"好。"

"一，二，三，撤！"他们一齐喊道。等我们全撤到外面后，立刻就把笼门锁上了。

"真没想到这么顺利。"詹姆斯说。

"确实很顺利。"克里斯说。

"现在只需要等着麻药发挥效力，等它陷入昏迷状态了。"我补充说。

"那就好。再这么来一次，我的心脏肯定受不了。不骗你，我的心都提到嗓子眼了。"詹姆斯终于坦白道。

这真的不是个好办法，我在心里想。有种虎口脱险的感觉。这个时候，戴夫还在路上呢。

透过笼门上细密的铁丝窗，很难看清楚马蒂现在的情况。但它的咆哮声越来越弱，大约五分钟后，就完全消失了。我们轻轻地把门打开，我把身子探进门里，用注射杆戳了戳它。它没有反应。

"它昏过去了。"我长长地松了口气说。任务完成了。

马蒂陷入了沉睡，没有人受伤。

"太棒了。"

"干得好，干得好。"

我们的脸上都是如释重负的表情。但我们也知道，这只是完成了第一步而已。接下来我们还得弄清楚马蒂的问题到底出在哪儿。克里斯把垫子从马蒂身上拿开时依然小心翼翼，唯恐惊动了昏睡中的马蒂。谢天谢地，它没有醒。我们这才放下心来，把它抬到充作工作台的靠墙木架上。随后我把便携式麻醉机推到了笼子里。我首先要给它插导管，然后才能连接麻醉机。这些工作完成前，我用一个面罩遮盖住了它的嘴巴和鼻子。

我正忙作一团的时候，戴夫赶过来了。当得知我们已经完成麻醉时，他脸上震惊、怀疑与困惑交织的表情简直生动得像一幅画。

"你们怎么做到的？"他问道。

"用我自己做的简易注射杆。"我轻描淡写地说了一句。我知道戴夫对这件事肯定不赞成，所以不愿意说太多。幸好，戴夫马上开始帮我给马蒂插导气管和导尿管，忙得无暇他顾。

"戴夫，"我说道，"你能自己守一会儿吗？我要给那个萨默塞特的动物抓捕专家打个电话，告诉他不用过来了。我原先跟他说过让他随时待命。"

"哦，你想得真周到。你去给他打电话吧。这儿我来管。"

"谢谢。"

说完，我就走出小屋给艾瑞克打电话去了。

等我再沿着过道走回笼子门口时，戴夫抬起头看着我，一脸难以置信的样子。不用说，詹姆斯和克里斯谈论起我们对马蒂采用的非常规高风险操作，可不像我这么不情不愿，过后他肯定要跟我谈谈这件事，但目前我还是得专注手上的事情。我把导尿管递给戴夫。我们试了几次，颇费了一会儿工夫，但终于顺利把导尿管插进了它的膀胱。腥臊的褐色尿液从管子里倾泻而下。

"干得漂亮。"我对戴夫说。

"没错，它的输尿管肯定是给堵住了，就算它的膀胱里全是结石我也不会奇怪。但这得给它做 X 光检查才能确认。趁现在它的麻醉状态很稳定，我觉得我们应该打开它的肚子，给它冲洗一下膀胱。你觉得呢，詹姆斯？"

"你觉得好就行。"

"乔，你看呢？"戴夫转身问我。

"我同意。它这会儿看上去很稳定，要是再等上一两天它又堵上的话，我们就得抓狂了。"

"我负责手术，你负责麻醉，怎么样？"戴夫问道。

"好的。没问题。"

"完美。"戴夫拿起剪刀，开始剪马蒂肚皮上的毛，那是开刀的位置。

"其他还有什么需要我们帮忙的吗？"詹姆斯问道。

"你能打一罐温水来吗？"我提议道。

"当然可以。"詹姆斯说，随后就走开了。

我集中心神开始为马蒂做检查。它睡得很沉，呼吸稳定，心率为每分钟八十次，没有眼动反射。

几分钟后，詹姆斯拿着一罐温水回来了，戴夫已经清理完马蒂腹部的毛发。我在水里加了点儿碘酒溶液，开始擦洗裸露的皮肤，为接下来的手术做准备。准备工作完成后，我用喷洒酒精的方式为双手消毒，而戴夫则用杀菌凝胶来为自己的手消毒。然后我打开手术包，他从中取出手术服和手套并穿戴好。马蒂已经蒙上防护罩衣，戴夫的手术器具一一在身边摆好，我把手术刀和缝合材料递给他。一切就绪，他准备开始了。我最后又检查了一下马蒂的状态，以确认它仍处于完全麻醉中。之后，戴夫便执刀实施手术。

我们发现马蒂的膀胱里满是胶状物，而不是我们所预料的结石。尽管如此，这也证实了为它进行手术的必要性。戴夫清理了这些胶状物质，并清洗了膀胱。之后用无需拆线的埋线缝合方式依次缝合好它的膀胱、腹腔和表皮。

"还算比较顺利。"戴夫说。与此同时，他摘下手套，开始收拾手术器械。

"谢谢你们，叫你们来真是对了。"克里斯说。

我们把所有的设备都从笼子里移了出来。笼子清空后，我关掉麻醉机，断开麻醉机与马蒂的连接，把机器推到了笼子外面。戴夫把麻醉逆转剂抽进注射器。等我把气管导管从马蒂嘴里抽出来之后，他便给马蒂实施了逆转剂注射。随后我们撤到笼子外头，关上笼门，等着它醒来。

十分钟之后，它醒了过来。片刻之后，它站了起来，开始在笼子里绕圈子。

"应该让它在里面再多待上几天，让它进到相邻近的笼子里也没事。"

"好的。"克里斯答应道，"它后续还需要什么药物吗？"

戴夫说道："没错。我会把其他的药放在诊所，需要的时候可以派人去取。"

"太好了，谢谢。"

我们把所有设备都搬到车上，跟野生动物园的工作人员道了别，开车离开。

第二天，西蒙把我叫进了他的办公室。

"乔，昨天戴夫跟我说了……"

他的话只说了一半，但我俩都知道他指的是什么。

"或许我有点仓促，对不起。"我说。

"你知道这么做可能会造成多严重的后果吗？你是在场的兽医，万一出什么事，责任可是你的。"

"是的，我知道。我真的记住这个教训了。对不起。"

"很好。我就是想知道这个。一张床垫和一根自制的注射杆无疑很有创意，但我觉得，将来遇到这种情况还是用麻醉镖枪更合适。"

我说："我同意，但麻醉枪也得好使才行啊。"

鬃狼小百科

学　　名	Chrysocyon brachyurus
通 用 名	鬃狼
地理分布	南美洲、巴西南部和中部、巴拉圭、阿根廷北部、玻利维亚和秘鲁东南部。
名　　称	在英语中，1 岁以上的雄性鬃狼被称为 dog，1 岁以上的雌性鬃狼叫 dam，它们的幼崽叫 pup。成群的鬃狼叫 pack。
寿　　命	约 12—15 年。
栖 息 地	草地、大草原和森林中的开阔地带。
食　　性	鬃狼是杂食性动物，可单独猎食诸如啮齿类动物、兔子、鸟类、鱼类等中小型动物，但它们 50% 以上的食物是蔬菜和水果（包括被称为"狼苹果"的"罗维拉果"）。
孕　　期	65 天，一胎可产黑毛幼狼 2—6 只。
体　　重	出生时约 450 克，成年后达到 23 公斤左右。
生　　长	幼犬出生后需父母看护 4 周，10 周时长出独特的狐红色毛发，4 个月时断奶，1 岁时完全长成离开父母，2 岁开始繁殖。
体　　温	38—39 ℃。
鬃狼冷知识	鬃狼是南美洲最大的犬科动物。鬃狼外形与狐狸非常相似，但腿较长。人们习惯称它们为"狼"，但事实上它们与狼是截然不同的物种：鬃狼是鬃狼属（genus chrysocyon）的唯一物种。鬃狼以夜行活动为主，在日出或日落时段为活跃期。鬃狼只有一个配偶，夫妇共享约 10 平方英里的领地。但狩猎、漫游和休息皆单独行动，除繁殖季节外很少相遇。它们会用气味浓烈的尿液来标记自己的领地及互相交流，据说其尿液闻起来很像臭鼬的臭气。雌性鬃狼每年 4 月—11 月间进入发情期一次，周期约为 5 天。雌性鬃狼负责抚养幼崽，但雄性鬃狼负责以反刍方式为幼崽提供食物。
保　　护	世界自然保护联盟认为鬃毛狼的整体生存状况为"近危"，但在巴西被视为是"濒危"，据估计，全世界野生鬃狼只剩下大约 25000 匹。农业和筑路对其栖息地的破坏、由家犬传播的疾病、以获取其身体特定部分而进行的偷猎和交通事故等都是导致其数量减少的因素。

HOLSTEIN COW

9
荷斯坦牛

牛儿哞哞叫也许是有什么想法,但只有牛儿才知道。

——梅森·库利

"你不会走错的,那地方很容易找到。"安博尔对我说。

我从位于新西兰南岛格雷茅斯的背包客旅馆出发时,耳边又响起她的话。

时间是凌晨三点,我要赶到一个小时车程外的农场为七百头牛注射疫苗。"出了格雷茅斯,沿七号公路向北开车行驶约四十五分钟,到达马韦雷蒂,那个镇上只有一个左转路口,你到了路口左转,开到下一个路口再左转,然后沿着那条道一直开下去,路的尽头就是农场。"

"听起来的确不难找。"我说,"沿七号公路向北,到马韦雷蒂左转,下个路口再左转,一直开到头。应该没问题,我需要在凌晨四点他们开始给牛挤奶的时候赶到,是这样吗?"

"是的,他们有个很大的旋转式挤奶机。等你到了,他们会把你放到挤奶台上工作。农场工人凌晨四点开始挤奶,因此他们希望你在他们挤奶的时候给牛打疫苗。全部疫苗都放在冷藏箱里了,注射枪也在里面。还有一支带肩带的注射枪。我一般是左右手各拿一支枪,左右开弓,一次注射两头牛。但你可以按你自己的方式来。"

"没问题,我应该能够搞定。"

"这种活儿挺枯燥的,可能要花上四五个小时,不能间断不能休息。所以请给你的 iPod 里放几首好听的音乐!"

"明白了,谢谢。"

之后我便回到旅馆早早地睡下了。

终于又能再干点兽医的活儿了,我感到很高兴。我已经有五个月没有以职业兽医的身份和动物打交道了。当然,给牛注射疫苗确实是项枯燥无聊的工作,但这毕竟是我的老本行,做起来比较顺手。虽然身体上会很累,但心不累。不需要刻意去记药物剂量,也没有复杂的手术。只是轮流给不同的牛注射疫苗,打上五个小时,我就可以回家休息了。此外,我需要钱。过去五个月在南部非洲和澳大利亚的漫游已经花光了我的钱。我原本打算再多去新西兰、加州和加拿大几个地方,然后再回国,并没有想过要在这些国家打什么零工,但我没控制好花销。到了新西兰后，我面临两个选择：要么观光三周后回英国，要么就想办法找点儿零工。

成为英国皇家兽医学院会员（MRCVS）有个好处，就是全世界许多国家都承认这一资质，其中也包括新西兰。我当时还不到三十岁，所以没费多大力气就拿到了度假工作签证。有了皇家兽医学院的证明信，我就可以成为新西兰兽医协会的注册会员，找工作不成问题。

问题是上哪儿接活。当地有很多兽医中介在招兽医。我有三年多的全科兽医经验，找份工作不难。我首先把电话打给了一个大学时很要好的朋友，她三年前去新西兰待了九个月，之后就留在那儿了。如今她在格雷茅斯开着一家小型全科兽医诊所。

"嘿，安博尔，我是小乔。我刚刚到基督城，正想着去看看你呢，你那边最近需要兽医吗？"

"你可算来了！太棒了！到时候我们可得好好聊聊。说到工作，马上就是'动物防疫季'了。在接下来的六个星期里，我们有两万只动物要接种，所以需要更多人手。"

"'防疫季'是怎么一回事？"

"这是政府政策。所有的奶牛都必须接种钩端孢子虫病疫苗，以尽量减少人畜传染疾病的传播。打过疫苗的奶牛必须有兽医签字做证明。简单说来就是，作为兽医，我们必须亲自对奶牛进行疫苗接种。"

"真的吗？听起来是个好政策，但对兽医来说，工作量有点儿大。"

"要知道，新西兰40%的GDP来自养殖业，其中很大一部分又来自出口牛奶。万一畜牧业因疾病出现恐慌，我们可担不起后果。另外，政府会给补贴，这对兽医来说是一个很好的收入机会。跟英国的结核病检查有点儿像。"

"我明白了。不过，这里不也要做结核病检查吗？"

"要做的，但这主要由结核病检查专员负责。我们兽医不怎么做。"

"好，这活儿我接了。太感谢你了，安博尔！我简直等不及要跟你叙叙旧了。"

"别客气，朋友帮忙不是应该的嘛！"

两周后，我到达了格雷茅斯，迫不及待想要开始工作。我开的是一辆白色的自动挡斯巴鲁力狮。它的变速箱坏了，最高档只能挂到三档。在我开过的车里，它的耗油量可不低。当然，我买车之前试驾过。但当时只是在街区附近开了开，在回朋友家的路上才发现变速箱有问题。我已经付了钱，把车卖给我的那个家伙早就溜之大吉。这桩买卖可不怎么划算。不管怎么说，我在这里总算有了辆车。我开着它翻过了亚瑟山口。更重要的是，我拿到了兽医注册证书，这意味着我在新西兰也是一名执业兽医。不仅如此，我还特意去当地的一家慈善商店挑选了一套新西兰标准兽医制服：卡其色裤子配格子衬衫，从头到脚看起来都很专业。

凌晨两点半，闹钟响了。我睡了五个小时。几个月来我都没有按时休息过，生物钟一下子有点调整不过来。新工作头一天难免有几分紧张和慌乱，因此闹钟响时，我已经完全醒了。我跳下床，穿好衣服，走进厨房，打算出发前喝杯咖啡。至于冲澡就等等再说吧。凌晨两点四十五分，我已经把车开出了旅馆。安博尔估计从我的旅馆到农场不会超过一个小时。路线似乎也很简单。但根据我刚毕业时屡次迷路的可怕经验，我有轻微的迷路恐惧症。所以每次我去一个新的地方总是会尽量多留一点时间，尤其这是安博尔给我安排的第一份工作。

除了偶尔驶过的货车外，路上空无一人。安博尔对我不小心买到烂车的遭遇很同情，把她的车借给了我。我只用了四十分钟就到了马韦雷蒂。车窗外还是一片漆黑，所以当看到"欢迎来到马韦雷蒂"的广告牌时，我将车速放得很慢，以免错过转弯。其实我大可不必担心，因为转弯处亮着一盏孤零零的街灯。这时柏油路变成了碎石路。我沿着柏油路继续往前开，车灯打出的光线里一片尘土飞扬,我继续以龟速前进,唯恐错过转弯——我指的是安博尔说的第二个左转弯路口。我刚开下主道就是第一个转弯,又继续开了一英里左右,还没到第二个转弯。于是我开始各种猜测。我是不是错过了转弯处?我是不是搞错了方向?正犹豫不定时,它突然出现在眼前。我松了口气,拐弯转到了另一条路上。一直开到头就是了。我在心里说。此时是凌晨三点四十分。我的时间还充裕。这条路肯定不会很长,我很快就能到那儿,完全赶得上四点钟开始干活的约定。为了给顾客留下良好的第一印象,我总是不遗余力。头一次见客户就迟到,无异于是灾难。因为那不仅说明你不够专业,还意味着你需要在后续的工作中付出双倍努力,才能获得客户的认可。

道路蜿蜿蜒蜒地穿过我看不见的乡村,我在黑暗之中越走越远。感觉有点不对劲。这一带连个人影都见不到,只有一片荒蛮景象。车头灯照出尘土飞扬的砂石路和两边的篱笆。我不仅开始再次怀疑我自己。恰在这时,我突然看到远处有灯光。那里肯定就是给牛挤奶的地方了。我离那片灯光越来越近。终于,我把车开到了道路右侧的几扇镀锌金属门前。这些门都敞开着,通向一个挺大的农场空地。一个大棚顶上灯火通明,把那块空地照得很亮堂。那想必就是挤奶厅了。

我把车开进农场时,一群迎着我走来的工人中有人注意到了我。

"我是来给牛打疫苗的,"我摇下窗户对那人说,"我应该把车停在哪儿?"

"经理压根没跟我们说过这件事啊。"他疑惑地挠了一下头,看着地面说道,"我的意思是,我们的牛确实需要打疫苗,但经理并没有跟我们说过有安排,但我想也可能是他忘记了。对了,你是什么人?我们之前好像没见过。"

"我是一名从英国来的兽医,叫乔,现在在这边做零工。"

"很高兴见到你,兄弟,我是内森。你带上工具过来吧。我们会把现场给你弄好。麦克和达伦正在把牛往这儿赶,你来得正是时候,我们还没开始挤奶呢。"

我拿起冷藏箱,内森帮我拿着剩下的工具,我们一起走进了挤奶厅。这是一个很大的方形空间，中间是可以容纳五十头牛的旋转挤奶台。挤奶台与周围只有两米的空隙。

旋转式挤奶台是一个巧妙又简单的设计。它位于挤奶厅中央，是一个高于地面的平台，缓慢而持续地不断旋转。奶牛们头朝里站在这个平台上。挤奶工站在平台测沿的一个坑里，当奶牛转到自己面前时，就为奶牛清洗乳头并装上挤奶器。无论为奶牛挤奶需要多长时间，它们都会停留在平台上，直至挤奶工作全部完成，才会被从平台上牵到农场的空地，之后再被放归到田地里。

"你就待在这儿吧，"内森说，"以免挡了达伦的路。我们的牛会在挤奶台上转半圈。所以如果有啥问题，或者你打针时漏打了哪头牛，有足够的时间补救。"

"那太好了，谢谢。"

内森从一个角落里把一辆铁制手推车推到我面前，把轮子固定住，又试着推了推，确定它很稳当。

"你觉得这辆手推车可以吗，兄弟？空间够不够？高度应该是可以的。当奶牛上了挤奶台，而我们又需要对它们做点什么的时候，我们就是站在手推车上干活儿的。"

"非常好。谢谢。"我说，一边把我的工具卸到推车上。

"你为什么到新西兰来呢？玩得怎么样？"

"我才来两个星期，一直在忙申请兽医执照的事儿。但我2005年曾来新西兰看过狮子团巡回赛。"

"哈！你们肯定有点儿不爽，对不对？不过你们的小伙子做得不错，我们欢迎你们来。当时遍地都是狮子团的粉丝，倒是蛮壮观的。"

"当时我把新西兰南岛转得差不多了，那时候我就知道我肯定会再来的。"

"要不大家怎么把新西兰叫作'上帝之国'呢！好好体验吧，兄弟！"这时外面传来了四轮摩托车刺耳的鸣笛声和哞哞的叫声。达伦赶的牛群到了。内森朝声音传来的方向走去。

我也开始忙着为注射做准备，把疫苗瓶连接到注射枪的输药管上。通过一定的设置，注射枪可以重复注射相同剂量的药物：只要按压注射枪的手柄以注射疫苗，再释放手柄把药物从瓶子里抽到注射枪里即可。每头牛需要两毫升的肌注剂量。我把剂量调整到这个数值，对着地板测试了一下注射枪。两支枪都没有问题，于是我脖子上挂着两条枪，爬上了那辆手推车。我要先看看挤奶台上的情况如何。第一头奶牛正顺着坡道走上挤奶台。我又检查了一遍接下来四个小时里可能会用到的工具，然后掏出我的iPod，找到我最喜欢的歌单，准备开始干活。

我花了点儿时间来习惯工作，但很快就进入了状态。嚓、嚓、嚓——给牛打疫苗是个枯燥的活，但能再次回到动物中间做点儿与兽医有关的工作，我还是很开心，尽管这种活有点配不上我受过的五年专业兽医培训。时间似乎格外漫长。当中我偶尔需要以飞快的速度更换疫苗瓶，然后把手推车推到我漏打的奶牛身边补针。除此之外，打针顺手就可以完成。

为了消磨时间，我自娱自乐地根据每头奶牛的外貌为它们打分。我会问自己：假如我自己要养一群牛的话，会不会留下这一头呢？这些奶牛都是高大而体瘦、黑白相间的荷斯坦牛，常与体格更小、较为健壮且同样黑白相间的弗里生牛进行杂交。与荷斯坦牛相比，我更喜欢弗里生牛的体型。荷斯坦牛往往过于纤细。但荷斯坦牛却称得上是产奶机器，似乎它们活着就是为了产奶，此外别无所求。它们的饮食需要精心管理，否则可能在产奶期出现新陈代谢危机。但也有些称得上是良种典范的荷斯坦牛：腿型优美、乳房发育均衡，体格也不是太瘦……

"这头牛我肯定愿意留下。"我一边仔细观察着眼前的牛，一边自言自语。"这头有点儿内八字，不太好。""这头屁股太瘦了。不留。""这头左后乳肯定得过乳腺炎。不留。"还好我及时打住：如果有人听到我在自言自语的话，肯定会觉得我是个无可救药的怪咖。这么想着，我忍不住想回头看看我背后有没有人。如果内森或麦克听到我在对奶牛的体格外貌品头论足的话，一定会拿我的职业品味开玩笑的。

　　时间一分一秒地过去。大概六点三十分左右，太阳出来了，我第一次看到我周围的环境。简直太惊人了。挤奶厅的左侧是供奶牛上下台子的地方，因此没有遮挡。布满露珠的草地上晨雾弥漫，西海岸山脉逐渐显露出壮丽的身姿。看着眼前绝美的景色，工作的沉闷枯燥顿时像雾气一样消散无踪。我入迷地欣赏着眼前的美景。云雾逐渐散去，辉煌壮观的风景完全显现在我眼前。

　　灿烂的日出让我一下子充满了干劲。我知道我的工作已经完成了一大半，很快就能结束任务。最多也不会超过一个小时。又一头牛走上挤奶台，然后就没有别的牛了。

　　我这才意识到这就是最后一头牛。它在旋转台上朝我越靠越近，我举起注射枪——嚓——结束战斗！我一共为七百头牛接种了疫苗。我看了看表，才刚过八点。干得好，小伙子！我在心里这么夸自己。

　　我打算在回家的路上找一家不错的咖啡馆，好好吃顿早餐，然后问问安博尔还有没有别的活儿派给我。但我希望当天剩下的时间能归我自己支配。

　　我把我的装备打了两个包拿回车上。内森和达伦已经开始冲洗挤奶台，我听到他们的四轮摩托车启动马达的声音。我猜麦克正准备把牛群赶回田地里，然后关上农场的大门。我也洗了洗，同达伦和内森道了别，朝我的车走去。

　　我离开了农场，沿着来时的道路朝前开去。我打算到了马韦雷蒂后先去喝杯咖啡，再去找安博尔。我对自己这次干的活感到很满意。阳光透过薄雾照耀着大地，原本隐藏在黑暗中的景色，此刻一览无余。我摇下车窗，打开收音机，把车速放得很慢。多么美好的早晨啊！

　　这个时间，马韦雷蒂的咖啡馆似乎都还没营业。于是我把车停在一个地方，掏出我的手机。奇怪的是，居然有安博尔的五个未接来电。我看了一下，分别是凌晨五点、五点十分、五点三十分、七点、七点三十分打来的，她一定只是想确认我有没有遇到什么状况。我按下回拨键。安博尔接了电话。

　　"你怎么样？你到底去哪儿了？"安博尔问道。

这问题问得可真怪。我想。

"很好啊。我干完活了，给七百头牛都打了疫苗。就在马赫阿迪——我念不好这个名字，反正你懂的。"

"是'马韦雷蒂'！什么？你已经去了那个农场，并且给所有的牛都打了疫苗？"

"是的，全打了。还挺顺利。他们一开始没有想到我会去，但我一说他们就明白了。"我说，心里的自豪之情油然而生。

"有意思，"安博尔说道，她停顿了一下，"真奇怪。农场经理马丁五点钟打电话给我，问你在哪里。"

"这确实很奇怪。好吧，我没见到马丁，但我确实去过农场了，我有七个空疫苗瓶可以做证明！"

"你没遇到问题吗？"

"没有。在马韦雷蒂左转，然后第二个路口再左转，一直沿着路开到头。"

"路线没错。太奇怪了，马丁坚持说你没去。也许你们刚好都没见到对方。但我也不清楚怎么回事。我打电话问问他。我稍后再打给你。"

"好的。"说完，我挂了电话。马丁究竟在搞什么？

五分钟后，我的电话响了。是安博尔打来的。她在笑。

"乔，我跟马丁谈过了。我不知道你去了哪儿，但你去的绝对不是他的农场！"

"什么？"我震惊地说，这肯定是在开玩笑。

"你是为七百头牛打了疫苗，但你打错了。"

"这怎么可能？"我吃惊地问道。

"马丁说，如果你是按照我给的路线走的，那你去的一定是他邻居的农场。"

"怎么可能？我可是一直开到路的尽头啊。"

"你是不是从路右边一排崭新的镀锌金属门进入农场的？"

"是的。"我说。我意识到安博尔可能并不是在开玩笑。

"这就对了，那是马丁邻居家的农场。马丁的挤奶场在一个九十度的岔路口。你应该再继续朝前开两公里才到路的尽头，那才是马丁的农场。"

"你在逗我吗！但我凌晨四点沿着那条路开下去的时候，并没有看到其他挤奶场的灯光啊。当时周围一片漆黑，没有什么光污染，所以我看到的只能是马丁农场发出的灯光了。"我语气急促地说道。

"马丁的农场在山那边的山谷里，所以你不会看到灯光。"安博尔努力想表达对我的同情，但语气还是有点尖锐，"乔，你简直太搞笑了。我告诉我在因弗卡吉尔的老板，我有一个从英国来的朋友要为我们工作一阵子。我说你很优秀也很有经验，他很高兴。可是上班第一天，你就给七百头牛打错了疫苗。不是一两头，而是**七百头**……你说可笑吗？"

"是挺可笑！"我自己也不禁笑了。

"农场的工人都不知道你要去给人家的牛打针，你当时就不觉得这有点儿奇怪吗？"

"没觉得啊。农场上有个工人说，他们经理经常忘记给他们交代这种事。"

"往好的方面想，你为诊所多赚了几千块钱！但如果我告诉另一位兽医西蒙，政府给他安排的工作被我们抢了，他肯定不高兴！我会把锅甩给英国来的临时工……我也不会跟他说我们是大学同学！"

"所以你知道那个农场是谁的客户，对吗？"我问。

"是的，他们是迪克森公园兽医诊所的客户，老板是西蒙·哈伍德。他老是指责我们想抢他的客户！"

"对不起。"我喃喃地说。

"不过别担心。这件事倒是不错的谈资，我会逢人就说，足够尬聊五分钟的。对了，你现在知道明天早上你应该做什么了吗？"

我瞬间明白过来，我明天凌晨四点还得原路再跑一趟，为我"该去"的农场的七百头牛打疫苗。

"我清楚。"我叹了口气说，"我现在再清楚不过了。"

荷斯坦牛小百科

学　　　名	Bos taurus
通　用　名	家牛
地　理　分　布	现代家牛现存两个亚种：起源于巴基斯坦的博斯金牛和起源于土耳其东南部的欧洲牛博斯金牛。但这两个品种的牛如今在世界各地均有分布。
名　　　称	在英语中，成年公牛叫 bull，年幼的公牛叫 bullock，阉割过的公牛叫 steer。生过一只以上小牛的母牛叫 cow，3 岁以下未产犊的母牛叫 heifer，小牛叫 calf。用于耕地的牛被称为 oxen。成群的牛叫作 herd。
寿　　　命	约 18—22 年。
栖　息　地	开阔的草原地带，但在野外它们也会生活在森林地区。
食　　　性	牛的天然食物是草，但养殖者为了提高牛奶或牛肉的产量，或者当牧草不足时，也会用青贮饲料（经过发酵的高水分草类）或谷物（玉米、燕麦和大麦的混合物）作为补充。
孕　　　期	283 天，一胎可产犊一至两只。
体　　　重	依奶牛和肉牛、公牛和母牛及品种差异各不相同。牛犊出生时体重从 25—75 公斤不等，成年后体重可达 270—1200 公斤。
生　　　长	牛犊出生后 5—6 周内以牛奶为食，然后随着瘤胃的发育，逐渐可以吃草，一般到 7—8 个月时会断奶。公牛和母牛出生后 7 个月即具备生育能力，但出生 2 年后才能完全成熟。在乳制品行业，养殖者为母牛设定的头胎产犊时间是 2 岁左右，也就是说在出生后第 15 个月时即可为其配种。在牛肉生产业中，肉牛往往在出生后 18—24 个月即被屠宰。
体　　　温	38—39.3 ℃。
家养牛冷知识	家养牛可以分为两类：乳牛和肉牛。不过这两个行业是重叠的。在乳制品行业，每头奶牛都必须每年生产一头牛犊以维持其产奶量，但并非所有产下的牛犊都会成为奶牛。其中一半都是公牛，这些公牛犊会送去屠宰或作为肉牛出售。产下的母牛犊中，大概也只有一半会被当作替补奶牛加以饲养。从牛肉生产的角度出发，优良的肉牛母牛应该容易产犊且产奶量大，同时又能将优秀的产

肉基因遗传给下一代。这种牛通常是奶牛和肉牛的杂交品种。在英国，最常见的品种是弗里生牛和赫里福德牛的杂交后代。

保　　　护

据估计，全世界现有14.7亿头牛，它们没有濒临灭绝的危险，但随着牛数量上的增加，与牛相关的动物福利、人类福利和环境影响也日益引起公众关注。据说牛排泄产生的甲烷占全球温室气体排放量的18%。在发展中国家，牛往往是财富的象征，并且受到严密保护。这意味着人和牛往往近距离共处，这会导致人畜共患疾病的双向传播，尤其是结核病。全球每天有4000多人死于结核病，人类对牛结核病及人畜共患结核病在这一流行病中所扮演的角色认识也越来越清晰。世界卫生组织制定的目标是到2035年将结核病死亡人数降低95%，将新发病例减少90%。

RHINOCEROS

10
犀牛

> 我希望人们能意识到,动物完全依赖我们,它们像孩子一样无助,对所有人都充满信任。
>
> ——吉米·哈利

我凝视着手中的东西，不禁打了个冷战：它质感粗糙，摸起来很不舒服，散发着难闻的味道。绝望、厌恶、惊讶、困惑……各种强烈的情绪在我心中交织，此外，还伴随着极度委屈时才会有的愤怒。

我翻来覆去、从不同角度审视着手中的物品，感受着它曾经历过的野蛮、痛苦、残酷和死亡。但同时，它也在茫茫黑暗中带给我一丝希望。它是一个象征，表明哪怕人性沦丧，但总有人挺身抗争。

它呈圆锥形，长约六英寸，底部直径六英寸，呈深灰色，近乎黑色，除一面外，整体上很粗粝。如果不是因为它独特的气味，它看起来很像一大块火山石。这种气味一闻就知道是动物发出来的：干粪便味混合烧焦的毛发气味，非常刺鼻。

几分钟前，格尔夫随随便便地把这件东西丢给了我，好像它真的是一块一文不值的石头。但事实上它绝对不是一文不值，更不是什么石头。它是黑市上最昂贵的商品之一，比海洛因或可卡因更贵。对它的盲目追捧和由此而来的残酷贸易正在使一个物种走向灭绝。

我捧在手上的是一个重约一公斤的犀牛角，按当时的市值约为六万五千英镑。仅仅几分钟前，它还长在一头体格颇大的母白犀牛身上。那头犀牛现在就躺在离我几米开外的地方。

它胸口朝下趴在地上，前后脚都蜷缩在身下，头在离地面几寸的地方轻轻晃动着。我们给它注射了麻醉剂，它此刻已经睡着，打着呼噜。它的眼睛上盖着眼罩。我们把一条旧丝袜里塞上填充物，做成了一幅"耳塞"，用来塞住它的耳朵。十几个人在它周围忙忙碌碌，有的监视它的心率和呼吸，有的调整它右耳的静脉输液管——输液管连接着一袋悬在它头上的五升装生理盐水。装着麻醉药物硫芬坦尼和阿扎哌隆混合液的飞镖已被取出，飞镖留下的针孔周围已注射了青霉素以防止感染。非洲的阳光很强烈，为了防止它体温过高，几名野生动物保护区的工人往它身上一桶桶地倒着凉水。每一步都需要大量人手。另一队人用一根粗绳子缠绕住它的一条后腿——在非洲从事野生动物保护工作，必须做好充足的安全保障措施！我们那时是在一片孤零零的灌木丛里，周围既没有树木可以攀爬，也没有岩石可以遮挡。万一犀牛突然醒过来，绑在它腿上的绳子将为我们留出宝贵的撤退时间。犀牛重达两吨，时速可达四十英里，绝不能把它不当回事。在场的人心里都很清楚，我们的行动表面上看似有条不紊，但随时都可能危及生命。过去的经验让我知道，与动物打交道时永远不能放松警觉，尤其是面对力量和速度都极为惊人的野生动物时更是如此。

园区经理格尔夫刚刚用他的"百得"牌无绳往复锯锯掉了犀牛的副角。他把锯下来的犀牛角扔给了一个同事，喘着气站了起来，伸了伸身子，揉着腰。格尔夫看上去六十岁，穿着一条绷得很紧的蓝色棉质短裤。上身穿着厚实的卡其色棉质短袖衬衫，脚踩一双卡其色踝靴。卡其色短袖衫和踝靴是非洲野生动物保护者的典型装扮。他是一个真正意义上的南非动物保护工作者，粗犷而坚韧，心胸宽广，性格温柔。格尔夫一辈子都在与野生动物打交道。对大多数情况他都能沉着应对。但身处反盗猎犀牛斗争的第一线，残酷的现实仍然让他饱受打击。每天早上，当他出去巡逻两百公顷的野生动物保护区时，他都生怕自己会遇到什么他不想看到的东西。我以前只见到过被盗猎者杀害动物的照片，那已经足够让人惊骇了。但如果你曾经亲眼看着一只动物长大、产仔、抚养后代，现在却不得不面对它被盗猎者肢解的尸体。那该是多么痛心？我根本不忍去想。不仅如此，一想起它死前遭受的痛苦折磨，更加会让人无比难受。格尔夫说他经常就是这样。

那天我们之所以会对一头健康的动物实施危险的麻醉作业，是因为那是野生动物去角行动的一部分，其目的是防止野生动物保护区的犀牛遭到偷猎。按照动物保护人士的希望，如果把犀牛角从根部锯掉，残留的一点儿角质组织由于太小，就不值得盗猎者冒风险去偷猎。移除犀牛角的行动受到严格监督。犀牛的主人需要向保护区管理委员会申请特别许可证，才能合法地为犀牛去角。申请批下来之后，实际作业时，还需要有一位政府委派的兽医在场监督、记录。那天被委派的兽医叫德拉雷，是一个身材高大而匀称的年轻小伙儿。这是他从兽医学校毕业后的第一份工作。他这第一份工作很不容易，他需要放低身段，和这些性子粗犷的农民打成一片。不过他是个性子温和，讨人喜欢的小伙子。虽然是头一次见面，但看得出来，那些从事野生动物保护工作的老手对他十分敬重和喜爱。

格尔夫把犀牛角锯掉后，德拉雷和几个兽医专业的学生开始围着犀牛的头忙碌起来。他们从耳静脉抽血，收集毛发和趾甲样本，把掉下来的犀牛角碎片全都收集起来，给犀牛贴上标签并拍照。所有这些都是动物 DNA 身份档案的内容，为的是让每一只被锯掉的犀牛角都能追溯到它所属的保护区，为除角的动物留存详细资料，记录它被除角的日期和时间。由于犀牛角价格高得惊人，为了防止腐败（无论多么细微的腐败）或任何犀牛角"不明失踪"的情况，必须保存无可挑剔的完整记录。然而，尽管采取了种种预防腐败的措施，严重的腐败现象仍然令人痛心疾首。犀牛角的价格为每公斤六万五千英镑，这比大多数非洲人一辈子的收入都多。靠犀牛角获利的诱惑太大了，简直让人无法抗拒。我不由得想起了两年前在博茨瓦纳的乔贝国家公园，我与一位园区管理员的对话。当时是早上，我们开车在公园里巡逻。那是我第一次去非洲，我打算多了解一下盗猎问题。他告诉我，就在几个月前，公园里的最后一头黑犀牛被盗猎者杀害，这对园区里所有从事着反盗猎斗争的人来说，简直是毁灭性的打击。但更让人痛苦的是，当他们循着装在犀牛角上的追踪器找到被盗猎的犀牛角时，发现它就被藏在公园一名保安员的床底下。

"不能相信园区里的任何人。"他这样说。

格尔夫从犀牛身边走开了。他手上的活已经做完，但这只是一个开始。我们当天还有九头犀牛要完成除角，任务繁重。他扫了我一眼，我手上依然捧着那块他丢给我的犀牛角。格尔夫与我眼神相遇的刹那，似乎也看穿了我的心思。

"你也许会感到奇怪，怎么会有人为了获得成分与人类指甲差不多的犀牛角而去残杀这么美丽的动物？"他问道。

"没错。"我坦白道，"这东西尝起来一定很恶心。而且只有脑子不怎么好使的人，才会相信它有任何药效。我真是想不明白。"

"这是对贫困的绝望和三千年的传统共同导致的结果，传统的力量很难挣脱。犀牛角的买家根本不知道获得犀牛角的过程有多血腥；而在交易链的另一端，那些盗猎者原本在贫困线上挣扎，费尽全力才能养活自己和家人。而这时候，有人出现了，对他们说，只要他们提供点儿线索，或只要干上一晚上，就能拿到他们想都不敢想的一大笔钱。他们自然就跟着去了。当我们舒舒服服地躺在自家床上时，当我们在自己温馨的小家里悠闲地看电视时，当我们在应有尽有的食品货架间挑选商品时，我们自然可以谴责他们，可以充满鄙夷和义愤地谈论同为人类的他们怎么可以如此冷酷残忍。我们不懂他们吃了上顿没下顿的绝望。对他们来说，问题其实很简单：要是我不去盗猎动物，我就得饿死。一个盗猎者被杀，后面就会有一百个人排队等着顶替他。"

我以前从来没有从这个角度想过这个问题。考虑到格尔夫的见识和经历，他的话让我深受震动。突然之间，我对盗猎的问题有了全新的认识。作为一个外来者，我感到羞愧。因为一开始我对这个问题充满误解与偏见，对问题的复杂性也一无所知。毫无疑问，犀牛角贸易是可耻的，也是非法的。它将一个物种推向灭绝的边缘。然而，这个问题不可能轻而易举地被解决。它牵涉到太多因素，我也只是才开始意识到这些因素而已。

"我真正想干掉的是那些堕落、恶毒、无情、嗜血、没有人性的盗猎集团头目，我要让他们尝尝全身上下被刀割的滋味；我要用枪把他们崩了。"格尔夫真的动了气，一连串狠话脱口而出。他的话听起来很刺耳，但我能感受到他的痛恨之情。尽管那时的我对盗猎这件事还没有切身体会。

三年之后，我又回到了非洲。那天是从一顿轻松的早餐开始的，气氛似乎很平静，没有紧凑的日程安排，上午也没什么事儿。我们是由来自美国、英国和南非的七名兽医组成的一个综合医疗小组。本来我们打算上午的时间来分享一下彼此的专业、经验和知识，但分享会才开始半个小时，一切就都被打乱了。德瑞克接到一个电话。他一直知道那个电话可能会来，尽管他希望永远不要来。

萨比是一头三岁的白犀牛，在它的母亲被盗猎者杀害时，它也被击中了。德瑞克和科布斯把它救了回来，并精心照料它，让它恢复了健康。但在这个晚上，萨比也被猎杀了。

当年护林员发现萨比时，它才刚出生几周，正用嘴舔舐着被盗猎者残杀的母亲的尸体。它中了三枪，情况十分危险。尽管盗猎者曾试图杀死或吓跑它，但它仍然留在死去的母亲身边。而它的母亲被机枪扫成了筛子，背上、腿上被盗猎者用大刀砍了好多刀。之后盗猎者砍下了它母亲的角，任由它在极度痛苦中死去。

才几周大的萨比处于绝望的境地。科布斯赶到现场时，他知道唯一能让萨比活下来的希望就是为它提供二十四小时不间断的精心照料。队员们把它带回了兽医营地，每隔几个小时就喂它一次，在它睡着的时候也经常陪着它。由于被照顾得很好，萨比逐渐恢复了健康。令人难以置信的是，尽管经历了生死劫难，它最终还是完全复原了，而且成长得很好。

六个月大的时候，它已经足够独立。营地人员觉得最好把它转移到一个更安全的地方，让它可以和其他犀牛接触。然而两年半之后，就在此地，萨比又一次遭遇了人类贪欲催生的残忍。这一次，它付出了生命的代价。

德瑞克挂断电话后，脸上满是震惊与难以置信的表情；他强力抑制着泪水，难过得不知说什么好。他经历过无数起盗猎犀牛的事件，但对这头被猎杀的犀牛却有很深的个人感情。他伸手从上衣口袋里掏出一支香烟，转身走出房间，一边走，一边在口袋里摸索着打火机。片刻之前，屋子里还有说有笑，一派轻松愉悦的气氛；现在却变得压抑而沉默。大家交换了一下眼神，由于震惊，谁也说不出话。而且这种场合，似乎也没什么可说。我们听到会议室外的走廊上又响起了德瑞克的电话铃声，然后是独特的、夹杂着喉音的南非语。房间里烟味弥漫。我们依旧沉默，各自沉浸在自己的心事里。电话结束，香烟熄灭，德瑞克又回到了我们身边。

"他们希望我们去帮助验一下尸。"他对我们说，"警方和法医需要初步检查现场，收集证据，然后会把现场交给我们。我先警告各位，现场不会令人愉快。但这就是现实，半个小时之后我们就出发。"

那次现场之行是一次奇异的体验。大部分的时间都是在沉默中度过的，望着窗外不停逝去的非洲风景，每个人都沉浸在自己的思绪中。当我们开口说话的时候，有时是琐碎的闲聊，有时又是情绪激烈的讨论，从如何阻止偷猎者、保护犀牛说到将犀牛角贸易合法化能否解决盗猎问题；又或者是我们太天真，在反盗猎的战斗中，我们已然失败。

三年前，我坚信，将犀牛角交易合法化才是正确的解决之道。如果允许人们像养殖其他动物一样养殖犀牛，那么市场上就会有充足的犀牛，这会拉低犀牛角的价格，从而降低盗猎者猎杀它们的意愿。对于棘手的盗猎问题，这似乎是个再简单不过的办法。如果有人质疑，我会援引《濒危野生动植物种国际贸易公约》（CITES）在二十世纪七十年代促进鳄鱼养殖的规定——这是一种旨在防止豢养鳄鱼和偷窃野生鳄鱼蛋的驯养模式。事实证明，这种模式成功地拯救了濒临灭绝的尼罗河鳄鱼。如果它对鳄鱼有效，不是同样也能用在犀牛身上吗？但往往越无知，想到的解决办法就越简单。我的想法也正是如此。

不幸的是，解决这些问题的方法牵涉到多重因素。而且一旦采取了某个方法，其结果只能等到这个方法落实后才能判断，造成的后果也是不可逆转的错误的方法会带来新的问题，这个问题可能比第一个问题更严重，甚至可能是灾难性的。

所以将犀牛角贸易合法化真的能解决问题吗？三年之后，我对此反倒变得更怀疑了。2001 年，整个南非有三头犀牛被偷猎；2016 年，差不多每天都有三头犀牛被偷猎。如果不采取果断措施阻止毁灭性盗猎的泛滥，犀牛这一物种将在十五年内灭绝。那么，又是什么导致盗猎行为呈指数级增长呢？千百年来，某些地区的人们都相信，这种来自远方异域的生物的角具有神奇的药效，能治疗从风湿病、痛风、伤寒到蛇咬、食物中毒等诸般病症，甚至能治愈癌症。也有很多人将购买犀牛角当作身份的象征，他们购买犀牛角仅仅是为了表明自己有本事买到犀牛角。对犀牛角需求量因此急剧增加。目前全球每年对犀牛角的需求量估计在一千六百万吨左右。另据估计，大约有四千万吨犀牛角储存于仓库里，它们来自出于保护目的而被合法去角的犀牛。如果犀牛角贸易合法化，这些库存的犀牛角就可以推向市场，从而减少人们对盗猎产品的需求。但这么做可能导致两种后果。盗猎行为确实会因为这批库存流向市场而有所减少，但它们很快就会销售一空，而补充的货源无法将及时跟上。目前的库存数量是用十五年的时间积累起来的，一旦将它们投向市场，按照目前的需求量，等它们卖完后，盗猎将恢复到以前的水平。另外还有一种可能，那就是盗猎现象也许会泛滥如旧。因为合法犀牛角进入市场后，其销售价格就会下降，使更多的人能够负担得起，从而使需求量从每年一千六百万吨增加到两千万吨甚至更多。成年犀牛长出一公斤的角大约需要十八个月的时间，据估计，目前野生犀牛仅剩下两万九千头，所以目前的需求量不可能与自然产角量持续匹配。要实现犀牛角贸易的供需平衡，需要达到两点：一是降低目前的需求量，二是犀牛幼崽的出生率需要超过屠宰率。

我们到达园区后，把车停在距晚上用来关犀牛的围栏有一段距离的地方。接待我们的是负责管理整个保护区的丽莎，她显然在见我们之前一直在哭。与我们见面时，出于礼貌，她强自镇定了下来，但与德瑞克目光一接触，她又开始掉眼泪。他们两人共同承受着一种沉痛深挚的悲伤，仿佛一对失去子女的父母。当他们拥抱时，这种悲伤化作了愤怒。丽莎忍不住用南非语咆哮起来，她的话我们不需要翻译也能理解。丽莎管理这个防卫森严、高度机密的动物保护区已经有近十年的时间了。设立这个保护区有两个目的：一是当别的野生动物园被盗猎者袭击时，可以将犀牛转移到这个安全区；二是被盗猎者伤害的犀牛可以在这里恢复健康和得到照料。丽莎和她的团队在打击猖獗的盗猎集团方面做出了巨大贡献。但这一切现在都受到了严重威胁。萨比的遇害对所有关心它的人来说都是个沉重的打击；从更广的意义上说，这起事件也完全摧毁了人们对这个保护区的信心；每头幸存的犀牛都可能遭遇与萨比一样的命运，它们处于极端危险的境地。现在必须争分夺秒地制定有效的犀牛保护措施。

警方和法医团队已经在现场梳理线索。我们能看到不远处他们的身影：他们完成任务需要花上一些时间，在那之前，我们必须与作案现场保持足够的距离，以免污染现场。我们的注意力很快就转移到了房子边上的一个围栏上。围栏里面有两头小犀牛，看样子也就几个月大。它们像磁石一样，把我们都吸引了过去。已经恢复了冷静的丽莎此时也意识到了自己身为女主人的角色，跟着我们朝围栏走去。

"这是塞特姆巴和伊西宾迪，它们的名字在祖鲁语中分别是'希望'和'勇气'的意思。它们的母亲都被盗猎者所杀。盗猎者砍掉了塞特姆巴的耳朵，伊西宾迪头上和一边身子被大刀砍了好几刀，留下了深深的伤口。这种事很常见。盗猎者觉得这些小犀牛很麻烦，所以他们想方设法把它们吓唬走，拼命攻击它们。有时盗猎者会把小犀牛杀死，但更多时候，是给它们造成严重伤害。"她停顿了一下，整理思绪，"母犀牛和小犀牛感情很深厚，哪怕它们受到了极端严重的伤害，但早上总能发现它们在一起。犀牛母亲显然会用尽最后一丝力气来保护自己的后代。它们会拖着受伤的身体穿过灌木丛，来到小犀牛躲藏的地方。母犀牛的伤势往往很严重，很少能撑过一夜。所以我们常常会遇到这样的景象：早上小犀牛蹭着母亲的头，嘴里叫唤着，想要唤醒妈妈，但妈妈始终没有醒来，这使它们感到很迷惑。我想，在自然界中，没有比幼崽在死去的母亲身边哀号更令人痛苦的景象了。它们那尖锐的哀鸣太扎心。任何人听到都会忍不住哭泣，除非你根本不是人。"

我们打量着那两头小犀牛。它们似乎很开心，在围栏里冲来撞去，互相嬉闹，对我们的注视毫不在意。真让人难以相信它们这么年幼就已经经历过那么惨痛的劫难。它们还要经历什么？这种局面对犀牛物种有何影响？它们这代犀牛生活在一个危机四伏的时代：它们能见证自己的种族成功避免被灭绝的命运吗？又或者，随着它们的种族彻底被人类的贪欲所灭绝，它们也终将沦为盗猎统计数据中两个沉重的数字？

又是两个小时过去了，法医小组的工作才算结束。负责现场工作的高级警官朝丽莎的房子走来。我们一直就在那所房子里。他用南非语同丽莎和德瑞克谈了很久，显然是在向他们解释现场搜集到的证据。虽然我们听不懂他们谈话的细节，但从他们的表情上，我们也能猜个八九不离十。他们仿佛是在听人叙述自己不幸阵亡的儿子在战场上最后的英勇壮举。他们脸上，悲痛、愤怒、绝望和愧疚的表情交叠在一起。

后来我们才知道事情的全部经过。那是一个满月之夜。有满月的晚上，由于能见度高，盗猎事件比平时高出三倍。盗猎者一共有两名。所有证据都表明，他们对围栏的布置和萨比都非常熟悉。他们是直接冲关着萨比的围栏去的。他们很清楚地知道自己要猎杀的是哪头犀牛，也很清楚在何处。肯定是内部人作案。三年前格尔夫对我说过的话再次回荡在我耳边："不能相信园区里的任何人。"

盗猎者站在内侧的投食口，用食物把萨比引诱回窝里，然后近距离朝它的头部开了两枪。

第一枪并没有要了它的命，反而把它吓得转身逃跑。随后，盗猎者又向它开了三枪：第一枪打在它的脖子上，第二枪打在它的脊柱中间，第三枪冲着它脑袋的一侧。它跌跌撞撞走到窝外十英尺的地方，才终于倒地而亡。

我们怀着沉重而悲哀的心情走到原本关着萨比的围栏边上，尽力在脑海中想象着现场的惨状，以提前做好心理准备。然而真到了现场，才知道再多的心理准备也没用。

我们从离萨比的窝最远的那头走进了围栏。几名警察和法医团队的成员还在萨比身边。它的大部分躯体已经被遮住，所以一开始我们只能看到它的臀部。从那个角度看上去，它只是一头处于麻醉状态的犀牛而已。绕着围栏走下去，我们看到斑斑的血迹，与它深灰色的皮肤形成触目的对照。但当聚集在萨比身边的工作人员注意到我们的到来，并转身向我们打招呼时，我们才看到惨景的全貌。它眼睛以下、鼻子以上的头颅正面部分已经被砍掉。原本鼻子和两只角所在的地方，现在只是一团暴露在外的骨头、血液和身体组织。残余的脸部两侧全是凝固的血迹。在它的脑袋一侧的弹孔处，工作人员单独做了一个标记。弹孔中淌出的涓涓鲜血留下了一道血迹。根据这个标记的说明，朝它脑袋开出的那枪是致命的。另外一个让人意想不到的骇人之处是，原本是犀牛右脚的地方，现在只剩一团暴露在外的骨肉。后来我们才明白，原来是由于市场上的假犀牛角越来越多，如今的盗猎者往往会把犀牛的一条腿也砍下来，以此证明犀牛角确实来自货真价实的犀牛。

当恐怖的景象逐渐在我们眼前展开时，没有一个人说话。那是一幅诡异而矛盾的画面：萨比静静地躺在那里，它残缺不全的尸体诉说着它所遭受的折磨，诉说着人类的堕落与贪婪。保护区的工作人员、德瑞克和其他队员在警方的监督下开始进行尸检，幸而尸检工作不需要我们这几个兽医的参与，这让我们松了口气。我们在围墙内干燥的沙土地面上坐了下来，距离萨比的尸体只有几米远。我们都熟悉为动物做尸检的步骤。随着尸检的逐步展开，萨比的身躯慢慢变得不再雄伟。没有人说话，我们再次沉浸在自己的思绪中，试图说服自己接受眼前残酷的现实。对我们这个由六名兽医组成的团队来说，每个人至今在职业生涯中见过的动物尸体都不下数百头。我们目睹过狰狞的伤痕，也体会过令人绝望的悲伤。但这次与以往不同：这是人类出于贪婪对一个美丽且无辜的物种的谋杀，这种谋杀精准、恶毒、残忍。

我们用愤怒压制着心中的痛苦，准备缝合萨比的尸体。恰在此时，我们听到一声尖利的号叫。一开始我们不知道这声音来自何方，号叫声不断传来，让人颇感惊悚。但我们随后就明白了这是犀牛发出的悲鸣。丽莎曾经对我们描述过。从隔开两个围栏的木柱的缝隙间，我们能隐约看到另一个围栏里的犀牛。它着了魔似的贴着围栏一遍遍地走来走去，不停地呜咽着。我们永远不会知道，这种孩童般摧人心肝的凄鸣究竟在表达什么。尽管将动物比作人类总是危险的，但这样充满迷乱、悲伤和担忧的号叫声，听上去实在没办法不让人感到撕心裂肺。为什么它的伙伴没有回应它的呼唤？为什么周围有这么多人类？为什么空气中有强烈的血腥气？这种血腥气无疑意味着危险，意味着一切都不对头。

听到如此庞大凶猛的动物发出如此可悯而微弱的悲鸣，我们心里的弦再也绷不住了。就好像它在代表所有的犀牛哀求我们，请为我们做点儿什么吧！我转过脸去，很庆幸太阳镜遮住了我的双眼。我再也忍不住眼中的泪水。

犀牛小百科

拉丁学名	Ceratotherium simum
通用名	白犀牛
地理分布	犀牛属包括5个截然不同的亚种。其中两个亚种原产于非洲，另外三个则产于南亚。全世界98.5%的白犀牛分布于5个国家（南非、纳米比亚、津巴布韦、肯尼亚和乌干达）。
名称	在英语中，雄犀牛被称为bull，雌犀牛被称为cow，小犀牛被称为calf。成群的犀牛被称为brood。
寿命	约40—50年。
栖息地	白犀牛主要生活在开阔平坦的草原地带，其他种类的犀牛则更喜欢沼泽和林地。
食性	白犀牛是食草型动物。它与专食嫩叶的黑犀牛的区别在于它的上唇宽而扁，使它能拔起较短的草茎。
孕期	16—18个月。
体重	初生犀牛体重40—65公斤，成年后体重可达1700（雌犀牛）—2300公斤（雄犀牛）。
生长	雌犀牛往往生活在最多可达14头的犀牛群体中；雄犀牛通常独居，但交配期可与雌犀牛共同生活最多20天。每头雌犀牛只抚育一头犀牛幼崽，每隔3—5年产崽一次。犀牛幼崽会同母亲一起生活至3岁左右。雌犀牛在约5岁、雄犀牛在约7岁时达到性成熟。
体温	36.6—37.2 ℃。
犀牛冷知识	与大众的普遍认知不同，"白犀牛"指的并不是犀牛的颜色，而是来自荷兰语中"wijd"一词的误译。这个词的意思是"宽"，用于形容白犀牛宽阔的嘴部。正是这一特征将白犀牛与尖嘴的黑犀牛区别开来。
保护	在5个犀牛亚种中，世界自然保护联盟（IUCN）将黑犀牛、爪哇犀牛和苏门答腊犀牛定为"极度濒危"，印度犀牛为"易危"，白犀牛为"濒危"。与犀牛相关的统计数字令人毛骨悚然：野生苏门答腊犀牛只剩下大约275头，野生爪哇犀牛仅剩下60头；在20世纪60年代至90年代，短短30年内，黑犀牛的数量从70000头下降到仅剩2410头，印度犀牛下降到仅剩大约1870头。2007年，整个南非有

13头犀牛被盗猎者猎杀，2014年这一数字达到了1215头，相当于每天有3头以上的犀牛被猎杀。据估计，目前野生白犀牛的数量约为20000头，野生黑犀牛约为4500头。但按照目前的盗猎速度，犀牛将在25年内从非洲灭绝。不仅如此，盗猎者杀害犀牛的方式十分残忍，导致它们往往备受折磨后在痛苦中死去。

DONKEY

11
毛驴

你听到了吗?她叫我"尊贵的骏马",
她认为我是一匹骏马。

——《怪物史瑞克》中的驴

"我是毛驴庇护所的约翰。"电话那头传来熟悉的威尔特郡口音。

"嗨，约翰。你好吗？"

"哦，非常好，先生，非常好，谢谢你——你呢？"他像往常一样问道。作为礼仪大过一切的"迷失一代"的一分子，被一位老绅士如此庄重地称呼，总让我觉得诚惶诚恐。我对这位老绅士的敬畏之情油然而生。在约翰的眼里，身为兽医的我同样值得敬重，而我也非常佩服和尊敬约翰。他一辈子都在无私地照顾那些不受重视的动物，特别是毛驴。这种相互尊重对我们俩的职场情谊至关重要，也让毛驴庇护所的山羊、猪、狗、猫和一百二十头毛驴沾光不少。"毛驴庇护所"是约翰三十年前创立的一个动物慈善组织。

"我很好，谢谢。就是还跟以前一样，一天到晚忙不过来！"我回答说。

"没错，乔，没错。照顾动物总是有做不完的事。"

"有什么我可以帮忙的？"

"乔，波利安妮出了点儿问题，它的两条前腿又瘸了。再过几个月，《卡门》就要上演了，它需要在这之前完全恢复。这是最后一场演出，如果波利安妮没办法登台的话，剧团的人肯定会抓狂的。"

不用说，波利安妮已经成了毛驴庇护所的明星和形象代言"驴"。它是约翰1997年从萨利伯力的牲畜交易市场上拯救出来的。当时它情绪低落，被照看得很不好，即将被送去宰杀。它糟糕的状况让约翰很吃惊，他当场就出钱买下它，把它带回了家。为了赢得它的信任，我们做了大量工作。它的蹄子原先一直没有得到很好的照顾，为了纠正这一问题，我们对它进行了长期的远足训练。经过几个月的照顾，它终于恢复过来，和约翰也变得难舍难分。波利安妮赢得了很多关注。它很快便开始在"耶稣降生"戏剧、棕枝全日演出和其他需要毛驴出场的活动中频频出场。对毛驴庇护所来说，它也完美体现了这个组织的宗旨和目标：为被忽视的毛驴们提供一个家，在那里它们将获得照料与饲育，重建对人类的信任。

波利安妮是一个天生的表演者。它在一次演出中被星探看中，随后与一家为电视、电影和戏剧提供动物演出的专业机构签约，成为一名专业的动物演员。它的首场专业表演是在科文特花园皇家歌剧院与普拉西多·多明戈一起主演《丑角》。有一次，多明戈正在高唱咏叹调时，它突然在舞台边上大声叫唤了起来。这个场面广为人知。后来多明戈说它是"抢镜高手"。尽管如此，波利安妮还是因此而一时风光无限。2006 年，当英国皇家歌剧院在纪念成立六十周年之即，为弗兰切斯卡·赞贝罗导演的《卡门》寻找适合登台的毛驴时，波利安妮便成为不二之选。

此后九年，波利安妮每年都会出现在让·比才这部以西班牙为背景的名剧中，但 2015 年将是这版《卡门》的最后一次演出。无论是观众还是演员都非常喜爱波利安妮，没有它的《卡门》将是不可想象的。

"我想是它的蹄叶炎又发作了，但这次似乎比以往严重。"约翰继续说道。

"我试着把它从围栏牵到牲畜棚里，但它痛得根本不想动。"

"可怜的波利安妮！我今天早上有点儿事，下午三点左右才能赶过去。你觉得怎么样？"

"可以的。谢谢你，先生。"

"好。与此同时，请给它喂半包止痛药，过一个小时看看它的疼痛有没有缓解一点儿，如果好点儿了的话，再把它拉进牲畜棚。"

由于过去被长期忽视，波利安妮患上了周期性的蹄叶炎。蹄叶炎是连接蹄壁和脚骨的筋肉组织产生的炎症，发作时十分疼痛。过去几年约翰已经学会了通过止痛药、调整饮食和让波利安妮躺在厚厚的木屑上休息几个星期来缓解它的炎症，但它的病情也常常会恶化到需要采取深切治疗的程度。它的跛脚需要更长时间才能恢复正常。如果这次也是这样，再过几个月，以波利安妮的身体状况，能否经受得住两个小时的卡车之旅抵达皇家歌剧院，倒真的令人担心。因此我完全能理解约翰的担忧，打心眼里希望事情没那么糟糕。

我开车沿着老迪科特路驶入毛驴庇护所时，已经快下午三点了。我的车在大门口停下时，约翰大步走过来为我开门。他七十四五岁了，但依然健壮得惊人。这也没什么好奇怪的：他是一个不折不扣的劳动者，对他养的毛驴和其他动物充满热爱。他的爱好就是他的工作。我敢说从约翰创立毛驴庇护所到现在的三十二年间，他休息的天数两只手都数得过来。我跳下车，他走过来迎接我。他依然同往常一样，满面笑容，握手有力。他脚上是一双干重活时惯常穿的黑色短靴，穿着棕色灯芯绒裤子、格子衬衫、灰色V领无袖针织衫，头上总是戴着一顶平顶帽。他永远是一副乡村绅士的形象，尽管多年的辛苦劳作在他的衣服和手上都留下鲜明的印记。

"下午好，先生。谢谢你过来。"

"乐意效劳，约翰。现在它怎么样了？"

"不太好……一点儿也不好。"

"你喂它吃止疼药了吗？把它牵回圈里了吗？"

"是的，我喂了它半包布特。林达和我一个小时前把它牵回了牲口圈里，但它的炎症还是很严重。"

"我们先看看它的情况吧。"

于是我们朝那间破旧的、木板搭成的牲畜棚走去，它的旁边就是充作医务室的员工房。牲畜棚里遍布蜘蛛网，一个羊圈里关着一只绵羊和一只山羊；小鸡们卧在四个方方正正的干草堆上休息；庇护所豢养的那只性情古怪的猫此刻正从一袋玉米后面窥视着我们；角落里堆着一捆塑料绳和一些空饲料袋；整个牲畜棚就是一张"旧日时光"主题画。因为这种怀旧气息，它成了我在毛驴庇护所最喜欢的一个地方。不用说，我花在这里的时间也是最多的。

牲畜棚里有两个畜舍，波利安妮在第一个里。尽管服用了止疼药，尽管它的蹄子下面垫上了厚厚的干草以缓解它的疼痛，它看上去依然很痛苦。它的双腿直直地朝前伸出，把全身的重量都放在脚后跟上。这是蹄叶炎发作时的典型站姿。我从三英尺高的不锈钢羊圈围栏上跨过去，进入了波利安妮的畜舍。以往见到陌生人时，它都会友善而好奇地用鼻子去蹭人家，这次它却没有。相反，它脑袋耷拉着，眼睛凸出，显然很难受。

171

"我明白你的意思了，约翰。它的确很受罪，不是吗？"

"这是十八年来它病得最厉害的一次。"

约翰绝不是个爱夸大其词的人，既然他都这么说，可见情况确实严重。我弯下身子，用手测量它的脉搏频率。它的脉搏很快，蹄间也热得异常。我本想抬起它的脚，察看一下它的脚底板。但它脚上的伤已经让它够痛苦了，如果再施加重量的话，一定会让它很抗拒。因此我决定还是不要火上浇油。

"的确是蹄叶炎。鉴于它现在疼得很厉害，我觉得我们应该给它的脚做X光透视，以确定它蹄子的症状到底有多严重。"

"我听你的。"约翰说。

"我可以借用我们诊所的设备，但最早也要周四才能拿过来。为了尽快展开治疗，我觉得最好的办法是把它转介给别的医生。"

如果它的蹄骨有回旋和从蹄间滑落的迹象，那么波利安妮的情况就非常严重，需要由专业蹄铁师对它进行深度治疗。确定它的蹄骨是否回旋及回旋到何种程度的唯一办法，就是进行X光检查。这个工作本身并不难。但由于它现在饱受疼痛折磨，不适合运送到别的地方做检查，必须把X光设备运到毛驴庇护所才行。这就需要可移动X光设备。附近有一家非常好的马科医院，那里有一名经验丰富的蹄铁师，他能够处理波利安妮脚部的问题，以最有效的方式帮助它快速康复。

"我现在就给他们打电话，"我对约翰说，"我会问问他们那边能不能今天下午派人带着设备过来为它的脚部做个X光检查。如果能的话，我们就让他们来做。与此同时，我会给它服用一些镇静剂，再多喂它一些止疼药，并在它的脚底板上临时垫一些垫子以缓解它的疼痛。希望这对它有所帮助。"

我返回自己的车里，给那家马科医院打了个电话，从车里取了一些包扎材料和软支撑垫，抽了几管药，并给它做了注射。几分钟之后，波利安妮便已经昏昏欲睡。我们趁这个机会抬起它的脚，分别给它的两只前蹄绑上了衬垫。这项工作花了我们十分钟的时间。

毛驴

"太感谢你了,"约翰说,一边递给我一杯咖啡,"你知道波利安妮对我有多重要。当然,所有的动物都很特别。但我从没养过像波利安妮这样的毛驴……它跟别的毛驴真的不一样。"

"五点到五点半之间,那边会派人过来。"我喝了一小口咖啡说道。

"非常好,非常好。谢谢你。"

"他们会把检查的结果告诉我,我们可以根据他们的检查结果再做判断。可能我会定期过来给它做检查,但也可能由他们接手治疗。"

"听你的,乔。"

我喝完咖啡,像往常一样跟约翰愉快地闲聊了一会儿之后,便同他道别,朝我的车走去。

当天晚上,为波利安妮做 X 光检查的兽医打电话过来,把检查的结果告诉了我。他说,波利安妮两只前蹄的蹄骨都有轻微的回旋迹象,但幸运的是它的蹄骨并没有刺穿脚底板的迫切危险。需要花点儿时间对它的前蹄进行纠正和治疗,但他相信完全赶得上歌剧演出。这是个令人宽慰的消息,尽管他说约翰得知情况后心情轻松了很多,我还是决定给约翰打个电话。

"嗨,约翰。我跟那位兽医聊过了。这消息简直好得不能再好了。"

"的确是这样。我现在放心多了,非常感谢你的帮助。如果一切照计划进行,它六个星期后就能正常活动了。"约翰说话时,已经不再是早上忧心忡忡的语气,"对了,乔,今年是它最后一次登台,到时欢迎你过来跟我们一起看它演出,我们还可以去后台看看。"

"太好了,谢谢你!"

"那就这么定了。举手之劳。我会让温迪发一份演出日程表给你。你选好日期后跟我说一声就行。"

"完美。我很期待到时去观看演出。"

"很好。演出很值得一看——你可别打趣我穿演出服的样子。"他笑着说,"我化化妆还是挺像模像样的。"

173

"我会等温迪给我消息。谢谢你,约翰。如果波利安妮那边还需要什么帮助,请告诉我。但现在它已经得到很好的照料了。"

经过几个星期的缓慢恢复,波利安妮的病情终于迎来了转机。一个月之后,它便像什么都没有发生过一样,在场地里撒欢儿了。它又能参演歌剧了,这让大家都很高兴。温迪寄给我一份波利安妮的演出日程表。我很开心地看到,其中有场演出是在伦敦举行。能以这种方式与老朋友聚上一天,想必很有意思。

于是,11月一个清冷的周二晚上,我开车从弓街拐进了空荡荡的花街。我把车停在后台入口处高高的黑色双门旁。约翰那辆褐红色的旧福特全顺拖车显得与周围的环境格格不入。拖车的门如此高,高到一头长颈鹿都能毫不费力地通过。拖车旁边站着一名保安。我向着拖车走过去时,他用怀疑的眼神打量着我。但他还没来得及拦下我,我看到约翰从附近的一扇门里走出来,正用手帕擦嘴呢。

"时间简直完美,乔。"他边同我握手边说道,"有人请客,我刚在剧院餐厅美美地吃了一顿。你吃过了吗?如果没吃的话,剧院管饭。已经吃过了?那很好,很好。"随后他又转向拖车。"你怎么样,波利安妮?你想在演出前吃点儿零食吗?"听到约翰熟悉的声音,波利安妮在拖车里跺了跺脚,拖车摇晃了起来。"你一直都是个很有耐心的姑娘。"约翰一边说,一边动手去打开拖车的后门。

"你要让它入场了吗,约翰?"那个保安突然插话道。

"是的,肯斯!"约翰大声回答道。

"没问题。"他对着墙上的一个话筒说道,"请准备升降机,约翰和波利安妮要上舞台了。"

约翰降下拖车的升降板，爬到了拖车上。"乔，你能把那几只小鸡送到升降机那边吗？"约翰递给我一个箱子，里面装着两只活鸡。

尽管我有点儿吃惊，但还是照他说的去做了。返回拖车时，我看到波利安妮不停地跺脚，呼呼地喘着气。显然它等得有点儿不耐烦了。

"好啦，姑娘。我这就来。"约翰安慰着它。他又递给我一个装着鸡的箱子。"约翰，你能把拖车的门关上吗？"

他把车门钥匙交给我，随后又回到拖车里，解开波利安妮身上的绳子，牵着它走下升降板。一头驴在伦敦街头小跑着前进，这景象太违和了，我简直怀疑自己眼花了。我把升降板升上去，锁上拖车的门，赶上了已经在升降机里的约翰。这个晚上我已经经历了一连串的"头一次"；此刻又站在英国皇家剧院的升降机里，旁边还有一头驴和四只鸡。我觉得自己像个明星丑角。肯斯关上了升降机的门，按下按钮，我们便抵达了舞台。

舞台经理穿着黑色牛仔裤和T恤，手持写字夹，腰间别着对讲机，耳朵里塞着耳塞。她亲切地欢迎波利安妮的到来。

"它到了！"她打开升降机的门时兴冲冲地说，完全无视约翰和我的存在。"我想你，波利安妮！"她亲昵地抚摸着波利安妮的鬃毛，语气中的喜爱之情表露无遗。波利安妮也很喜欢那位舞台经理。它顿了顿头，把脑袋伸进舞台经理的臂弯里。随后开始闻她的口袋，试图找出点什么吃的。显然，舞台经理和波利安妮之间有自己的仪式。"好啦，好啦。给你。"她从口袋里掏出一根胡萝卜，波利安妮一口就叼过去了。"只有当我给你吃东西时你才喜欢我，是不是啊，波利安妮？"她用假装的抱怨口吻说。对波利安妮欢迎完毕，她才转向我们。"晚上好，约翰。你还是待在原来的位置就好。如果有什么需要，请尽管告诉我。"

"谢谢你，艾米莉。我懂了，还是在最上面那层！我要向你介绍乔。他是波利安妮的兽医。这是波利安妮最后一季的演出，他可不能错过！"

"欢迎，很高兴见到你。约翰肯定会带你到后台的。如果你有什么需要，请尽管告诉我。你可以在后台一侧观看表演。地板上有指示线，一旦跨过指示线，就会被观众看到。因此恳请你任何时候都不要越线。"

约翰牵着波利安妮走出升降机，我紧随其后，手里领着装鸡的箱子。我们从一块黑色的屏幕之后转出来，眼前是一派忙忙碌碌的景象。我意识到我们确确实实是在后台了。我的右边就是舞台。但一排足足有四十英尺高的木板挡住了我的视线。高高的天花板上密密麻麻地布满支架，用来悬挂和移动照明设备。地板上电缆纵横交错，每隔一段就用胶带固定住，以防止人们被绊倒。地板上到处写着提示、说明和指令。一位女士在整理挂满服装的衣架和堆满道具的桌子。一群像艾米莉一样穿一身黑的工作人员各自忙着自己的事情。我站立的这一侧舞台空间大概有十五英尺宽。这片空间的中央已经搭好了一个长宽均为七英尺的围栏，里面铺着干草，放着一桶水。紧挨着围栏的一个衣架上挂着约翰的演出服装。约翰打开围栏的门。波利安妮对围栏显然很熟悉，欢快地跑了进去。原先站在道具台旁边的那位女士朝我们走来。

"晚上好，约翰。你的服装全在这儿了，需要帮你穿演出服吗？"

"谢谢你，玛丽。我自己来就行。"

"没问题，"她说完随即又走回道具台。

"一开始的时候，我就像有些伯爵一样，每晚都要别人帮我穿衣服。"约翰小声对我说，"这很怪异。但现在我知道怎么穿演出服了，还是宁愿自己来。"他帮波利安妮在干草上躺下，拆开装毛刷的袋子。而我则返回升降机，取回留在那里的另外两箱鸡。

"这儿有一个小饮水器和一瓶水。你可以把水倒出来，给每个箱子里的鸡喝。"约翰教我说。

就在我们安顿我们领来的动物时，舞台工作人员越来越多地被我们所吸引。他们聚拢过来，热烈地欢迎波利安妮的到来。不用说，抛开演出本身，波利安妮也很受欢迎。一个约翰的老熟人拎着两个鼓鼓囊囊的袋子突然出现。一个袋子里装满糖果，另一个袋子里装满苹果、胡萝卜等毛驴爱吃的东西。"接好了，约翰！这是晚上的伙食！"

"谢谢你，先生。"约翰一边接过袋子，一边回答道。随后他对我小声说："这是理查德。他每次都带一堆糖果给我们。我根本不吃，但他坚持让我带回家分给毛驴庇护所的志愿者们。当然，他专门给波利安妮带了吃的东西。"

他又用较为严肃的语气说："你看，大家都喜欢惯着它。我得留心它吃什么，以免它吃得过多。"

一堆好心人里出现了一个女士。从外表判断，她好像不是剧组人员。

"晚上好，约翰。一切顺利吗？"她先跟约翰打了个招呼，然后才去欢迎波利安妮。

约翰抬头去看她。他脸上浮现出一个大大的笑容。"嗨，凯。让我来介绍一下。这是乔，是我们毛驴庇护所的兽医。我带他过来是为了让他看看我们的大明星波利安妮演出时的样子！"

他转向我说："凯是波利安妮的经纪人。二十年前她把我们带进了演艺界。真让人难以置信！"

"幸会。"我说，伸出手去同她握手。

"你今晚能过来真的太好了。你一定要见见路易斯，它是剧团的另一个明星，是个温柔的大家伙。"

"是的，路易斯很漂亮。"约翰赞同地说道，"凯，你能陪波利安妮一会儿吗？我带乔在后台转转。"

"当然没问题。"凯说道。随后她便一门心思照看波利安妮去了。波利安妮此时已经对围观它的人失去了兴趣，它对地板上铺的干草兴致更高些。

"乔，来这边。现在才六点半。在我准备登台前，我还有大把时间带你到处转转。"

他首先带我走向已精心布置好的舞台前部。那里，一小队工作人员正在做演出前最后的准备工作。深红色的幕布垂落。幕布另一侧目前还没什么声响。已经来了的观众这会儿应该还在剧院附设的酒吧和饭店里待着,而不是在舞台前的座位上。这时我注意到了艾米莉跟我提到过的地板上的黄色胶带。尽管后台观看演出的位置位于舞台入口后方一米左右的地方,但依然能将一大半舞台尽收眼底。这个黄色警示线后面的角落一共放置了两排共六把椅子。

"你放心地坐在这里观看演出就好。"约翰对我说,"这些座位是专门保留给表演者的亲朋好友的。"

之后,他又领着我走过波利安妮的围栏,走到后台右侧。那里通向一个更大的区域。一匹身姿雄健、毛色纯黑的公马站在一块用绳子围起来的空地中心,它的主人正给它刷毛。

"晚上好,萨马森。"约翰跟她打了个招呼,为我们做了介绍。

"这是波利安妮的搭档,路易斯。"她告诉我,"自从这一版《卡门》登上舞台以来,这对搭档每场演出都参加过。没错吧,约翰?"

"没错。它们也很喜欢登台。"

"它真的太美了!"我一边抚摸着路易斯,一边赞叹道。

"谢谢你。连我都得说,它确确实实是个大明星,九年来从没出过啥岔子。"

"路易斯演出的角色是斗牛士艾斯卡密罗的马。"约翰向我解释道,"艾斯卡密罗骑着它在舞台上一边四处溜达,一边高唱《斗牛士之歌》。场面相当精彩。"

我猜,需要骑着马唱歌剧的歌剧演员大概不会很多。告别了路易斯之后,约翰领着我往后台更深处走去。这时我才意识到舞台居然有这么大。就当我以为已经到后台边沿时,我们又抵达了一个巨大的过道。穿过这个过道,我发现又进入了另一个巨大的舞台。这个舞台之外,还有第三个搭满布景的舞台:一个有王座的房间,一个阳台,巨幅画作,华丽的绘画布景。

"简直令人难以置信,约翰。"我惊叹道,"我从来没想过舞台后台居然这么大。"

"没错。后台显然要比前台大很多。这些舞台都采用了大型模块化系统，可以根据不同的演出，对某个舞台或全部舞台进行灵活切换，可以同时承载不同的布景，也就是说，可以同时呈现不同的演出场景。剧团在二十世纪九十年代进行了重大改革，引进了大批这样的舞台系统。我想我该去做些准备了。波利安妮等不及我为它刷毛呢。"约翰说。他的话点醒了我，使我想起了我们来这里的真正目的。于是我们往回走。我们看到凯正站在关波利安妮的围栏后面讲电话，波利安妮仍心满意足地躺在干草堆里。

"谢谢你，凯。"约翰说，他从围栏旁的衣架上取下演出服，"我得去换衣服了。"

"你换衣服的同时，想不想让我为波利安妮刷刷毛？"我提议道。

"如果你愿意的话，这是帮我大忙。谢谢你。"他去舞台下方兔子窝般密密麻麻的通道、房间和办公室中间找更衣室去了。

我跳进波利安妮的围栏，开始为它刷毛。它反应很快，立刻就从干草堆中站起身来，面朝舞台，支棱着耳朵。

凯笑了起来："它显然知道这是怎么一回事，你觉得呢？"

"当然是的——它可是个好演员，不是吗？"我回答道，"我跟各种各样的动物都打过交道。我必须说，波利安妮是我最喜欢的动物之一。它太有个性了。"

"约翰肯定跟你说过，那次BBC第三台来录制普拉西多·多明戈演唱的歌剧《丑角》，突然之间，波利安妮大声叫唤起来。约翰觉得很尴尬，但其他人都觉很搞笑。"

"他确实跟我讲过，但我没想到这是BBC录制节目时发生的。"

"是的。那之后，人们开始在舞台出口处排队，等着在自己的节目单上印上波利安妮的蹄子印。简直太惊人了。正如你能想到的那样，约翰对这一切都从容应对。"

"真有趣。"我说，"大明星的待遇。"

"哪个大明星呀？"约翰突然出现，冒出来一句。他现在打扮成了一个纯朴的西班牙农民。脚踩一双旧皮靴，穿着皮护腿和法兰绒裤子；白衬衣外面套件灰夹克。

"波利安妮。"凯回答道，"我正告诉乔人们排队要波利安妮签名的事儿呢。"

"啊，那件事，"约翰大笑了起来，"一开始确实让我很意外。但我们很快就适应了。它的脚掌油跟墨一样好使。"

"一般人看不出有什么区别。"我也笑了。

"你瞧我这身装扮，"约翰问道，"我像个西班牙农民吗？"

"很像。你的角色是什么？"说完这话，我才意识到自己对《卡门》的故事一无所知。

"在第一幕中有一个街头的场景。我们出现在舞台上，波利安妮驮着一对装满老式酒壶的小篓子。我在舞台上从这儿跑到那儿，把这些酒壶拿给村民们。第三幕中，我走到一处战场的遗迹上。这次小篓子里装得满满的都是弹药。我把弹药连同波利安妮一块儿卖给了一些吉卜赛人。这些吉卜赛人把它牵走了。"

"我等不及要看了。"我说。

"过来，波利安妮。你也该穿上你的演出服了。"

演员们渐渐在舞台侧翼聚拢，他们当中很多人都很热切地跟波利安妮打招呼。幕布后观众们入席发出的嘈杂声现在也已经清晰可闻。报幕员走来走去，大声宣布："离演出开始还有十分钟。"

我对演出充满期待，但演员们则明显都是一副"不过是另一场演出而已"的样子。他们有的不慌不忙地玩着手机，有的在闲聊。波利安妮已经驮上了两只小篓子。它身上的挽具设计得很精巧，臀部有一个不易被发现的小袋子，万一它在演出中拉屎，这个小袋子可以接住。但九年来，这种情况一次也没出现过。约翰戴上了他那顶风格简约的宽檐帽，嘴里叼着烟斗。

"离演出还有五分钟。请各就各位，后台人员请保持安静。谢谢。"

演员们的手机被干净利落地收走了。扮演不同角色的演员们走到舞台中央，暂时不用上场的演员们在舞台侧翼就位，等待出场。他们看上去依然很放松。演员们的从容与专业让我很佩服。但我又想，这可是英国皇家歌剧院啊，水准不高都不行。

乐声响起，幕布拉开，演出开始了。我朝前探着身子，从后台侧翼望向舞台前方。观众席上密密麻麻坐满了人。两千两百五十六个座位全被坐满了。甚至都不用上前台表演，仅仅站在后台观看演出都让我够紧张的了。我离灯火辉煌的前台只有咫尺之遥，要走到前台朝观众挥手或鞠躬致意再容易不过。我脑袋一阵阵发晕，就像站在高高的楼顶上，脑中不由自主地浮现出那种坠楼的画面。几分钟之后，我才算适应了后台这个隐秘的角落，并对能获得这样的特殊待遇感到有点儿得意。不一会儿，波利安妮和约翰出现在了第一幕的演出里，很快便退了场。不用说，他们又完成了一次无可挑剔的演出。我走过去同他们会合。从前台下来之后，约翰立刻把波利安妮演出的行头卸了下来，让它喘口气。整个上半场演出都不需要他们再出场了。波利安妮对演出的规矩已经非常熟悉，它又卧回干草上休息去了。

第二幕演完后，幕布落下，中场休息时间。观众们起身活动。他们发出的嘈杂声响完全盖过了我们的声音，因而我们又能以正常的音量说话了。

"这个空当刚好可以喝杯咖啡。你想来一杯吗？"约翰问道，"如果你能帮我陪一会儿波利安妮的话，我可以去弄杯咖啡。"

"当然可以。谢谢。"

约翰跟着大部分从舞台上退下来的演员一起朝更衣室走去。有些人走过来与波利安妮互动，波利安妮也转过头去向它的粉丝们致意。波利安妮对自己获得的关注永远不嫌多，它的确是一个天生的演员。剧务人员在舞台和侧翼重新为下半场的演出安排布景，又是一团忙忙碌碌的景象。

不一会儿，约翰就端着咖啡回来了。

"到目前为止，你觉得这次经历怎么样？"他问我，一边递给我一杯咖啡。

"一切都太棒了。我居然就在皇家歌剧院舞台的后台,像在做梦。"我老老实实回答道,"感觉有点儿魔幻。"

"等演出结束,观众都走了之后,你得去前台看看。那么多座位,简直叫人难以置信。只有那时候你才能真切地体会到这个地方有多么特别。"

"我一定会的。"

喝完咖啡后,约翰就去打理波利安妮了,它还要再次登台;演员们也陆陆续续回来了,他们换了新的服装。

"下半场演出还有五分钟开始。演员请就位。"

于是演员们再次迅速就位。几分钟后,乐队演奏出辉煌的乐曲。幕布升起,下半场演出开始了。

我依然从后台侧翼观看着前台的演出,但从我所在的位置只能看到舞台的一部分,而无法看到演出的全貌,这让我有点儿烦。如果接下来的演出还有票的话,我一定会买票坐在观众席上看。演出接近高潮的时候,我从侧翼走到了后台。萨马森牵着那匹名叫路易斯的马,扮演艾斯卡密罗的演员盖搏·布瑞茨已经骑上马,即将为终场演出登台。

终于,乐曲声渐渐消失,享受了今晚精彩演出的观众们热烈鼓掌。演员们接二连三地谢幕。随后,幕布落下,整场演出画上了句点。剧务人员开始拆除舞台布景,后台立刻又恢复了一团忙乱的景象。《卡门》直到周六才会再次上演,与此同时,英国皇家芭蕾舞团将在这里演出《罗密欧与朱丽叶》,因此需要拆除原有布景,整合舞台。他们的效率之高让我惊叹。二十分钟有条不紊的工作之后,舞台便被完全清空了。空出来的舞台显得格外空旷——这才是它原有的样子。之后,幕布再次升起,将空荡荡的观众席展示在我面前。我怀着忐忑的心情,从波利安妮的围栏旁边走到前台,打量着舞台正前方、二楼、三楼和包厢的席位。约翰说得没错:这实在太惊人了。我在心里默想:不知有多少世界知名的芭蕾舞和歌剧演员曾在这个舞台上演出。我也想知道,有多少兽医曾在我此刻站立的地方驻足。

毛驴小百科

拉丁学名	Equus africanus asinus
通用名	毛驴
地理分布	全世界目前共有185个毛驴品种，主要分布于非洲、亚洲和拉丁美洲。毛驴最初源于如今已濒危的非洲野驴；非洲野驴主要分布于埃及、苏丹、埃塞俄比亚和索马里。
名称	在英语中，雄毛驴被称为jack，雌毛驴被称为jenny，小毛驴被称为foal。公驴与母马交配的后代叫"骡子"（mule），公马与母驴交配的后代叫"驴骡"（hinny）。一群毛驴在英语中叫drove。
寿命	约30—50年。
栖息地	毛驴的天性适合干旱或半干旱气候，但作为一种适应能力很强且用途广泛的家畜，它们能在大部分环境中生存。
食性	毛驴是食草动物，天生以青草和灌木为食。与马一样，毛驴吃下的食物需要在后肠中被微生物分解后才能消化，但它们的消化系统更为强大，这使它们依靠劣质食物也能生存。
孕期	11—14个月。
体重	依品种不同，毛驴幼崽重8—16公斤，成年毛驴可达80—480公斤。
生长周期	尽管理论上雌性毛驴在毛驴幼崽出生后9天即可进入发情期，但等到毛驴长到6个月，断奶之后才会进行交配。雄性毛驴出生后10个月即进入青春期，雌性毛驴出生2年后才进入青春期。但它们都要等到3岁左右才能完全成年。
体温	36.2—37.8 ℃。
毛驴冷知识	人类将毛驴用作役用动物的历史已有超过5000年，毛驴是除人力之外最廉价的农耕劳力了。
保护	据估计全世界现有4000万只毛驴，其中96%分布于发展中国家。2006年，中国拥有的毛驴数量占全球毛驴总数量的27%，但由于对驴肉和驴体内的明胶（即"阿胶"）的需求逐年上涨，这一数字现在已降到7.5%。

GIANT PANDA

12
大熊猫

西方首脑峰会就像熊猫交配。期望总是很高,结果却往往令人失望。

——罗伯特·奥本

大熊猫

我的司机开车穿过重庆喧闹的街道。我望着车窗外，深深陶醉于这个城市早晨的市井生活景象。一位上了年纪的老婆婆，头戴一顶典型的亚洲式斗笠，扁担上挑着两筐水果。一个骑摩托车的人在车流中蜿蜒穿行。他没放下头盔的面罩，嘴里叼着一支烟。一面开摩托，一面美滋滋地吸着。一群孩子穿着整齐划一的校服，背着大大的书包，书包上装饰着中国当下最流行的卡通角色。一个骑自行车的人戴着外科口罩，为了尽量避免吸入雾霾，口鼻都遮得严严实实。一个生意人穿一件得体的定制西装，他品尝完最后一口炸鸭脖之后，迈步走向办公室。

这是我头一次来中国。尽管我已经来这里八天了，这些鲜活的日常生活场景还是让我着迷。我到过很多国家，但从没有如此强烈地感觉到自己是个外来者。

对我来说，这种体验本身就是活生生的"文化差异"。当然，人还是一样的人。小孩要上学，大人要工作；要吃饭，要赚钱。尽管如此，一切对我来说都是如此陌生而新奇。我仿佛成了一个孩童，得重新学习如何与人打交道、领会社交线索、理解餐桌礼仪。此外还有食物的问题。我从小就被教育"有什么吃什么"，自己也喜欢尝试新事物。这趟中国之旅，我也抱着同样的心态。到目前为止，我吃过了蛇、鸡爪、牛肚、羊胃、猪肠、鳗鱼和猪脑花，我的中国同事甚至把猜我不吃什么或什么菜会吓到我当成了一种游戏。他们一次都没猜对过。但我还是开始怀念比萨、煎鱼和炸土豆条，还有香肠和土豆泥。

仅仅两个星期前，我还在科茨沃尔德起伏的山间按部就班地做着日常工作，眼下我却置身于这里的人群当中，我理解不了他们的世界，他们也理解不了我的世界。这让我有种魔幻的感觉。

我们的车拐进一条小巷。尽管现在才早上七点半，这里已经很热闹了。

路边全是各种小吃店，厨房扩张到了街面上。人行道被盛满罗非鱼的大铁盆、鸡笼或兔笼、盛蔬菜的大锅和沸腾的大汤锅所占据。司机停下车，领着我走进一家小吃店。我们的早餐是酸辣粉。一个星期前，我根本不知道还有这种东西，但现在酸辣粉已经成为我日常饮食的一部分。司机跟店老板热情地寒暄了几句，随后我们在一张桌子旁边坐了下来。桌椅是一体式的，让我想起我小学食堂的餐桌。我们刚坐下，熟悉的酸辣粉便被端到了眼前。我们吸溜吸溜地吃着酸辣粉。由于司机师傅完全不会讲英文，我讲几个中文词语都很费劲，只能冲彼此笑笑，竖竖大拇指，表示食物味道很好。尽管语言不通，但我们用面部表情和简单的单音节词汇来代替词典，居然也结下了奇特的友谊。只有当语言交流受限的时候，你才会真正意识到肢体语言的力量。

回到车里，我继续朝重庆动物园前进。这是我在这里的第五天，也是最后一天。我这次来中国的重庆，主要的目的是跟王智彪教授和他率领的海扶医疗团队会面。王教授和他的团队在开发一种叫作"聚焦超声"的新技术。目前世界上只有极少数公司拥有这项技术，这项技术可以通过变频器从生物体外向体内的组织定向发射高频超声波。超声波聚焦点的温度超过 80 ℃，能破坏被定向的生物组织。这项技术已得到国际公认，在治疗子宫肌瘤和前列腺癌方面非常成功。现在很多世界顶尖的医疗机构，包括我父亲在英国牛津的部门，都在研究将其用于治疗其他癌症和疾病的可行性。

我在兽医学校最后一年的研究项目是探索高强度聚焦超声（HIFU）技术在兽医行业中的应用。现在项目已经结束，我转而对海扶医疗开发的低强度聚焦超声（LIFU）技术产生了兴趣。骨关节炎是引发年迈动物长期疼痛和不适的常见原因之一，目前急需更多治疗策略。因为关节炎致使动物无法行走，伤心欲绝的主人不得不告别他们心爱的宠物，这样的案例我已见过太多；尽管在这种情况下，动物的认知功能仍像以前一样敏锐，但关节疼痛会导致动物的运动量减少，转而又引发肌肉损耗，使它们变得虚弱。最终，它们将无法站立。药物和补充疗法可以大幅减缓病情的发展，但也会严重影响动物的生活质量。因此，对动物进行安乐死往往成为最人道的选择。

超声波疗法在治疗多种肌肉骨骼疾病方面有良好效果，其临床证据可以追溯到二十世纪四十年代。我也非常想知道海扶医疗开发的新设备能否治疗年迈的动物。超声波可以让存在炎症的区域血流量增加，起到消除肿胀、按摩肌肉的作用，从而减轻疼痛。对我来说，这种疗法在用于治疗狗、马和其他动物上有很大的潜力。我对它有强烈的兴趣。

王教授热心地邀请我同父亲一起到重庆与他交流低强度聚焦超声在兽医行业中的应用。我早就盼着能去趟中国，我唯一的愿望就是能借去中国的机会了解、接触大熊猫，甚至为它们看病。这样的想法很自私，但我并不觉得羞愧。因此，收到王教授的邀请后，我厚着脸皮问他，我在中国期间，能否帮我联系一下成都大熊猫繁育基地的团队。遗憾的是，不行。但经过几番电话沟通，他们提出了一个替代方案，他们给我安排了一个参访重庆动物园的机会，我可以在那里待上五天，跟该动物园的资深兽医吴登虎医生及熊猫饲育专家唐家桂医生交流。重庆动物园有十五只大熊猫，不仅是世界上拥有大熊猫数量第四多的机构，也是四川省外最大的大熊猫研究机构。

我运气太好，居然来到了这里，又一次实现了梦想。我穿过动物园的大门，走向动物园的核心景区时看到了一些穿丝绸睡衣的老人家。他们在进行晨练，有的在打太极，有的在打羽毛球。动物园管理方似乎允许他们每天在正式开门前在园区里活动。这是一幅令人愉悦的和谐景象，与我来时经过的喧闹嘈杂的街景完全不同。在一个拥有一千万居民的大都市里，能有这么一个宁静祥和的地方简直是个奇迹。但要我在像重庆这样的大都会里保持淡定，这还远远不够。我并不是个喜欢住在城里的人，完全不是。在城市里住上一阵子之后，我就会觉得自己像只被关在笼子的动物。我需要空间，需要亲近自然。这也是我为何这么喜欢非洲的原因。

园方安排我进入管理员区域与唐医生会面。但见面之前，我专门花了几分钟时间看大熊猫熙熙吃竹笋早餐。它已经三十一岁了，是重庆动物园里最老的大熊猫，也是世界上最老的大熊猫之一。竹笋是大熊猫最爱吃的竹子里的部分，但竹笋价格昂贵，因此园方会限制大熊猫吃的竹笋数量，竹竿和竹叶则不受限制。这两样东西占据了大熊猫日常食谱的大头。跟多数年迈的动物一样，熙熙也有因掉牙引发的咀嚼困难问题。因此，高寿的熙熙可以奢侈地一天吃三次竹笋。它把几根竹笋放在肚子上，每只爪子抓起一根，一口把两根竹笋都咬去四分之三，把剩下的一截丢掉，然后抓起新竹笋继续吃。那副模样简直让人百看不厌。要是它套上白背心，戴上棒球帽，再给它一罐打开的啤酒，活脱脱就是英剧《维护面子》里的昂斯洛。正是大熊猫与人类的奇特相似性，使得大熊猫可能是世界上最容易被认出也最受人类喜爱的动物了。二十世纪后半叶，大熊猫迅速消亡，几乎灭绝。它们的命运比其他濒危动物更能触动人们的心弦。这是为什么？也许是因为大熊猫幼崽太可爱，也许是因为成年大熊猫懒洋洋的模样像极了我们懒散时的样子。每次看着它们，都觉得像在看穿着大熊猫表演服装的人，它随时会把头罩取下来，抹掉额头上的汗水，找个地方去喝咖啡或抽烟。

　　过去四天里，每次我从唐医生的办公室看到围栏里的大熊猫悠悠、咪咪、玲玲和"小好奇"津津有味地吃竹子的情景，都会被深深地迷住。

　　光是看它们吃了睡、睡醒了吃、吃够了再多睡会儿、睡够了再多吃点儿的无聊日常，就能让人不知不觉地消磨掉好多个小时。等它们吃饱睡足，或许会挪个地方继续吃继续睡。

　　我进入的是不对外开放的区域，这个区域包括熊猫厨房、员工办公区和唐医生的办公室。唐医生和吴医生正对着一个监控器激烈地讨论着什么。监控器反复播放着一个大熊猫妈妈和它六岁大的大熊猫幼崽的画面。这画面是由一台架设在某个较为偏僻的大熊猫圈养区里的闭路摄像机传过来的。那个圈养区在距离我们数百米之外的地方。大熊猫幼崽刚生下来时只有150克，粉乎乎的，全身无毛，看上去更像小猪仔而不是大熊猫。但现在它已经有六周大，完全长出了标志性的黑白相间的皮毛，体重也达到了1.5公斤。

　　我是怀着能近距离接触大熊猫的热切愿望来到这个动物园的。来到这里就遇到了才一个月大的大熊猫幼崽，这是重庆动物园五年来第一只出生的大熊猫，内心的激动之情简直无以言表。大熊猫妈妈几乎整天都紧紧地把自己的幼崽抱在胸前，对它充满关爱。成年雌性大熊猫体重约有九十公斤。它与大熊猫宝宝的体格反差实在太大，以至于从镜头中常常看不见被它抱在怀中的大熊猫幼崽。我看着监控屏幕，因不了解情况而感到心慌。不知是否该提醒唐医生，大熊猫宝宝好像不见了，要么就是看得见却一动不动。然后，突然间一张小脸又会从大熊猫妈妈的胳膊底下钻出来，扭动着想挣脱妈妈的怀抱，滚到干草铺成的床上去玩。大熊猫妈妈会给大熊猫宝宝几秒钟的自由，随后又会身子朝前一倾，一把把它抓回怀里。大熊猫妈妈出乎母性本能的反应看着着实令人感动。只有当工作人员把一日三餐送进它的圈养区时，它才会暂时放下自己的宝宝。到了饭点，它会从窝里爬出来，把大熊猫幼崽轻轻地放到草垫上。再把全部心思都转向它一日所需的四十公斤竹子。大熊猫妈妈吃东西的时候，我们才有机会清楚地看到大熊猫宝宝在床上滚来滚去、探索自己小天地的样子。它宛如在游戏垫上玩耍的人类宝宝一样。这样的场景，任何人类父母见了都会被打动。

　　自大熊猫宝宝出生以来，唐医生和他的团队成员就一直轮流值夜班。他们睡在唐医生的办公室里，每隔两个小时记录一次这对大熊猫母婴的行为，尤其要仔细查看大熊猫宝宝的发育和健康状况。头天晚上是唐医生在值班。从早上起，唐医生就开始担心。因为那只大熊猫幼崽整晚都一阵一阵地咳嗽，他担心可能是肺部感染，甚至是肺炎。我走进唐医生的办公室时，吴医生和唐医生正在讨论大熊猫幼崽的咳嗽究竟有多严重，是否严重到需要把它暂时从母亲那里带走做检查。但这会使母亲和宝宝都承受很多压力。他们把情况解释给我听，于是我跟他们一起仔细分析起监控器里的画面来。不用说，它依然在咳嗽——典型的干咳。我本能地想起了自己受过的专业兽医训练。我听过数以千计、不同种类的动物发出的咳嗽声。概括而言，咳嗽分多产性咳嗽（湿咳）和非产性咳嗽（干咳）。多产性咳嗽指有痰液排出的咳嗽，通常由支气管或肺部感染引发；非产性咳嗽则多数是过敏或上呼吸道不适导致的。这只大熊猫幼崽的情况更像是后者，但这并不等于它的咳嗽不会发展成肺炎。它很活泼，独自爬来爬去的样子跟其他宝宝并无不同。问题依然没解决：我们该在健康状态下为它做检查吗？这会不会给它增加不必要的压力？还是应该等等再说，直到它出现明显症状时再做处理？而我自己的困境与两位医生的又有所不同。我当然希望大熊猫宝宝能得到最好的照顾。但作为一名兽医，谁不想有个机会亲手把一只六周大的大熊猫宝宝抱在怀里，给它做检查、为它提供治疗呢？

通过翻译简要地交流之后，两位医生把我当成了同事，让我加入他们的讨论。我治疗过患肺炎和肺部感染的其他动物，他们想听听我的看法。我陷入了思索，尽量不让私人情感影响我的判断。如果眼前是一只小牛犊或小羊羔的话，我会怎么做呢？不用说，我肯定会为它做检查。只有测量完动物的体温和心跳，才能真正形成诊断。我问他们，暂时把大熊猫宝宝和妈妈分开究竟会给它们造成多大的压力，另外，能不能趁大熊猫妈妈进食的时候给大熊猫幼崽做检查？最后的结论是：我们可以设法处理和降低这种压力。自这只大熊猫幼崽出生以来，为大熊猫妈妈喂食的一直都是同一名饲养员。如果饲养员能在围栏的外围区域给它喂食，它也许就能在吃早餐时离开幼崽几分钟。趁它日常活动区域和外围区域之间的门关闭的时候，我们可以把大熊猫宝宝转移到大熊猫妈妈看不到的角落。我们就在那里对它进行检查。不让大熊猫妈妈看到我们这一点非常重要，因为突然出现好些个陌生人会让它觉察到有问题，从而让它和它的宝宝感到紧张和压力。如果它看不到我们，我们就能在充分自由的情况下为大熊猫宝宝做检查，检查完之后再把它放回围栏里。就这么定了：为这只六周大的大熊猫宝宝做检查。表面上，我依然装出一副公事公办的样子，但心里就像一个要去糖果屋的孩子一样激动。

定下来之后，大家都忙碌了起来。吴医生用对讲机把情况告知了那位负责照料这对大熊猫母婴的饲养员。过去六周，它们是他唯一的照顾对象。这么做是为了防止它们因别的大熊猫而染上疾病，因为大熊猫宝宝的免疫系统仍很脆弱，主要依靠母乳获得抗体。吴医生问我的衣服是否干净，有没有穿着它与其他大熊猫接触过。他这么问也是出于免疫考虑。幸好我那天并未与任何动物接触，因此穿的衣服没有问题。吴医生的问题让我不由得想起我的祖母。我在兽医学院读大一时，每晚都会帮她安置小羊羔。每次我进门之前，她都要求我脱光衣服，只穿内衣。也许动物园应该给我一套一次性防护服，不然我还得穿着内衣做检查！

二十分钟后，我们穿过大熊猫围栏中的公共展示区，走到一栋老旧的砖房前。不知道的游客没准还以为这个房子早就被废弃了呢。吴医生打开了外面的大门。我们走到房子跟前时，一位饲养员打开房门，低声向吴医生汇报情况，语速又急又快。趁他停下来喘口气的当儿，唐医生把我的翻译约尔森和我向他做了介绍，说我是团队的新成员。那位饲养员顿了顿，对我们表示欢迎，又接着说上了。这时候吴医生已经锁好大门，加入了已经在屋里的我们。于是，一场热烈的三方会谈又开始了。他们的讨论是如此激烈，仿佛我们离开办公室和监控器的五分钟内，发生了什么了不得的灾难。但翻译约尔森向我解释说，他们争论的其实只是在外围区域的什么地点把竹子喂给熊猫妈妈比较好。这又是一个文化差异：我可辨别不出讨论的激烈程度与事情的重要程度之间有什么关系。

这栋房子包含三个长方形的饲养围栏。每个有三米宽、六米长，隔着一个两米宽的过道。推开带锁的高大推拉门就能进入围栏。沿着过道同样也能走到外面的围栏。围栏和围栏的门都是用直径两英寸的铁条做成的，从地板直抵天花板，呈锈黄色。由于常年打扫，铁条被磨得很光滑。房间里阴暗潮湿，对我而言，这地方绝对不是一个奢华的住处。但地上铺着大大的干草垫，熊猫们肯定觉得这样的窝特别棒。

商量好具体方案后，我们在走廊里躲好。走廊里堆着二十来根竹子，姓项的饲养员捡了四根较为新鲜的，从通道走到外面的围栏去了。随后我们听到外面通道的铁门被关上和上锁时发出的撞击声，接着是关大熊猫妈妈的笼子门被打开的声音。它被放出来吃早餐。它肯定等不及吃早餐了，因为我们很快便再次听到铁笼的门被推回、上锁的声响。大熊猫妈妈总算被安全地关在了外面。项打开围栏的门，不一会儿，就抱着一个黑白相间的毛球出现在我们面前。那个毛球还在他怀里动来动去。

项把那只熊猫宝宝面朝上平放在电子秤上称重：1.25公斤。比出生时的

157克足足增加了800%。记下体重后，唐医生让我开始给它做医学检查；他把温度计夹在大熊猫幼崽的腋下给它测体温。体温36.9 ℃，正常。我俯身在它上方时，它抬起小小的脑袋看我。它显然是吃完奶后美美地睡着了，现在被惊醒过来，试图透过沾满眼屎的眼睛，把目光聚焦在我身上。它才六周大，视力也还没有发育完全，就算在完全清醒的状态下，我在它的视野中也只是个模糊的影子。这真的很奇妙。它的一举一动都像极了人类的婴儿。它扭动了几下身子，伸出小小的爪子去抓空气。然后打了一个大大的哈欠，吧嗒了几下嘴唇，闭上眼睛，一动不动，但只安静了片刻，便又开始扭动，一切又重来一遍。我轻轻地把听诊器放到它胸前。听诊器很凉，它身子剧烈地颤动了一下，发出稚嫩而尖锐的叫声。它简直就是"可爱"一词的本体。

它的呼吸没问题。从肺音判断，双肺完全正常。它有点儿流鼻涕，但并不是感染导致的绿色浓涕。它看起来非常健康，那么它的咳嗽究竟是什么导致的呢？我同唐医生和吴医生进行了讨论，他们认可我的检查结果。我们得出的结论是，尽管它的咳嗽症状不严重，但屋舍阴暗潮湿的环境可能是导致它咳嗽的因素之一。这样的环境使得真菌易于滋生。解决方案是安装一套通风设备，以降低空气湿度，促进空气流通，对空气进行过滤。

吴医生拿起对讲机跟后勤部申请设备。在项把它抱走之前，我品味着与大熊猫宝宝最后共处的美妙时光。项把它抱入怀中的时候十分轻柔，如同一个母亲抱自己的孩子。他把大熊猫宝宝放到围栏的草垫上。我们听到围栏的门打开又合上，上了锁。之后外面的门被打开；大熊猫妈妈和大熊猫宝宝现在可以重新团聚了。我们走出那间屋舍时，看到大熊猫妈妈仍然在享用早餐，对我们为大熊猫宝宝做的紧张而细致的检查一无所知。

回到员工办公区，我坐下来喝了口茶。我沉浸在自己的思绪中，回味着刚才的经历。那年全世界一共有三十五只熊猫宝宝出生，而我们刚才检查的就是其中一只。我曾经抱起过它，为它检查身体，为它提供过专业的健康服务。这对我而言是弥足珍贵的难忘经历和莫大的荣幸，也是美梦成真。

大熊猫小百科

拉丁学名	Ailuropoda melanoleuca
通用名	大熊猫
地理分布	仅生活于中国中部的几处山区,主要集中于四川省,但在陕西省和甘肃省也有分布。
名称	在英语中,雄性大熊猫被称为 boar,雌性大熊猫被称为 sow,大熊猫幼崽被称为 cub。成群的大熊猫叫作 embarrassment。
寿命	野生环境下约为 15—20 年,人工圈养环境下最长可达 35 年。
栖息地	气候温和、海拔在 4000—13000 英尺之间的竹林、阔叶林和针叶林。大熊猫曾一度在低海拔地区生活,但垦殖和毁林活动迫使它们逃离家园。
食性	竹子几乎算得上是大熊猫唯一的食物,其他植物、水果和肉类仅占其食谱的约 1%。由于竹子的营养价值很低,大熊猫需要每天花 14 个小时吃最多 40 公斤竹子才能达到每日所需营养。
孕期	95—160 天(取决于胚胎附着于子宫壁的延迟时间,即"胚胎滞育"情况)。
体重	大熊猫幼崽出生时约重 150 克,为母亲体重的 1/800。它们是世界上母婴体重比例差异最大的哺乳动物。成年大熊猫体重在 60—110 公斤之间。
生长	刚出生的大熊猫幼崽眼睛和耳朵都处于闭合状态,仅有稀疏的毛发遮蔽粉嫩的躯体,因而极为脆弱。熊猫发育得很快,1 岁时即断奶,2 岁时完全成年,离开母亲独立生活。雌性熊猫 6 岁、雄性熊猫 7 岁时达到性成熟。
体温	36.5—37.5 ℃。
动物冷知识	在人工圈养环境中繁殖大熊猫非常困难。它们一年只有一个发情期,且发情期仅持续 2—4 天。无论雄性或雌性大熊猫都只肯与自己选择的对象交配。怀孕的大熊猫有 50% 的概率产下双胞胎。过去双胞胎大熊猫幼崽的存活率长期维持在较低水平。但现在饲育人员让双胞胎在出生后的头几个月里,每隔一段时间轮流被大熊猫母亲喂养。这样一来,大熊猫妈妈会认为自己喂养的始终是同一只大熊猫。得益于这一方法,双胞胎大熊猫幼崽的存活率如今已超过 90%。

保　　护　2016年9月，世界自然保护联盟将大熊猫改列为"易危"物种，过去32年大熊猫都在该组织的濒危物种名单上。这是20世纪最重大的动物保育成就之一。目前全世界野生大熊猫有将近1900只，人工圈养环境中的大熊猫约有300只，分布于世界不同地方。这一成功很大程度上应归功于中国政府为保护大熊猫原生自然而付出的努力，如设立卧龙国家自然保护区等；以及成都大熊猫繁育基地的贡献。大熊猫是中国的国宝，全世界所有的大熊猫都属于中国。

PIG

13
猪

每个人心目中都有一头老虎、一头猪、一头驴和一只夜莺。这些动物的状态各不相同,构成了丰富多样的个性。

——安布罗斯·比尔斯

猪

艾德里安去城外出诊，病号是诺福克的一群小猪。他是猪病领域的专家，常常在英国各地跑来跑去为猪看病。但这也意味着，遇到急诊而他又无法出诊的情况，他就得委派当地的兽医出诊。

最常见的委派出诊任务是进行尸体解剖检查（用我们的行话讲就是"尸检"）。一般来说，养猪场的猪只数量都相当大，因而传染病导致的死亡率非常高。农场主很为此忧心，因此绝大多数养猪场都有极为严格的防疫规范：常见的规范包括进入猪栏前必须洗澡和更换衣物；进入猪栏者需要先度过二十四小时至四十八小时的隔离期，隔离期间不得与猪只有任何接触。

如果出现猪只因不明原因突然死亡的情况，农场主通常迫切希望查明原因，以采取相应的应对措施。如果是传染病导致的死亡，需要关闭农场，隔离患病的猪群，并对其进行治疗或注射疫苗，以防止疫病扩散。越早采取这些措施，后续效果就越有成效。

尸检是集体圈养牲畜管理中不可缺失的环节。对集体圈养型农场而言，详细了解牲畜死亡的原因往往有助于发现更大的问题，比如严重的寄生虫病、营养不良或感染等。不论具体原因是什么，尸检都是关键的诊断步骤。

"乔，我是艾德里安。"电话那头的声音说，"今天上午有时间帮我做尸检吗？珍妮说你上午晚些时候有空。"

"我正在出诊的路上呢。布莱克曼恩的农场里有头牛得了卧牛综合征，我要赶过去看看。"我说。

"很好。我这会儿在诺福克。今天早上，格林汉姆·史密斯的农场上有头母猪产崽后死了，他想让我们派人过去检查一下。听起来倒没什么不寻常的地方，但我还是答应他会让人过去看看，你那边有问题吗？"

"当然没问题，格林汉姆的农场在哪儿？"

"珍妮会告诉你路线。那个养猪场很大，格林汉姆说他会把那头死猪弄到猪舍外头，这样你就不用洗澡了。通向猪舍的汽车道很长，你沿着它开下去，能看到左侧有几个大型饲料漏斗。那头母猪的尸体就在饲料漏斗旁边。你出发后可以给他打个电话,他会在那儿等你的。我需要常规样品——肺叶、肝脏、肾脏、脾脏、心脏、空肠、回肠、结肠、盲肠液和肠系膜根部淋巴结,把它们寄到爱德士。"

爱德士是一家知名的动物疫病检测跨国公司。

"对了,"他补充道,"你最近一两天没接触过任何猪吧?"

"没有。别担心,我最近为猪看病也是好几个星期之前的事儿了。"

"很好,我得问清楚。谢谢你,乔。"

实话实说,这通电话让我有点儿扫兴。为动物做尸检尽管也是兽医工作的重要内容,但很没意思。我还是更喜欢跟活生生的动物打交道,而不是动物的尸体。做尸检的时候偶尔也能发现较为特别的病理学样本,但通常不过是在没什么明显病理学特征的情况下,在动物冰冷发臭的尸体内部翻来搅去,检查器官、采集样本,把查明病因的希望寄托给病理学实验室。尤其是,我以前从没跟这位客户打过交道。艾德里安显然很受这位客户待见。他不能去,格林汉姆一定会失望。当然,这位客户对此也能理解和接受,不过他肯定会以艾德里安为标准来要求我。

但我要先去看布莱克曼恩先生的牛,暂时顾不上这些。这次出诊称得上一波三折。那头牛有乳热病。这是一种多发于高龄奶牛身上的疾病,但任何牛都可能得。产奶旺季,奶牛产奶量激增,但这会导致血液中的钙严重流失,如果无法及时补充,就会得乳热病。由于体内钙质不足,牛的身体活动(如收缩肌肉)就会受限。牛无法站立还只是轻微症状,严重的可致命。幸运的是,这头牛的症状还不严重。我对它进行了40%浓度的硼葡萄糖酸钙静脉缓注。随后它便站了起来,能正常地四处溜达了。立竿见影的疗效让我很有成就感,觉得自己简直像个魔法师。这让我的心情振奋了很多。我打电话给珍妮,告诉她这边的出诊已经结束。她告诉我路线后,我便朝着史密斯先生的农场出发了。

导航显示二十分钟后就能抵达。我在路上把需要采集的样本和要用到的工

猪

具都在脑中过了一遍，以确保没遗漏什么。我需要的只是一把大号手术刀、很多容器罐和一对长袖手套，这些东西我车里都有，问题在于得把它们找出来。

沿着两块刚犁过的农场之间的汽车道一直开下去，就是那个农场了。开到农场入口时，迎面立着块大牌子。上面写着：

禁止通行！生物防疫区。

未经允许不得进入。

访客请到接待处登记。

入口右边有一排很大的、石棉水泥板搭建的绿色屋舍，显然是猪舍。接待处紧挨着右边起第一间猪舍，每间猪舍背后都有一个通过管道与猪舍连通的饲料漏斗，足有四十英尺高。入口的左边有三个水泥墩围起来的夹子形状的场地（或者说围栏）。头一个是普通的垃圾场，另外两个显然是停车场。第一个场地前面停着一辆黄色的马特博牌伸缩臂式叉车和一辆带谷物料斗的牵引式叉车。我在空地上找停车位时，看到四只猪蹄从一个饲料桶里直挺挺地伸出来。不用说，这就是我要做尸检的那头猪了。我把车停在了那只木桶旁边。

我下了车，在车尾套上长筒靴，换上防水服。这时，一个体格胖大、约莫四十四五岁的男人朝我走来。他一身典型的农场主衣装：长靴、蓝色牛仔裤、格子衬衫，套一件绿色的厚夹克背心。

"你是乔吧？我是格林汉姆。"

我们握了握手。

"很高兴见到你。"

"谢谢你过来。艾德里安说让我别担心，但我还是觉得周全点儿更好，免得将来后悔。"

"我完全理解，我想这就是那头要做尸检的猪吧。"我指了指饲料桶说道。

戴夫说道："没错。在这儿做尸检没问题吧？我觉得这儿收拾起来方便些。"

"没问题。"我说。我带上待会儿要用到的各样工具,同格林汉姆一块走到那辆马特博牌叉车前面。那头死母猪是头成年杂交长白猪,体格很大,至少有两百五十公斤左右。它的十二个奶头上沾满奶水,显然死前还在为猪崽喂奶。它的猝死因此也更让人悲伤。我在长袖手套外面套了双乳胶手套,开始动手检查猪尸。最开始没有找到什么明显的线索:口腔和鼻腔无分泌物,无腹泻症状,臀部有少许血迹,此外健康状况良好。

"它是什么时候产的崽?昨天有什么异常吗?"我问道。

"两天前。这是它下的第三窝猪崽。它给十二只猪崽喂奶时没见有什么不对。今天早上也没有患病或任何异常迹象。"

"没发现明显外部病征。我们得对它进行解剖,做进一步检查。"我拿出大号手术刀,从肚脐下刀,在胸骨和耻骨之间切出一道口子。我的手术刀划过皮肤和肌肉,切开腹腔。鼓鼓囊囊的肠子开始流出体外。我把肠子推开,以免遮挡视线,随后调整了一下身体。从肝脏开始检查比较方便。肝脏相当正常,脾脏也是。我把肠子全都推到一边,查看胃和更深处的肾脏。所有脏器看起来均无异状。

"你的切口还能开大点吗?"格林汉姆凑到我的肩膀后面说,"艾德里安做尸检的时候,会从下巴一直切到臀部,把尸体完全打开。"

他的话有几分道理。过去我为羊羔做尸检时,通常会重点检查腹腔内有无虫荷或梭菌病。我可以切开横膈膜,检查肺部是否有肺炎迹象。若需更详细的检查,我一般会建议农场主把尸体运到当地的动物疫病检测点做完整尸检。但格林汉姆是对的:我应该把尸体完全打开。尤其是艾德里安就这么做的。问题在于,我没有可以切开肋骨的工具。

"我再把胸腔打开点儿。那个……你这边有锯子吧?我自己没有带。"

格林汉姆气呼呼地哼了一声。"我路虎车的后备厢里可能有一把。"不一会儿,他拿着一把生锈的钢锯回来了。"这把可以吗?"

"非常好。谢谢。"我说道,小心翼翼地从他手上接过锯了。我感到有点儿烦躁。我放弃了对空肠的检查，转而开始锯胸骨，好打开胸腔检查心脏和肺。这头猪块头很大，要锯开它的胸腔很费体力。几分钟之后，它看起开相当正常的胸腔终于在咔嚓声中完全敞开了。

它的肺和心脏看起来很健康，没有肺炎症状、没有胸膜积液。我用手触摸纵隔淋巴结，同样正常。我又转到腹部的位置，准备就此结束目视检查。于是我开始为采集样本而割除内脏。我把手伸到腹腔后部，在肠子下面摸索时，触碰到结肠的一部分。它肥厚肿胀，且有发炎和积血迹象。

"这个部位似乎有点儿异常。"我转向格林汉姆说。

"哪个部位？"

"结肠，像是内出血。"

"你有什么看法？"

"出血性结肠炎一般是猪痢疾引起的。"

"是吗？它这么老，还会得痢疾吗？它也没有腹泻。"

"一般来说，小猪才容易得猪痢疾，母猪偶尔也会得。但你说得也对，这其实说不准。也许它患了严重的败血症。产后免疫力低下，最终造成了它的死亡。"

"如果真是猪痢疾就麻烦了。你能不能采集一些样本，今天就送到检测中心去？我们得尽快确定病因啊。"格林汉姆说。

"当然没问题，样本今天就能送到爱德士做检测。我会让他们加急处理的。"我说。

我切下一部分结肠，把它装进样本袋里。然后又重复同样的步骤，从空肠、回肠、肝脏、肾脏、脾脏和肺切下样本。之后，我摘除心脏，切开它。虽然没有心肌增生迹象，但我还是采集了心脏的样本。所有的器官看起来都是正常的，除了结肠。

样本采集完成之后，我对格林汉姆说："你需要我把它缝合起来吗？"

"别管这个了，你把这些样本整理好就出发吧。"

我摘下手套，给样本袋一一贴上标签，把我的东西收拾好，就着接待处的手龙头洗了手。

清洗过了，东西也都装了车。我爬上车，准备出发。

"我会打电话给艾德里安，把我发现的情况告诉他。接下来的一两天，艾德里安或者我会再联系你。与此同时，最好把这头母猪周围的猪与农场里的其他猪进行隔离。"

格林汉姆谢了我。我驾车驶出农场，再次驶上了那条长长的汽车道。还是尽快给艾德里安打个电话吧，我想。

"我猜，"他说，"你什么异常情况都没发现，对吗？"

"确实是这样。我是说，多数器官完全看不出有任何异常迹象。但结肠严重充血发炎。"

"是吗？这可不太好。它拉稀吗？"

"不，完全没有任何异常。我是说，它屁股周围有点儿血迹。两天前才产完崽，除此之外一切都正常。"

"这样的话……不太可能是猪痢疾。他跟你说了猪崽的情况没有？"

"抱歉，我忘了问。"

"别担心。你大概已经采集了样本，尽快送去检测。我会打电话跟格林汉姆聊聊。"

"好的。"

"谢谢你，乔。我们做这个尸检是对的。"艾德里安说。

我开车回到诊所，跟珍妮确认并没有紧急电话找我。我填了检测申请表，把标本袋密封好，放在置物筐里。值班护士会把它们打包送到爱德士。

两天之后，艾德里安打电话给我。"你看到爱德士为格林汉姆农场那头母猪做的检测报告了吗？已经返回给诊所了。"他的语气让我有点儿迷惑。

"我还没看。结果怎么说？有什么好消息吗？"

"这个嘛……我觉得你可以自己看看。你看完报告之后，给我回个电话。"

说完，他便挂断了电话。究竟是什么情况呢？他似乎心情不错，好像忍不住笑一样。

不一会儿，我的手机就响起了有新电子邮件的提示音，是艾德里安发给我的检测报告。我打开附件。

"爱德士检测机构报告单，"我读道，"所有者：史密斯。病患：母猪。年龄：成年。部分报告内容。提交样本：肺，心脏，肝脏，脾脏，肾脏，空肠，回肠，结肠。病史：产崽两天后突然死亡。组织病理学……"我跳过前面的概述去读后面的结果。"诊断：此案例不同常规且令人困惑。共提交八个样本，每个样本都有清楚标示。我们特别注意到被标示为'结肠'的样本及'有发炎充血迹象，疑为猪痢疾'的样本说明。可以想象我们有多么困惑，因为经病理组织学检查，我们确认提交的'结肠'样本实际为一个正常健康的子宫。这与'产崽后两天'的描述匹配。"

我把手深深地插进头发里，感到难以置信。我切下来并信心满满地拿给格林汉姆看的那块发炎充血的"器官"样本，原来根本就不是什么器官，而是子宫。它看起来也正是产过十二只猪崽两天后的母猪子宫的样子。

"其他检测结果尚待确认，"报告写道，"如果提交者有意进一步讨论该案例，请致电我机构的病理学家沟通。"但我可不想去打电话沟通。我猜写报告的病理学家肯定是在茶歇时，一边大笑，一边写完这份报告的。不知道他们有没有一面墙用于展示收到的最好笑的样本。如果有的话，我提交的样本一定会被放在最中央的位置。这简直就是我的奇耻大辱！从兽医学校毕业五年后，我居然连母猪的肠子和子宫都分不清！怪不得艾德里安在电话里会是那样的语调了。不管怎么说，他听上去只是被这份报告逗乐了而已，而不是生气——尽管这也意味着，他肯定会把这事宣扬一番。我拨通了艾德里安的电话。

"这么看来，并不是猪痢疾啊，"他笑着说，"这不错。"

"真的很抱歉，艾德里安。真不敢相信我居然能犯这种错误。"

"我喜欢报告里那句'可以想象我们有多么困惑'。太有才了，乔！这是我见过的最棒的检测报告。我觉得我们可以把这份报告用相框裱起来挂在办公室里。这可真把我乐坏了。"

"那我是不是该打电话给格林汉姆，把情况告诉他？"我终于下定决心开口道。

"别担心，乔。"听我这么说，他立刻理解了我的尴尬处境，语气也严肃了一些，"我来打给他吧。不过我不会告诉他你采集样本时把子宫当结肠的事儿。我会跟他说让他别担心。你只是对自己的判断有点儿过度自信而已。他知道那头猪得的不是猪痢疾，就会大为放心，也许就不会问太多别的问题了。"

"你太好了，艾德里安，"我说，有种如释重负的感觉，"再一次，真的太抱歉了。"

"说实话，你并没有造成任何损失，还做了件让大家开心的事儿。这种事并不稀罕。就我回忆所及，虽然我从没有把生殖道误认作内脏，但我们都犯过错误，所以别给自己太大压力。这会是圣诞派对上的好谈资。"

我深深叹了口气。距我就职的诊所举办圣诞派对只有几个星期的时间了，届时各个部门的同事都会带妻子、丈夫或伴侣参加，估计来宾会超过一百人。希望到时艾德里安已经把这件事给忘了。

然而，他没有忘。圣诞聚餐临近结束，颁发完大大小小的奖项之后，艾德里安兴致勃勃地把那份爱德士检测报告原原本本地大声念给全体与会人士听。之后又把我介绍给大家。我身上挂着块牌子，上面写着："区分肠道与产道的五个简易步骤。"

猪小百科

拉丁文学名	Sus domesticus
通 用 名	家猪
地 理 分 布	家猪被认为是原产于欧亚大陆大部、北非和大巽他群岛的野猪的亚种。如今在全球均有分布。
名 称	在英语中，公猪叫作 boar，被阉割过的公猪叫 barrow，成年母猪叫 sow，1 岁以下还未产崽的母猪叫 gilt，猪崽叫作 piglet。成群的猪在英语中叫 sounder。
寿 命	约 15—20 年。
栖 息 地	野猪的自然栖息地是落叶林，但家猪一般生活在水泥猪舍或简易窝棚里。
食 性	猪是杂食动物，它们既吃植物，也吃别的动物。野猪是漫游觅食者，食物包括植物的叶、根、果、花、昆虫和鱼类。家猪主要以玉米和豆粕为食。
孕 期	116 天，一胎最多可生 15 只幼崽。
体 重	出生时体重 1.3 公斤，成年后可达 140—300 公斤。
生 长	母猪产崽后奶水逐渐减少，因此会在产后 8 周左右断奶。打算出售的猪崽在产后 3 周左右、体重达到 6.5 公斤时强制断奶。猪崽出生后 3—12 个月达到性成熟，但要出生后 2—3 年才完全长成。母猪孕育母猪崽需 6 个月，孕育公猪崽则需要 8 个月。猪长至 4—12 月时，会被屠宰取肉。
体 温	38.6—39.2 ℃。
猪冷知识	猪身上几乎没有汗腺。它们在泥水中打滚，以此来调节体温。泥水也能起到防晒的作用。猪最灵敏的感官是嗅觉，因此它们被训练用于寻找地面之下的松露。
保 护	据估计，世界上大约有 20 亿头猪，其中一半以上在中国。猪科动物共有 17 个亚种，家猪的品种则有数百种。与猪相关的动物福利主要集中在产崽箱的使用上。产崽箱是为了防止母猪误将猪崽踩死而设计的一种工具。它是放置于裸露的水泥地面上的一个金属笼子。猪在这种笼子里站起、躺下都很困难，且无法转身。母猪终生都生活在这样的笼子里，无法满足觅食、活动和与其他猪交流等正常需求。

IGUANA

14

鬣蜥

被变成蜥蜴可真是件糟心事儿。

——雷克·莱尔顿

"有个客户正在电话里等着，"诊所的前台珍妮急匆匆地冲进预诊室说，"她的绿鬣蜥好像有什么问题，需要跟兽医沟通。她没具体说是什么问题，但语气很急。我觉得你可以应付。她在2号线。"

"好的，谢谢。"我说。我拿起了预诊室的电话。

"你好，我是乔，是诊所的兽医。有什么可以帮忙的？"

"嗨，谢谢你。那个……一样东西从鬣蜥体内出来要多久？"

"你说什么？"我有点儿困惑地说。

"我是说，如果鬣蜥吃下去一样东西，得多久才能排出体外？"

"啊，我懂了。这取决于动物的大小、环境温度、它吃下的物品，总之，很多因素。但我判断需要一天半到四天。"

电话那头暂时陷入了沉默，那位女士试着消化我说的话。

"那么，如何判断鬣蜥是否吃了东西呢？"

"最好的办法是给它做X光检查。不是什么东西都能照出来，但如果它吃下去的东西不透射线，造影就会比较明显。否则的话，就只能从由消化道阻滞导致的体内气体累积增加等线索来判断了。"我为自己答复如此专业而有点儿得意。

"我能问一下你究竟在说什么吗？"她似乎根本就没听我说话，"你说的'不透射线'是什么？"

"抱歉，我指的是厚实的物体，比如金属等密度较高的东西。举例来说，骨头在X光照射下会呈现白色。物体越结实，X光照出来就越明显。"我解释说，"你觉得你的鬣蜥吃下了什么？"

那边又是短暂的沉默。她忽然高声叫道："瑞奇一定会杀了我的！"然后才回答我的问题。"那个，我觉得绿鬣蜥吃了我的订婚戒指。"

现在轮到我来消化她说的话了。"啊，我知道是什么问题了。"我说。

"我洗碗的时候，把订婚戒指摘下来放到了一边——盖瑞像往常一样，在窗台晒太阳。要洗的碟子很多，因为昨晚吃完晚餐后我没收拾。等我洗完后，要把戒指带回手上时，发现戒指不见了。我到处找了个遍都没找到。后来我留意到盖瑞正蹲在那儿舔嘴唇呢。瑞奇一定会杀了我的。我跟他说过，只有他的订婚戒指合我心意，才能向我求婚。这让他费了不少劲。他特意为我设计和定制了一枚戒指。我才戴了三个月。现在我该怎么办？我是说，我爱死了盖瑞。但如果它真的吃了我的戒指，我会，我会……"

"别慌。"我镇定地说。尽管我看到莎拉的脸时，还是几乎忍不住要笑出来。她正在收拾上一位病号留下的痕迹，显然听到了我跟那位女士的对话。"建议你把它带到诊所来，戒指在 X 光照射下会很清晰地显示出来。它现在活动还正常吗？"

"是的，它现在完全正常。唯一的问题是它吃了我的戒指。我想到这一点后，立刻就给你打了电话。如果它真的吃了戒指，我们该怎么办？它能正常排泄出来吗？还是说得做手术从它肚子里取出来？"

"除非有明显的消化道阻滞症状，一般我们是不会通过手术取出动物体内的异物的。盖瑞有多大，那枚戒指又有多大？"

"是一枚三钻戒指。白金环上有三颗漂亮的钻石，正是我想要的钻戒。瑞奇一定会杀了我的。"她又说道。

"那么盖瑞有多大呢？"

"它是我的孩子。我是它大概七个月大的时候收养的它，它现在两岁了。它很温顺，讨人喜欢。"两岁大的蜥蜴应该有三英尺左右。如果是这样，那么那枚戒指被顺利排出体外的概率还是挺大的——至于她还愿不愿意再戴这枚戒指，就是另一回事了。

"我觉得问题不大。"我说，"除非非常有必要，我不会轻易动手术的。"

"天哪！也就是说，在做 X 光检查之前，我还得再把这件事瞒上我未婚夫四天？"

"是的，做完检查后至少我们就该知道怎么办了。我今天还有几个手术要做。但如果你带它来诊所的话，我随时可以优先为你安排。做个简易的 X 光检查花不了多少时间。"

她说她会立刻过来，随后就挂断了电话。莎拉和我交换了一下眼神。

"你都听到了？"我问。

"大概就是她的订婚戒指被一只绿鬣蜥吃了，对吧？"她笑着说。

"你觉得这是真的吗？"我问。

"不知道，但她说得很有把握。我们很快就能知道了。"

"嘿！如果她的戒指确实是被绿鬣蜥吞了，你也许就进入'年度兽医X光检查竞赛'了。"

"什么竞赛？"我问道。

"这是个美国的竞赛，一年举办一次。比赛项目是通过X光检查发现的动物吞下的最古怪的物品。我在报纸上读到过。去年获胜的是一只狗，它吞了九个台球！"

"是吗？我从来没听说过。我以前治疗过一只误食塑料鸭玩具的狗。在X光照射下，它的轮廓非常清晰。我为那只狗实施麻醉后，还特意按了一下那只狗，想看看鸭子能否发出吱吱声，可惜并没有。"

"真有意思，这又是另一个有趣的病例。"

"好吧，莎拉。问你个价值百万的问题：假如这只鬣蜥真的吞了订婚戒指，假如这枚戒指被完完整整地排出体外，而这又是你未婚夫特别定制的戒指。它在鬣蜥的肠道里转了一圈之后，你还会把它戴在手上吗？"

"那我一定先把它彻底清洗一遍。我当然还是会戴的，你不得不戴，对吧。我是说，你可能一辈子只有一枚订婚戒指可戴，不是吗？"

"倒也是。我想这总比那种贵得要死的麝香猫咖啡强，就是麝猫拉出来的那种咖啡。"

"什么？"

"没错，我说的就是'猫屎咖啡'，这是世界上最贵的咖啡。在印度尼西亚，人们把麝猫的粪便收集起来，从中拣出它们吞下的咖啡豆，清洗干净、晾干、烘烤、磨粉。这种咖啡冲法跟普通咖啡一样，但要数百美元一杯。"

"你在逗我吧？有人花这么大价钱喝猫的排泄物？他们应该来咱们诊所干上一天试试，以后肯定就不会再喝了。"

"麝猫的消化过程肯定赋予了这种咖啡一种特殊风味。喝这种咖啡的时候，不能加牛奶或糖，这样才能品味到最原始的风味！"

"你还挺懂的嘛，乔。你早上喝的肯定就是猫屎咖啡。"

"你看过杰克·尼克尔森和摩根·弗里曼主演的电影《遗愿清单》吗？杰克·尼克尔森扮演的角色只喝这种咖啡。不用说，那个角色是个怪咖。"我说。

"每天都能有新知识。我们等客户的时间里，我能把咖啡壶烧上吗？"

"罗杰斯带着盖瑞来了，"莎拉说。她扬了扬眉毛，又低声说了一句，"祝你好运。"

我朝候诊室走去。罗杰斯小姐很年轻，大概二十四五的样子。她一头黑发，化着黑人式样的妆，耳朵上有好几个穿孔。她穿一件厚厚的黑色外套，盖瑞从领子底下探出头。

"罗杰斯小姐？请到这边来，"我说，领着她走进咨询室。她把外套的纽扣解开一半，把盖瑞抱出来放到诊疗台上。"我猜这一定是盖瑞吧。淘气的小伙子。我的天，它也太帅了！"

我可不是随口说说而已。它的确帅得惊人。我很高兴，它跟我之前估计的一样。大概三英尺长，荧光绿皮肤，肉垂很大。它背棘的形状表明它已经性成熟。它躺在诊疗台上，直挺挺地翘着脑袋，像是对自己的堂堂相貌信心十足。

"是的，这是我的娃，"它的主人说，"但我现在对它太生气了，给我惹了大麻烦。你觉得它真的吞了戒指吗？"

"难说。绿鬣蜥是食草动物，它们的视力出了名得好。它也许把阳光下闪闪发光的戒指误认成了苍蝇之类，然后就被它迷住了。但只有一个办法可以确认。"

"是的，我明白。你觉得做检查得花多长时间？需要给它打镇静剂吗？"

214

"我现在就能做。一般来说，它就像现在这样躺着就好。相信我，如果它真的吞了戒指，X光造影会非常清晰的。"

"那太棒了，我要等吗？"

"是的，五分钟就好。"

"谢谢，"她说。随后她俯身叮嘱盖瑞："这位好人要检查一下你是不是吞了我的漂亮戒指。你要对他好一点。"她又对我说："它很乖的。"

我弯下身把它抱起来，一只手扶着它的胸脯，另一只手托着它的尾巴。它的脚失去了台面的支撑，在空中乱踢，试图重新找个立足点，而那个新的立足点恰好是我的胳膊。它的爪子刺进了我的肉里，疼得我的脸都变形了。我强忍住疼痛，从候诊室走到预诊室时，还勉强挤出个笑脸。

"莎拉，帮我一把，"我紧咬着牙关说，"把这只鬣蜥从我胳膊上弄下来。"

但它尖锐的爪子已经把我刺出血了。莎拉手忙脚乱地把盖瑞右前脚的五只爪子从我胳膊上掰开，我把它放到已经备好的X光托盘上。莎拉按住它，好让我去处理伤口。

盖瑞虽然对躺在候诊室的诊疗台上没什么意见，但对X光托盘就不一样了。莎拉把手从它身上一拿开，它立刻从托盘这头跳到那头，差点儿头朝下跃出托盘。所幸，她及时一把抓住它。但她刚把它放回托盘，它又来了一次自杀式逃遁。莎拉再次牢牢地把它控制住。

"嗯，"莎拉说，"医生可不会让病号从X光检查台上跑掉的！你想干吗？"

"这样可能有用。"我说。此时我已经包扎好伤口了。我抓过一卷专业的兽用胶带，从柜子里拿了一团棉球，把棉球揉成两个小球，轻轻蒙在盖瑞的眼睛上，再用胶带固定住，把胶带在它脑袋上缠绕一圈，确保没有阻碍它呼吸。这招太灵了：我重新把盖瑞放回托盘，这一次，它安静得像尊雕像。

"这招还挺管用。"莎拉说。

"是的。这招是我读兽医学院时，从课堂上对爬行动物的简短介绍中学来的。"我调整好X光机，和莎拉一块儿离开了房间。整个过程中，盖瑞都一动没动。"盖瑞，你是不是挺享受这顿天价早餐？我们来瞧瞧怎么样？X光！"我大喊一声，提醒同事们注意。大家向后退去。我按下了X光机的开关。

不一会儿，电脑屏幕上便显现出蜥蜴美丽的轮廓。我花了点时间分析X光造影，莎拉也从我肩膀后面迫不及待地观察它。

"好吧。"我说，"我不知道这对罗杰斯小姐来说是好消息还是坏消息，但这么看起来，她戒指的神秘丢失，跟盖瑞可没什么关系。"

"对盖瑞来说肯定是好消息，但你拍的X光片也得是教科书级别的才行。"

"那还用说，钻石可不是蜥蜴的最佳食物。"

"哈哈。"

我把棉球和胶带从盖瑞脸上拿开，把它抱回主人那里。这次我垫了条毛巾，以防再次被它抓伤。罗杰斯小姐已经等得有点儿不耐烦了。

"怎么样？"她一看到我，就急切地喊道，"它吞了没有？是它吞了我的戒指吗？到底怎么样？"

"恐怕我也不知道你的戒指去哪儿了，罗杰斯小姐。但不是盖瑞吞的。"

"是吗？你确定？这可有点怪，我怎么觉得就是它干的。那我的戒指究竟去哪儿了？"她轻轻地从我手上把鬣蜥抱过去，把它的脑袋挨近自己的脑袋。"哦，盖瑞，妈妈很抱歉。我错怪了你，是吗？我很抱歉，但你肯定知道戒指在哪儿。你得在爸爸回到家之前告诉我。"

她对我说道："太感谢你了。真不好意思，耽误你时间了。非常感谢你的帮助。"

她走之后，我回到预诊室。莎拉正为下一个病号做准备。

我对她说："看吧，做兽医就是这么有意思。我们可以给那只待诊的兔子喷消毒剂了吗？"

半小时之后，珍妮来找我。

"罗杰斯小姐又打来电话了。她说要亲自跟你说话。她在1号线。"

我拿起电话；"你好，我是——"

"我找到戒指了，乔，我找到戒指了！它在厨灶底下！我猜一定是盖瑞的尾巴把它扫下去的。"

"这真是好消息。我替你高——"

"谢谢你的帮助，乔！真是够折腾的，我一直都以为是盖瑞吞了戒指。真的太感谢你了——我也很高兴下半辈子总算不用戴一只从绿鬣蜥肚子里拉出来的戒指了！"

鬣蜥小百科

拉丁学名	Iguana iguana
通用名	绿鬣蜥
地理分布	最初发现于中美和南美,从墨西哥到巴西中部、多米尼加共和国、巴拉圭、玻利维亚和加勒比地区都有分布。
名称	在英语中,雄性鬣蜥被称为bull,雌性鬣蜥被称为cow,鬣蜥幼崽被称为hatching。成群的蜥蜴幼崽叫作slaughter。
寿命	约10—12年。
栖息地	鬣蜥是一种白天活动的树栖雨林动物,经常出没于有水的地方。
食性	鬣蜥生性食草。野生鬣蜥以树叶和水果为食;驯养的鬣蜥食物包括甘蓝、萝卜、芥末或蒲公英嫩叶等。
孵化期	90—120天,可产卵20—71枚。
生长	刚出生的鬣蜥幼崽长3英寸,重约90克,头3年生长迅速,3年左右即可达到性成熟。随后生长速度减缓,但会终生继续生长,可达6英尺长,9公斤重。
体温	和其他爬行动物一样,鬣蜥也是"冷血动物",它们无法自行调节体温。鬣蜥的驯养环境温度应控制在26.6—34.9℃之间。
鬣蜥冷知识	1995年,飓风"路易斯"过后,几棵被连根拔起的树漂流了200多英里,从瓜德罗普一直漂流到安圭拉。这些树上栖息着大约12只绿色鬣蜥,它们随后开始在安圭拉岛上定居。由于来自宠物业的鬣蜥大量流出(不管是有意放生还是逃逸),得克萨斯、佛罗里达和夏威夷已将鬣蜥列为入侵物种。
保护	鬣蜥非常难养,很多人第一年就把鬣蜥养死了。尽管如此,它仍是美国人最喜欢的爬行动物类宠物。全球范围内鬣蜥的数量不详,1995年,美国进口了大约80万只鬣蜥。世界自然保护联盟认为鬣蜥不算濒危物种。但《濒危野生动植物种国际贸易公约》所列的濒危物种中包含鬣蜥,该《公约》建议对鬣蜥交易进行管控。鬣蜥保护最大的问题在于野生鬣蜥数量持续减少,流失的野生鬣蜥却充实了宠物产业,由此带来了广泛的动物福利问题。野生动物交易是世界上仅次于毒品的第二大非法交易,2009年,全球所有动物进口额估计达3230亿美元。

CROCODILE

15

鳄鱼

绥靖者是不断地给鳄鱼投食,希望它能把自己吃掉的人。

——温斯顿·丘吉尔

鳄鱼

中巴车一路在非洲的土地上扬起滚滚的赤红色沙尘，窗户没关，呼吸着这避不开的沙尘，我剧烈地咳嗽起来。我赶紧把窗户关上，以尽量把沙尘挡在窗外。这是 8 月一个凉爽的清晨，时间是早上六点。我们在南非。我们的车下了主路，开上一条尘土飞扬的土路。路的尽头是一片荒蛮的灌木丛。我们正要赶往一处动物栖息地。唯一提示我们方向大致没错的线索，就是路边一个被废弃的方形邮箱。由于地形的改变，中巴发出的轰鸣声更响了，坐着也更加不舒服。我坐在后排的同事惊醒了过来。路上的坑洼和碎石都快要把车颠散架了。

这是一条再典型不过的非洲土路，我们的车扬起的灰尘导致能见度严重降低。在拐上这条土路之前，我们已经开车赶了一个半小时的路。但那段路越来越像是整个行程的一段序曲。今天凌晨，周围还是一团漆黑的时候，我们便从舒适的被窝里爬了起来。离开内尔斯普雷特市，向着西北方向出发。我们今天的任务是迁移一条长 4.6 米，重约 700 公斤的尼罗鳄。

随着美丽的血橙色非洲日出逐渐驱散低处的雾气，远处显现出一栋白色的砖砌建筑。我们的车越开越近，那座农场的其余部分也进入视野。农场上大概有六七座建筑，样式都一样，都是铁皮顶的单层砖砌简易工棚。每个棚子大约十米宽、三十米长。从以往到鳄鱼养殖场出诊的经验判断，我知道从鳄鱼卵到两岁大的鳄鱼都按年龄集中在这种棚子里养殖，每一个棚子里都有数千条鳄鱼。此外农场里还会有十几个面积同棚子大小相仿的水泥坑。每个坑都分为储水区和日光浴区。这种水泥坑用于安置三到五岁的鳄鱼，按体格大小集中养殖。每个坑里大概有数百条鳄鱼。最后，还有一个很大的建筑，它的面积有一个足球场那么大，里面有两个被高高的长满草的堤坝围着的水塘。这是处于繁殖期的成年公鳄鱼和母鳄鱼生活的地方。总共有一百二十条鳄鱼，体长从三米到五米不等。这个地方周围一圈都是一米高的水泥墙，墙上还竖着五十厘米高的铁栏杆。两个水池之间有一条用来喂食的通道，一直延伸到鳄鱼池一半的地方。要进入这个通道得先经过一道上锁的门。这个通道也跟围墙一样，两边都围着高高的水泥墙,但墙顶上没有铁围栏。我想象着到了喂食时间,工人们把肉扔给鳄鱼,鳄鱼们用利齿撕扯食物的残暴景象。

　　成年鳄鱼圈养区一个值得注意的地方是,它的设计主要是为了把鳄鱼关在里面,而不是为了把人类挡在外面。这里没有电网、没有双重围栏、没有加固围栏,也没有带刺的铁丝网;这里也没有保安,只有十几块破旧的牌子,上面写着:"警告!鳄鱼食人,禁止擅入!"它隐含的意思是——如果有人蠢到翻越围栏,那么只能祝他好运了。这里不像英国、欧洲或美国,动辄列出一堆健康和安全条款。这里是非洲:只要保持正常的敬畏之心,再加上一点儿常识,就够了。从二十世纪五十年代至二十世纪七十年代,全世界范围的鳄鱼遭到大规模捕杀,主要原因是捕猎者想通过出售鳄鱼皮在皮革市场上牟利。这导致很多种类的鳄鱼濒临灭绝,其中也包括非洲尼罗鳄。1975 年,旨在规范野生动物贸易的《濒危野生动植物种国际贸易公约》生效,包括南非在内的许多国家纷纷采取立法手段保护鳄鱼物种,促进其数量增长。

　　鳄鱼皮和鳄鱼肉在市场上依然很抢手。野生鳄鱼仍面临着盗猎带来的巨大生存压力,人工养殖鳄鱼成为遏制盗猎行为的一项手段。将未成年鳄鱼放归野外也能够补充野生鳄鱼数量。事实证明这一策略非常成功,很多鳄鱼物种都从濒危物种名单上被移除。这也证明,人类对动物制品的渴求与保护动物之间,是可以达到平衡的。这种模式的成功也为保护犀牛等其他物种树立了一个典范。认为人类可以主动降低对动物制品的渴求不过是个美好的愿望。事实是,一旦人类对某样东西上了瘾,要经过极为漫长的时间才能戒掉。令人遗憾的是,对于被人类滥捕的物种来说,时间已经所剩无几。

　　我们下了中巴车之后,先活动了一下因长时间坐车而僵硬的筋骨。阿诺开的是另一辆车,他比我们到得早,已经开始从他的后备厢往外搬设备。这时农场主走过来迎接我们。皮埃特看上去五十来岁,个子魁梧,体格宽大。他穿着卡其布短裤、短袖棉衬衣,戴一顶迷彩棒球帽。他先用南非语跟德瑞克打了个招呼。随后以南非人惯有的热情友善对我们表示欢迎。他简短介绍了一下自己的农场以及为何需要迁移那条鳄鱼,又用感谢的语气解释,为什么迁移鳄鱼的工作需要用到整整一支团队。要迁移的那条鳄鱼已经五十岁了,多年来一直是农场里主要的种鳄。农场主很想为农场引进新的基因,他打算把那条老鳄鱼卖给别的鳄鱼饲养场。

迁移的第一步是用绳子把鳄鱼的尖鳄捆住,但受惊的鳄鱼肯定会反抗。这一步,足够的人力非常关键。在这场凭力气决定胜负的搏斗中,为了占据上风,这条重达七百公斤的狡猾巨兽必定会选择跳进水里,这样才能最大限度地发挥它尾巴的巨大威力。而我们的目标则是把它留在陆地上,以维持我们微弱的优势,让德瑞克趁机制服它。

鳄鱼麻醉术至今仍是门玄学。很多对哺乳动物和其他爬行动物十分有效的麻醉药物在鳄鱼身上要么难以预测,要么无效。鳄鱼所需的剂量过大,为它们施用如此大的剂量根本不现实。麻醉剂在鳄鱼身上发挥药效的时间比哺乳动物要长五倍,之后还会在血液中停留数天,有时甚至比逆转剂的药效都久。这意味着为鳄鱼注入逆转剂之后,鳄鱼第二天依然有可能进行自我麻醉,这种现象叫"二次灌注"。为鳄鱼注射逆反剂的当天,养殖场场主会把池子里的水抽干;第二天早上他以为麻醉剂的药效已经解除,又会把水池重新注满水。下午却会发现,由于"二次灌注"效应,他的鳄鱼已经被淹死了。

但有一类药物能有效作用于鳄鱼,药效明确且剂量可控,那就是神经麻痹剂。然而,神经麻痹经只能松弛肌肉,无法起到麻醉作用,所以不适用可能给动物带来疼痛的任务;但却是动物抓捕、转移和放生任务的理想用药。我们倾向于使用加拉碘铵,它能有效松弛骨骼肌,但却不会影响控制呼吸的肌肉。这样一来,我们就能在不危及鳄鱼生命的情况下开展任务。不仅如此,将鳄鱼迁移到目的地之后,也无须再使用逆转剂:神经麻痹剂在施用数小时后药效即会自然解除,届时鳄鱼将完全恢复活动能力。

加拉碘铵注入动物体内十五分钟后即可发挥药效,到时候鳄鱼将落入我们的掌控之中。加拉碘铵会限制鳄鱼强悍的咬肌——鳄鱼八十颗牙齿的咬力相当于三千七百 psi①，等我们绑住它的下巴后，它的咬肌也就完全无法发挥作用了。到时候，这重达七百公斤、蛮力无穷的野兽将变成一团软绵绵的肉。动物界中数一数二的杀戮王者会被暂时驯服。我们会用起重机把它安全转移到一台卡车上，平平安安地把它送到它的新家。当然，这是我们简单的设想。现实作业中，任何与野生动物相关的任务都充满危险。

我们带着所需的装备离开了汽车，第一次有机会认真观看鳄鱼池。浊黄的池水使我们无法看清水面以下的情况。几条鳄鱼浮在水面上，大部分鳄鱼则趴在泥泞的、长满杂草的围坝上，沐浴着早晨炽热的阳光。我的眼前横七竖八地卧满鳄鱼。这是我见过的最大的一个鳄鱼群，它们暗绿色的身体与身下亮红色的沙地形成鲜明对照。有些鳄鱼看上去正准备爬进水里，有的紧紧地贴着水泥围墙；有些张大嘴巴，每颗牙齿都闪闪发光；有些则嘴巴紧闭；有些面朝池水；有些面向墙壁。但它们无一例外都一动不动，绿色的眼睛显得很呆滞。它们的样子让人很容易把它们当成一堆雕塑，然而，一旦有任何风吹草动，它们立刻便会以闪电般的速度发起致命攻击。

这时我忽然意识到我们执行的是什么样的任务：我们待会儿要进入这个鳄鱼养殖区，与一条七百公斤重的尼罗鳄搏斗，而它的周围还有一百一十九条鳄鱼。选择冒这么大的风险简直是发疯，但我心里很清楚，我之所以感到如此危险，是因为我对鳄鱼的行为一无所知。尽管与高度危险的动物打交道时不时会遇到事故，但多数是由大意或对动物行为的无知造成的。既然我们选择进入这个场地，肯定就有办法安全完成任务——尽管如此，克服恐惧仍然是巨大的考验。

选择合适的抓捕时机与我们的安全息息相关。同一切爬行动物一样，鳄鱼也属于冷血动物。它们要靠阳光的温度来调节自己的新陈代谢，因此所有的爬

---

① PSI 是一种压强计量单位，P 指磅力 pound，S 指平方 square，I 指英寸 inch，意为磅力／平方英寸。多用于美国。

行动物都是晚上比早上更活跃。狗早上被蛇咬到的概率比晚上更大，也正是这个原因。因为蛇在早上更难从对它们产生好奇的狗狗身边逃开，而倾向于发起攻击来保护自己。到了晚上，它们的灵活性更高，逃走的概率更大些。

与安全相关的第二个因素是迁移鳄鱼的日子。养殖场一般一周投喂一次鳄鱼，我们要执行任务的养殖场前一天刚投喂完。它们消化食物需要耗费很大的力气，因此不如平时那么活跃，但它们的反应速度依然能快到让我们措手不及。更重要的是，它们现在不饿。只要我们不去打扰它们惬意的晨间时光，没有不小心踩到它们，它们更愿意心满意足地晒太阳，而不是一口咬住走过它们身边的腿。

说起来好听，但眼前密密麻麻的鳄鱼中没有什么安全路线。得有人把鳄鱼轻轻挪开，清出一条路来。我不知道这难度有多高，反正我自己是不会主动去干的。

一名农场工人在喂养通道的入口处等着我们。他打开锁，领着我们走进通道。皮埃特在前头带路，他指着水池远处的一边，只顾着跟德瑞克说着什么。尽管我一点儿也听不懂南非语，但他们显然是在谈论我们要抓捕的那条公鳄鱼。我把视线集中在那条鳄鱼身上，感觉它仿佛在我眼前慢慢变大了。乍一眼看上去，所有的鳄鱼似乎都是一个样。仔细看才能注意到它们体格的差异。但毫无疑问，我们要抓的那条鳄鱼是最大的。它一动不动地趴在那里，身子与围墙形成一个锐角。嘴巴大张着，尖锐的牙齿在早晨的阳光下闪闪发亮，仿佛在对我们发出邀请——有种的话，就过来抓我吧！

德瑞克和皮埃特还在说着话。另一位农场工人从我们身边走过，手里拿着一根长十英尺、直径两英寸的黑色塑料管，爬过投食通道边上的围墙，进入了圈养区域。他胆子真大。他用水管冲开挡路的鳄鱼，想从鳄鱼群中开辟出一条路，从我们站立的地方一直通到我们要抓的那只鳄鱼跟前。我觉得照他这种方法，无异于是给鳄鱼额外加餐。然而，让人惊奇的是，尽管鳄鱼们很不乐意自己的晨间日光浴被人这么粗鲁地打断——为了表示自己的不高兴，它们纷纷吧嗒着嘴巴，从鼻孔里发出嘶嘶的声音——但它们还是慢慢地让开了道路，有的干脆爬进了水里。显然这个工人很懂鳄鱼的习性。大概十分钟后，一条小路被清了出来。他沿着路走上前去。

与此同时，皮埃特用一卷二十英尺长的工业捆扎绳做了个套索，把它轻轻地系在一根六英尺长的杆子上。固定好套索后，他和另一名工人像头一名工人一样，爬过一米多高的围墙，进入了鳄鱼圈养区。皮埃特走在前面，从侧面接近目标鳄鱼。那条鳄鱼盯着潜在的危险，身子依然一动不动。皮埃特所站的地方距鳄鱼之近，简直是不要命了。他完全处在鳄鱼的攻击范围内。他把那个简陋而傻气的套索低低地伸出去，去套鳄鱼的上颚。不过那条鳄鱼可没那么傻。套索刚碰到鳄鱼的大嘴，就被它一口咬住，从皮埃特的手上扯了下来，甩在了地上。随后它把嘴巴朝向水面，嘴巴差不多合上了，似乎唯恐别人不知道它节外生枝似的。德瑞克用南非语狠狠地骂了一句，那句话连我都听得懂。

现在的情况充满不确定：那条鳄鱼随时都可能跳进水里。一旦它到水里，再抓它就不可能了。如果出现这种情况，只有两种办法：要么改天再来，要么等上三个小时，把水池里的水排干。根据我的经验，在非洲执行与野生动物相关的任务时，经常有荒废的空白期和B计划、C计划、D计划，甚至是Z计划。这也是这类任务开支巨大的一个原因。与驯养的家畜不同，跟野生动物打交道需要极大的耐心。

就拿眼前的这个任务来说吧，即便我们把池子水排干，也不一定能成功抓捕。因为谁也说不准那条鳄鱼会在哪个位置待着。这么一来，需要的人力就没有上限了。池子底部长满藻类的烂泥非常滑，根本难以行走。在这样的池子里追捕一条成年鳄鱼等于自杀。科布斯给我讲过一件可怕的事，我一直都记得。有次，一家鳄鱼养殖场场主的老婆请他去迁移一百五十条成年鳄鱼。她丈夫在清理鳄鱼池的时候出意外死了。在这之前，他不知做过多少次清理池子的工作。但那次他不小心滑到了，跌进了烂泥里。水还没有排尽，没排尽的水大部分都灌进了他的肚子。也许我们应该改天再来。

幸运的是，那条鳄鱼变换了一下位置后，又安定了下来。看起来它显然更乐意待在岸上，对水池没什么兴趣。但我们还需要等它重新张开嘴巴，让皮埃特再次尝试套住它的上颚。皮埃特耐心地等着那条鳄鱼调整位置。他把被鳄鱼扯坏的套索重新结好，站在几米开外观察着它。

大概过了十分钟左右，那条鳄鱼才算放松下来，慢慢张开了嘴巴。皮埃特又等了几分钟，才重新慢慢靠近鳄鱼的头部。这一次他一开始就把套索摆在鳄鱼嘴巴正前方的位置，确定套索与鳄鱼上颚持平后，迅速把套索伸进了鳄鱼的嘴里，套住了它的上颚。那条鳄鱼立刻咔嚓一声紧紧闭上了嘴巴，用尽蛮力，拼命摆动着脑袋和脖子，想挣脱皮埃特的控制。这正中我们的下怀。它越是挣扎，套在上颚上的绳索就越紧：这个4.6米长、700公斤重的彪悍巨兽终于被套住了。它自己也明白这一点。

它的下巴咔咔作响，用力甩动着脖子，而这不过才刚开始，它还有更猛烈的怒火要宣泄。接着，它开始左右拍打尾巴，凭借尾巴的巨大力量来挪动整个身子。它的身体忽前忽后、忽左忽右地移动着，速度和力量看上去都非常吓人。皮埃特用尽全力才勉强支撑住，在一旁的两名农场工人赶紧上前帮忙。但他们三个人的力量加起来，也仍然无法与鳄鱼匹敌。那条鳄鱼显然意识到这么挣扎是不行的。它打算占据优势地形，于是扑通一声冲进了水池里。

它那令人生畏的大尾巴即便在陆地上也能为它的身体提供有力支撑，而现在到了水里，更像是一个巨大的船舵一样，能让它一边行进，一边不断地滚动身体。它的尾巴奋力拍打着水面，套索居然还没断，简直是个奇迹。片刻之前还是一片宁静的池水，此刻却浊水翻涌，一团混乱。鳄鱼的威力一旦到了水里，便以几何级数增加。此时还想控制住它已经毫无可能。

那条鳄鱼现在每滚动一下身体、每拍击一下尾巴，岸上紧紧拉着套索的三个人便会离水面更近一点儿。情况随时都可能变得极度危险：只要他们略一分神，或脚下一滑，皮埃特和其他人就可能跌进翻涌的池水里。我们之前就被简单地告知过有可能会出现这种危急局面。我们来不及多想，互相也没有招呼，便不约而同地行动起来。完全顾不得圈养区除了我们要抓的那条鳄鱼外，还有一百一十九条鳄鱼。我们翻过围墙，朝"战场"冲去。抓起落在那三个人身后的一节套索。原先的三个人变成了四个、五个、六个，但鳄鱼仍牢牢地占据上风。七个、八个、九个——十个人一起拽起绳索，终于，我们控制住了那条鳄鱼，而不被它所左右。此时的局面就跟钓鱼一样，最好让它在挣扎中耗尽力气，再把它拉回岸边。

它掀起的波浪使我们看不到它，但通过紧绷的绳索，我们能切切实实地感受到它的力量。每一秒钟都像一分钟那么久，时间永无尽头，而鳄鱼依然没有疲惫的迹象。我不由得想，也许先耗尽力气的会是我们；真是那样的话可怎么办啊？我尽量不去想那幅画面。

我们的脚深深踩进岸上的杂草里；每个人的额头都在滴汗；因为用力拉拽绳索，手指已经麻木；就这样坚持了至少也有二十分钟，我们终于头一次感到，它的力量在减弱——它不再朝水池的方向紧扯绳索，现在是我们在拉动绳索了。在接下来的几分钟里，一步一步、一点一点、一寸一寸，我们从水池边上往后撤，慢慢地把我们庞大的猎物拉回了岸边。

被拉到岸上后，它好像立刻就彻底放弃了抵抗，但我们的任务还远未完成。其他人依然紧紧地拽着绳索，德瑞克离开队伍去拿杆式注射器。他将加拉碘铵溶液抽入注射器，准备给那条鳄鱼注射。

爬行动物的特征之一是它们都有鳞片。从蛇薄薄的软鳞到乌龟坚硬的骨质贝壳，而鳄鱼的鳞片介于这两者之间：它们身体下侧的鳞片较软，而背部和身体两侧则长满坚硬的骨质甲片（即"鳞甲"）。这些鳞甲给注射造成一个困难。由于鳞甲很硬，如果太用力的话，针头就会弯曲甚至折断。因此必须从鳞甲之间下针，让针头穿过身体外层的甲片刺进肌肉里。这样才能安全地把药物注入鳄鱼体内。最佳的注射位置是鳄鱼尾巴与身体结合的地方，该区域鳞片之间的缝隙更宽，可下针的区域更大。这也是动物身上肌肉最集中的部位。肌肉是注入药物的理想组织，因为肌肉组织供血充分，药物可以被快速吸收

鳄鱼

德瑞克拿来了一支六英尺长的杆式注射器——固定在简易轻金属杆上的一支带针头的大号塑料注射器，可以让注射者站在杆身的长度之外为动物实施注射。阿诺立刻把加拉碘铵打进鳄鱼体内。那条鳄鱼最后一次狠狠地甩了甩尾巴。我们还要再等十五分钟，才能最终确定药物是否有效。确定药效的方法是轻轻地按住鳄鱼的上颚，把它的嘴巴合上。如果药物有效，鳄鱼重新张开嘴巴会很困难；如果无效……我们决定离它的嘴巴远一点儿。

漫长的十分钟过去了，德瑞克用一根长棍子捅了捅鳄鱼的鼻子，没有反应；然后德瑞克又稍微用力，试着把鳄鱼的嘴巴合上——那条鳄鱼一口把棍子咬住，把它嚼成了碎末。看来我们还得再继续等。

五分钟之后，德瑞克又拿棍子捅了捅它。这次它没反应了。德瑞克小心翼翼地把棍子从鳄鱼的鼻子上方转移到嘴巴前面，轻轻敲了敲它暴露在外、闪着白光的犬牙：还是没反应。看来加拉碘铵起作用了。有些人已经放开了套索，去为最后的环节做准备了。我们接下来要做的是用另一个套索把它的上颚和下颚都套住。我们要紧紧拉住套索，趁它的上下颚被套牢的时候，德瑞克将会用厚厚的工业胶带在它的嘴巴上缠上四五圈。哪怕仅仅是接近鳄鱼的嘴巴，也需要人们高度信任兽医这门行当和兽医们开出的药物才行。从书本上阅读药物说明、药效、目标受体和对身体的影响是一回事，但相信我，当你头一次凭着这些书本知识，担着风险实际用药时，绝对需要极大的信心。这不是德瑞克第一次执行这样的任务。所以我们固定着那条鳄鱼的时候，他很快就干净利索地把另一条套索套好，在鳄鱼嘴巴上缠了好几圈胶布，确保它没办法再反抗。

现在一切都由我们掌控了，终于可以放开套索了。我们拽着套索整整一个半小时，耗费了很大的力气。现在我们的重点转移到了如何固定它的腿部，我们要避免它的腿部在转移过程中受伤。之后，还要再费上一番工夫，把它抬到担架上。转运它的交通工具是一辆带起重机的卡车，将鳄鱼安全地固定到担架上之后，我们示意卡车司机把起重臂降下来。不一会儿，这条七百公斤重的尼罗鳄就被转移到了卡车上。鳄鱼已妥妥地被安置在车上了。卡车司机两个小时之后就能把它送到新家了。我们跟皮埃特道了别之后，一路坐着我们的中巴跟随着运鳄鱼的卡车。

到达终点之后，我们没费什么劲就把它平平安安地卸下了车。它体内的加拉碘铵浓度依然很高，它的肌肉仍处于能让我们安全地开展工作所需的松弛状态。还要再过几个小时药效才会完全消退，到时候它就能在它的新家里自由活动了。开车离开的路上，我感到自己需要远比平时更久的时间，才能从今天非同寻常的经历中缓过神来。我们再次圆满完成了一项任务，但我感到身心俱疲。这次我彻底迈出了自己的舒适区，我学到了很多跟鳄鱼行为相关的知识，知道了如何跟它们互动。但我尽量不去想我们避开的那些危险后果——好险哪，我忍不住想。

我至今仍无法确定，那次的任务能够成功，究竟是侥幸，还是我们水平高。

鳄鱼小百科

拉 丁 学 名	Crocodylus niloticus
通 用 名	尼罗鳄
地 理 分 布	广泛分布于撒哈拉以南的非洲地区。
名 称	在英语中,雄性鳄鱼被称为 bull,雌性鳄鱼被称为 cow,鳄鱼幼崽被称为 hatching。成群的鳄鱼被称为 float。
寿 命	约 70—100 年。
栖 息 地	尼罗鳄是非洲最大的淡水肉食动物,栖居地包括淡水湖、河流、淡水沼泽、近岸入河口和红树沼泽。
食 性	鳄鱼的典型食物是鱼类,但它们也吃腐肉。作为伏击型捕食者,它们会向任何不幸踏入其狩猎范围的目标发起攻击,包括"大迁徙"途中穿越河流的角马。成年鳄鱼整整一年不吃不喝也能存活。
孵 化 期	90 天,可在 2 个月时间里产 25—80 枚蛋。
体 重	刚孵出的鳄鱼约 11 寸长,70 克重。成年鳄鱼有 2—5 米长,重 220—700 公斤。
生 长	鳄鱼孵出两年后可长至约 1.2 米,届时它们将离开巢穴。4 岁的鳄鱼约有 2 米长。此时庞大的体格使别的动物很难再对它们发起猎食。因健康、体格和体重的不同,鳄鱼在 12—16 岁时达到性成熟。它们的成长会持续终身。
体 温	同一切爬行动物一样,鳄鱼也是"冷血动物"。最适宜鳄鱼的温度是 18.8—29.2 ℃,在这一温度区间,它们能在陆地上晒太阳,也能在水中维持最佳状态。
动物冷知识	尼罗鳄的性别取决于环境温度:如果孵化过程中,有三分之一的时间,外界平均温度都不在 31.7—34.5 ℃这一范围,则孵化出的鳄鱼将是雌性;否则,则是雄性。
保 护	1971 年,有 23 种鳄鱼被列为"濒危"或"易危",鳄鱼专家小组由此创立。从那时起,与其他需要保护的脊椎动物相比,鳄鱼成为数量增加最快的物种。如今有 7 种鳄鱼依然是濒危物种,8 种不再是濒危物种。其他种类的鳄鱼数量众多,所产的蛋多到可以依照规范的计划每年采集。这一成功的关键有赖于国际从事鳄鱼皮革贸易的公司在鳄鱼贸易的各层面所进行的良好配合。时至今日,鳄鱼皮产业已将鳄鱼保护视为一项未来投资。很多公司都赞助环保项目,并积极遏制非法贸易。

KANGAROO

16

袋鼠

我愿以生命为代价——如果我必须拯救一只考拉、鳄鱼、袋鼠或蛇。伙计,我会救的。

——史蒂文·埃文

那是这样的一个夜晚：我一直没睡，却不是由于失眠，而是因为找我的电话太多了。第一个电话打来的时候，是晚上九点左右。我正一边吃着晚餐，一边看着电视。一只瘸腿的猫逃进了本地一家乐购商场里，谁也抓不住它。两个小时之后，那只被我接连追过好几个食品货架的猫逃进了商场的库房。我在商场库房后面的一间活动板房里跟它对峙。当时那只猫十分疲惫和惊恐，看来不跟它较量一番是抓不到它的。它冲着我所在的方向不停地发出嘶声，摇摆着尾巴。我躲开它，试图从板房边缘底下爬过去把它抓住，然而我却可悲地失败了。于是我认定，最好还是设个机关。抓到它之后，我会先诊治它的瘸腿，之后才有可能把它交还给主人。

凌晨两点左右，琼斯夫人又打来电话，说她的狗浑身痒痒。皮肤病专家们乐于承认，他们之所以选择做皮肤病专家，一个原因就是皮肤病很少有急症。这么说来，数九寒天的11月凌晨，我被从床上叫起来去为一条长跳蚤的狗看病这事儿还真像一个冷笑话。尽管睡意蒙眬的我耐着性子跟狗主人解释说，等到明天早上去也没关系，她依然坚持让我现在就亲自过去看看贝西——她那只小西部高地白梗狗。于是，我只得不情愿地从被窝里爬出来，为史上最贵的跳蚤病出诊。当天早上六点钟，我又接到了自己兽医生涯以来最荒唐的一个电话。

"喂，是兽医诊所吗？"电话那头的声音说，我摸索着打开床头的夜灯。

"是的。我是乔，值班兽医。有什么可以帮您？"我尽量让自己听起来不像是迷迷糊糊、睡眼惺忪的样子。

"啊，你好，谢谢。那个，先生，我的河豚有点儿问题。它一直在水箱的水面上浮着。肚子鼓鼓的，看起来不太对劲。它就那么侧身浮着，我也不知道它是怎么了。但它肯定不对劲。"

"抱歉，你是说你的河豚不舒服是吗？"我问。

"是的，我的河豚。它非常不好，恐怕要不行了。你能看看它吗？"

哪怕早上六点，我睡得正香的时候被人突然叫醒，我都依然尽量表现得聪明、有条理、知识丰富，为客户提供理性而专业的指导。相信我，这并不容易。不幸的是，有八百七十万物种在我专业所学之外，而客户的病号正是其中之一。遇到这种情况，我就怎么也装不下去了。

"你想让我出诊呢，还是把它带到诊所来？"我问。

"它在一个六英尺长的水箱里，所以你最好还是来我家吧。"他回答道。从他的声音里，我能听出自己的问题多傻气。

"啊，当然，当然，"我忸怩地说，"你在哪里？"

"家里。"他说。

这么聊天可不行。

"抱歉，我是问你住哪里？"

"我懂了。西布罗姆，离足球场不远。需要告诉你邮政编码吗？"

"那太好了，谢谢。"我说道，并用笔记下了他的邮政编码，"你是今天才发现它这样的吗？"

"是的，它以前一直都挺好。我是说，它受惊的时候就会鼓胀起身子，这没什么。但最近它动不动就这么做。我不知道这是像以往一样，由它自己控制的呢，还是它上了年纪特别容易受惊。我养了它六年。在河豚里，这算高寿了。它很有个性。如果它去世我会很难过的，但我只能做出对它最好的选择，不是吗？我这周醒得都比较早。我醒了之后，就像平常一样去喂它们。然后就看见它侧着身子，鼓鼓胀胀地浮在水面上。看着真叫人难受。"

"我很抱歉。这么说你养了好几条河豚？"

"啊，是的。我喜欢它们。它们太有个性了。你究竟要不要过来。我是说，不知道它还有没有救。但我不忍心看它受罪，你懂我意思吧？"

"我一个半小时后就到。"我说。

我躺在床上，回想着刚才这通电话。我真要去西布罗姆维奇足球俱乐部大本营附近，为一条河豚出诊吗？

这简直太蠢了，但这位客户真的很担心。我从床上爬起来，穿好衣服，出发了。不幸的是，的确如客户所说，兽医治疗对那条河豚已无力回天。我用一瓶药剂为它实施了安乐死，以人道方式送走了它。世界上的河豚从此又少了一条。回到诊所，已经过上午八点半了。尽管一晚上没睡好，我却很有精神。但我知道我很快就会困倦的，今天还要看一整天的病呢。我只能靠拼命喝咖啡和茶来撑过这一天了。

接下来的两个小时都没什么特别情况。接诊的几个病号都是常规病例：留诊观察啦，血检啦，输液啦，诸如此类——我开始觉得困乏。十一点钟的时候，趁着接诊的空当，露西给我端来一杯茶。这正是我想要的。

我一边利用这短暂的间歇品着茶，一边浏览着当天上午的预约表。原本上午十一点五十还有一个空当，但现在被本地动物园的员工瑞奇给挤占了。他到时候会带一只十一个月大的灰幼袋鼠来诊所。那只袋鼠叫凯文，症状是流鼻涕、流眼泪，一只感冒的袋鼠。这真是我职业生涯里不同寻常的一天啊。

凯文的接诊时间快到了，而我已经困得不行。值了一晚上班，基本没睡觉也没休息。第二天又接了一上午的诊，有点儿不在状态也是可以理解的。我让瑞奇到接诊室来。他带着两个年轻的助手，这两位助手抬着一个很大的动物饲育箱，勉勉强强才挤进接诊室的门。

瑞奇有二十七八岁，约一米八，中等身材，长长的金黄色脏辫在脑后系成一束马尾。脸上有好几个穿孔。他穿着黑色的工装长裤，上身是一件印着动物园标志的绿色网球衫。他是动物园的资深饲养员。我以前跟他打过几次交道，对他很是敬重。他对动物园里的所有动物都十分了解，对每只动物的年龄和病史都知根知底。他非常热衷于了解动物饮食、福利和居住地方面的最新资讯和观念，始终紧跟潮流。他格外喜欢灵长类动物，他来诊所的时候，肩膀上往往蹲着一只小狨猴或小绢猴。

"早上好，乔，"他用欢快的语气说，"你看起来脸色很差。熬夜了对吗？"

"别提了。昨晚上值班基本就没闲着。不管怎么说，很高兴见到你，瑞奇。你这边是什么问题？"

"我也希望我能说'很高兴见到你'，但每次见到你都不是很高兴。当然，不是私事儿。每次见你，都说明我们动物园有动物病了。今天是这个小家伙，我们园里的一只幼袋鼠。直到几个月前我们才知道它妈妈生下了它。不用说，它一直把它藏在自己的育儿袋里。它有一英尺高，我们推断它应该有十一个月了。我们头一次发现它的时候，它看起来还不错。但蒂姆说——"他冲扛箱子的两个年轻人中的一个点点头，"他留意到凯文昨天有点儿流鼻涕，今天流得更严重了，早饭也没什么胃口。"

"没错。"蒂姆说，"它昨天没什么异常，但今天有点儿不爱动弹。"

"所以我想在它的病情更严重之前，带它来给你看看，"瑞奇接着说，"它现在在动物园里可受员工们欢迎了。原先谁也没想到它的存在——大伙儿都喜欢它。真是个不害臊的小家伙。是不是，凯文？"他对装着凯文的箱子说道。凯文在箱子里重重地踩踏着地板，箱子里传出沉闷的声响，它对自己被关在箱子里很不满。

"好吧。"我说，"让我瞧瞧它。"像往常遇到客户把动物装在箱子里带到诊所时那样，我弯下身子去打开那个箱子。

对于怎么跟来自动物园的动物打交道，我和瑞奇之间是有一套规矩的。然而我由于脑筋困乏，一时大意，完全没有遵守规矩。我的举动让瑞奇太意外了，等他反应过来时，已经太迟了。

我拉开箱子的闩，轻轻推开箱门。凯文把鼻子从箱门的小缝里伸出来探了探，嗅到一丝自由的气息。"当心，乔。这家伙劲可大着呢！"瑞奇大声喊道。话音刚落，凯文便猛力冲开箱子，朝前蹿去。我吓了一大跳。眨眼的工夫，袋鼠凯文便窜出了接诊室的门。我根本来不及拦住它。

如果它逃出去后就能停下来，又如果通往药房的接诊室后门是关着的，问题倒也不大。不幸的是，它既没停，接诊室后门也没关。被关了一个半小时之后，凯文显然想活动一下腿脚。它连跳两下，消失在药房里。不一会儿，药房里便传出一阵不祥的乒乓乱响声。我赶紧站起身去追它，瑞奇和蒂姆紧跟着我，进到药房，看一眼过道就知道凯文把药房弄成了什么样子——原先摆得整整齐齐的药盒、药瓶、包扎材料、剪刀、镊子和其他医疗用品，现在在地板上到处都是。我们追逐着它。凯文现在朝预诊室逃去。又一次，本来可以挡住它去路的门现在却敞开着。跳、跳、跳——它跳过那扇门，绕过拐角处，跳进了预诊室。预诊室立刻又是一团糟。

  我的两位同事正在预诊室里为当天上午的最后一场手术做术前麻醉准备。汉娜已经把病号带进预诊室，正忙着把它安顿在诊疗台上。那是一只要做肿块切除术的小腊肠犬，而加文正在检查手术用具是否都已备齐。与此同时，露西和杰西正跪在预诊室的一角，准备把输液管插到一只体格颇大的德国牧羊犬腿上。我早些时候决定让这只牧羊犬留诊治疗。

  预诊室有条不紊的气氛被突然跳进来的凯文、紧追凯文的我、瑞奇和蒂姆打破了。那只德国牧羊犬反应最快。它狂吠着朝前冲去，把杰西撞了一个趔趄，把露西挤到一边。她们手上的工具散落一地。万幸，这只德国牧羊犬系着狗绳，拴在墙钩上，因而活动范围有限。不然它肯定会满屋子追逐袋鼠，而我们会跟被牧羊犬吓得掉头狂奔的袋鼠迎面撞上。事实却是，凯文被那只气势汹汹的牧羊犬吓得过了头，居然一下跳到预诊台上。那只腊肠犬差点儿被吓掉魂，汪汪地高声叫个不停。本就一片嘈杂的预诊室更加热闹了。凯文找不到安全的地方躲避，又跳上了置物台。摊开的一条毛巾上摆着当天上午的手术过后清洗干净的夹子和镊子。凯文在毛巾上脚一滑，手术用具立刻四处飞散。这一来，它更加受惊了。

  弄出这么大的动静，连前台的珍妮都跑过来察看究竟。珍妮冲进屋里，眼前的混乱景象让她彻底无语了。她嘴巴张得大大的，眼睛快要从眼眶里飞出来。被她推开的屋门大大地敞开着，这成了此时的凯文唯一的逃生出口。狗在狂叫，手术器具纷纷掉落，自己又无处可逃，凯文从置物台上跳下来，像一阵风一样夺门而出，冲向前台。

  这次总算碰上点好运气：前台没有候诊的客户，诊所的前门也关着。凯文跳过前台朝前门跃去，无意中把自己给困住了。短暂的寂静——如果这时候恰好有一个新客户推门进来，立刻又会重新引发混乱。如果是那样，凯文只要再跳一下，就获得自由了。我们可能再也见不到它。一想到那时该如何向动物园的人解释，我就心里直哆嗦。

又过了几分钟，凯文总算不再跳了。它不知道还能去哪儿、接下来该怎么做，它站在屋子中间，观察着周围的环境。

瑞奇不失时机地控制住了局面。"蒂姆，"他压低声音说，"赶紧去接诊室，把我们留在它箱子里的水果拿过来。"

不一会儿，蒂姆捧着一把切碎的杂锦水果回来了。

"干得好。"瑞奇说。他朝凯文扔了一块水果。扔过来的东西引起了凯文的注意，它朝前迈了几步，想看看是什么。发现是食物后，它高兴起来。它抓起那块水果，很快地吞了下去。随后看看周围，意思是还想吃。瑞奇又扔了一块水果过去，随后蹑手蹑脚地接近凯文。"待着别动，"他低声对我们说，"人太多会吓到它。"

这个时候，凯文已经知道食物的源头在哪里了。它吞下了第二块水果，朝瑞奇的方向走了几步。瑞奇和凯文都朝对方走，半路上相遇了。瑞奇把水果给它吃，这足以让他们重拾彼此间的信任和情谊。瑞奇把手伸出去，手掌上还有剩下的几片水果。凯文跳过去自己吃了起来，趁凯文两只爪子捧着最后一片水果吃得津津有味的时候，瑞奇一把把它抱了起来。它几乎没有反抗就被瑞奇带回了接诊室的桌子上。

"刚才我们进行到哪儿了？"他打趣说。

闹腾了这么一场，总算结束了。我松了口气，迅速切换到了专业模式，开始为凯文做检查。

"据我判断，它只是简单的上呼吸道感染，"检查完毕后，我说，"不过从它刚才那股劲头看，还真不好说。但刚才这番折腾对它的病情没什么益处，所以我想最好先给它用点儿抗生素。"

"听你的，哪种形式的抗生素？"他和蒂姆一起小心地把凯文放回箱子里时问我,"你给他检查完了吗?"

"是的,谢谢。水剂形式的抗生素——打到食物里给它吃下去就行。"

"好。我们平时也是这么做。"

我计算好剂量,打出一张处方笺,去地板上被扔得乱七八糟的药品里翻出了要找的药瓶。

"谢谢你,乔。希望这药管用。再见——但不要太快再见,"瑞奇和蒂姆一起把凯文抬出屋子的时候对我说。"对了,乔。"他补充道,"你能帮我们一个忙吗?"我跟着他走到前台时,他停下来问我。

"什么?"我问。

"去补补觉吧。"

袋鼠小百科

拉 丁 名	Macropus giganteus
通 用 名	东部灰大袋鼠
地 理 分 布	澳大利亚南部和东部，昆士兰州、新南威尔士州、维多利亚州和塔斯马尼亚岛。
名 称	在英语中，雄袋鼠被称为 buck，雌性袋鼠被称为 doe，幼袋鼠被称为 joey。成群的袋鼠被称为 mob。
寿 命	约 8—12 年。
栖 息 地	白天在林地中活动，夜晚在草地或灌木丛中活动。
食 性	袋鼠是食草动物，多于黄昏或夜间活动。它们偏爱草类，特别是蛋白质含量较高的嫩草绿叶。尽管它们也吃其他植物。
孕 期	36 天。幼袋鼠出生后即会被母亲转移到育儿袋中。这种养育方式极为独特，接下来的 9 个月，幼袋鼠将在育儿袋中靠母亲的奶水生活。
体 重	出生时体重仅有 0.8 克，成年后可达 42—85 公斤。
生 长	幼袋鼠 9 个月大时开始离开育儿袋短暂生活；11 个月大时完全离开育儿袋，但依然要靠母乳生活，直至 18 个月大时才会完全断奶。雌性袋鼠约 22 个月大时达到性成熟，雄性袋鼠 25 个月大时达到性成熟。
体 温	36.2—37.3 ℃。
袋鼠冷知识	东部灰大袋鼠是所有袋鼠里速度最快的，可达每小时 40 公里。雌性袋鼠一般会终身怀孕。幼袋鼠进入育儿袋后，便会再次开始交配。遇到干旱或食物短缺时，雄袋鼠体内将不再合成精子，雌袋鼠会进入胚胎滞育期。但在条件较好的季节，一只雌袋鼠同时抚育 3 只处于不同发育阶段的幼袋鼠的情况并不罕见：一只已能够离开育儿袋生活的幼袋鼠；一只依然在育儿袋中生活的幼袋鼠；一个处于滞育状态的胚胎——等育儿袋空了之后，胚胎才会继续发育。雌袋鼠可同时用不同类型的奶水喂养不同的袋鼠幼崽，以满足它们对营养的不同需求。
保 护	欧洲移民在澳大利亚殖民初期，曾对东部大灰袋鼠大肆捕杀。但现在东部大灰袋鼠在澳大利亚已受到立法保护。据估计，2010 年澳大利亚袋鼠总数量是 1100 万只，是有袋类动物中数量最多的。世界自

然保护联盟认为它不需要特意保护。事实上，某些地区的袋鼠数量过于庞大，为了合理控制其数量以减少袋鼠族群内部的疾病传播和饥饿致死现象，有时需要按计划捕杀。然而，澳大利亚境内的许多其他物种就没这么幸运了。澳大利亚有超过1700种动植物面临灭绝危险。

七岁时骑着我祖父的驴。诺迪、蒂斯和卡罗尔让我在很小的时候就对这些奇妙的动物产生了真正的爱

和我的明星朋友波利安妮的自拍照

这头西门塔尔牛被妈妈不小心踩断了一条腿。但只要挂上一个月的吊带，就能痊愈

虽然不是《疯狂农庄》中那只著名的雪貂弗莱迪，但也同样可爱

约克夏猪体重可达三百公斤，值得被尊重，特别是在它们喂崽的时候

体长4.6米，体重超过700公斤，这个家伙（一条我们正在转移的非洲尼罗鳄）近看绝对吓人

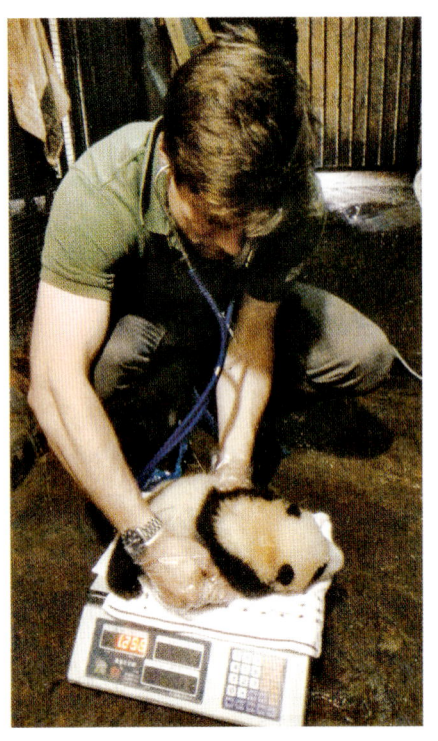

为一只大熊猫幼崽做检查

虽然哄了好一会儿都不管用，但在竹笋的诱惑下，大熊猫熙熙还是跟我拍了一张合照

我第一次见到灰袋鼠是在澳大利亚。那时我可没想到，有一天，身为执业兽医的我会追着一只袋鼠到处跑

出发麻醉一群斑马前的最后一次检查

轻松愉快地与一只被我成功麻醉的斑马合照

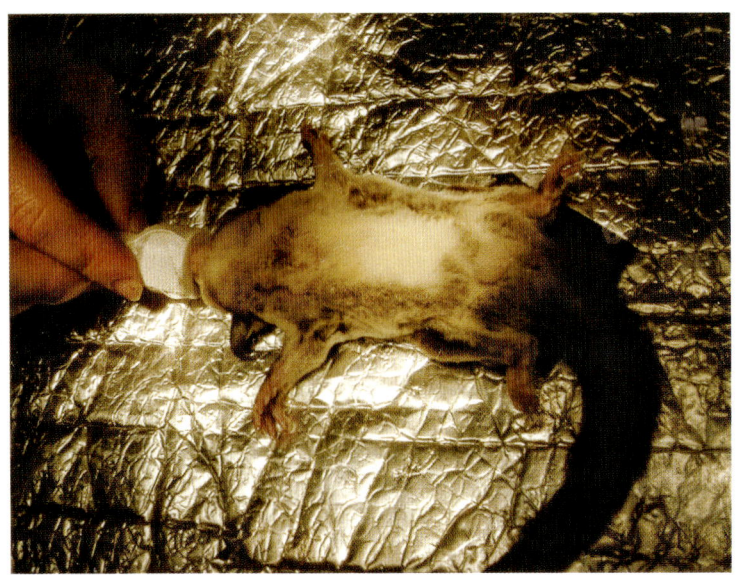

蜜袋鼯肖恩被摆好位置准备接受手术，可以很清楚地看到它的蛋蛋，马上就要动手术了

和其他野生动物一样,黑尾牛羚在睡着的时候显得并不是那么吓人。这头牛羚来自另一场捕捉行动

从空中鸟瞰大型防水布围栏,其顶端是运载动物的卡车。围栏中的帘幕是封闭的,将围栏分隔成了不同的区域

麦克斯和蒙戈，我最忠实的伙伴

ZEBRA

17
斑马

我问斑马：你是有白条纹的黑马，还是有黑条纹的白马呢？斑马问我；你是个坏习惯的好人呢，还是个有好习惯的坏人？

——谢尔·希尔弗斯坦

斑马

"我们得动用直升机。"科布斯独特的嗓音从我开的福特轻骑兵仪表盘上的双向对讲机中传来,"我们现在不可能抓得住它们了!我们还是回办公室喝杯咖啡吧。我会呼叫雅克。"

出动直升机一小时就要花六千兰特①,会极大地增加捕捉任务的成本。但野生动物工作中有很多潜在的危险和困难。如果想要最大限度地争取成功,从实际出发和高效行动比成本更重要。天空视角绝对有用,能为我们带来很多优势。主要优势就是能对车辆无法进入的辽阔地域和灌木丛林一览无余。与当地的野生动物打交道时,徒步前进会面临很多危险。但多数哺乳动物对来自天空的危险毫无察觉,因而乘直升机接近它们要容易得多。除非仅在地面就能完成的简单任务,只要负担得起,在执行捕获野生动物的项目时,直升机已经成为我们不可缺少的手段。

这次我们搜寻的目标是保护区的两匹斑马。在四个小时的时间里我们只看到它们十来次,每次匆匆一闪,随即又消失在茂密的灌木丛里。我们一次也没接近到能发射麻醉飞镖的距离。大家都赞成调用直升机,认为这非常有必要。刚好我也能趁机喝杯咖啡。让人极为沮丧的是,本周的头几天,我们每天都有机会不费吹灰之力捕获所有十二匹要抓的斑马。它们要么在放养场上吃草,要么就在饮水点附近。但今天我们出发去抓捕其中的三匹斑马时,它们却统统不见了。保护区的其他动物倒是都在视野之内开心地吃着草:有白面大羚羊、长颈鹿、角羚、黑斑羚、鸵鸟和一大群狷羚……一匹斑马也没有。仿佛它们已经预先知道了我们的计划,提前躲起来了。

然而在经验丰富的科布斯看来——他见多识广——每次都是这样。不论要抓捕的动物如何温顺,不论它们平时多容易见到,等到要抓捕它们的那天,出于本能,它们都会消失不见。保护区工作人员的行为、突然到来的车辆、陌生的人员、嘈杂的声音、投喂食物的方式与平时不一样——说不上到底是哪种因

---

① 兰特是南非的货币。

素对动物造成了干扰，但没有哪只动物肯冒着风险留下来。

因此抓捕野生动物的一个窍门是尽量避免陌生因素干扰野生动物。一般会让平时的司机开着平时的车辆沿着平时的路线去接近动物。然而很多时候根本没条件这么做。遇到这种情况，对不同物种的了解和对其行为的准确预测就显得十分关键。这两点，再加上一点与野生动物打交道的天赋，总能带来机会。至于其他的，很大程度上就只能交给运气了。

那天上午我们分乘三辆车，早早地就出发了。我们的目标是麻醉并转移十二匹目标斑马中的三匹，它们都属于聘请我们的那家保护区——有四百公顷大，但按非洲标准算小的了。保护区的地形起伏很大，有几个险峻荒凉的山头，动物们真正可以吃到草或树枝的区域并不大。地形限制了保护区能承载的动物数量，保护区内植被的种类则决定了它能养活的动物种类。

保护区内金合欢树和含羞树很多，足够四头长颈鹿吃。它们也是保护区内唯一以树叶为食的动物，而以草叶为食的动物的压力则大得多。尽管不同食草物种的偏好略有不同，但它们依然会争夺草地。保护区需要在"扩大动物种类"和"减少动物数量"之间做出选择。对一个生态系统来说，丰富的生物多样性比单一物种独占优势要好。因此为了给黑斑羚、牛羚、白面大羚羊、大羚羊、短角羚和鸵鸟留出必要的生存空间，也为斑马留出必要的生存空间，保护区认为，按照保护区的面积，最佳数量是十匹成年斑马。

目前保护区有十二匹成年斑马和一匹幼斑马，其中有三匹母斑马已经到了怀孕后期。当年夏天是少有的旱季，雨水迟迟不来。草场面积缩减，饮水点也干涸了。保护区人员每周以人工方式向饮水点送水。因此，虽然目前保护区内的斑马都还不错，但它们的数量已经超出了保护区能支持的范围。更不用说还有三匹小斑马即将降生。在动物间激烈的生存竞争造成动物福利危机之前，必须削减斑马的数量。

此时保护区方面已经找好了买家。对方想买一匹年轻的公斑马和两匹母斑马。虽然等三匹小斑马出生后，保护区还得进一步削减斑马的数量，但起码幸出三匹成年斑马可以暂时缓解一下斑马数量过多的压力。

在抓捕开始前的一段时间，除了让斑马们像平时一样吃草或树叶，农场还每晚喂苜蓿（一种草类植物）给它们吃。这么做有几个目的：让它们适应人类活动，抓捕起来更容易；可以方便地判断它们的健康状况；很"偶然"地营造一种夜间斑马群聚的壮观景象。但我们早上抓捕行动的失败已经说明，不管它们多么习惯人类活动，毕竟也改变不了野生动物的本性。

科布斯递给我和劳拉一杯咖啡。

"野生动物抓捕就是这样！"他笑着说，"做最好的期望，做最坏的打算。它们的直觉太灵敏了。"

"我见过它们几次，"我说，"我甚至尝试徒步接近它们。但它们好像知道麻醉镖枪的射程似的，总是巧妙地就近躲在树木和灌木丛后，让我根本无法用镖枪射击。"

"我们总是在动物的'危险范围'内发射麻醉飞镖——也就是它们能感知到危险的距离。这是因为，没有任何一种麻醉镖枪能在动物的危险范围外准确命中动物。动物的危险范围似乎是七十米。一旦进入此范围，动物就会变得警觉。任何风吹草动都会让它们受惊奔逃。如果在此范围之外发射麻醉飞镖，根据我们此前多次模拟的结果，动物根本不会受影响。它们只会把飞镖当成是被讨厌的苍蝇叮了一下，用尾巴扫一下，又继续若无其事地吃草。有次我们射中一头正吃着树叶的长颈鹿，它就原地倒在了那棵树底下。那场景太有趣了。"

科布斯永远懂得那么多，有一肚子经验和故事。这种闲聊对我是无价之宝。

"新设计的麻醉镖枪是怎么回事？"劳拉问。

"无非是金钱和政治……真丢人。新镖枪其实挺好。它对飞镖的弹道轨迹进行了精心设计，最远一百米都能精准命中目标。不像现在这样，哪怕只有四十米远，还得碰运气！"

"如果用新镖枪的话，我们坐在营地的酒吧里，就能射中吃草的斑马了，"

我慢悠悠地说,"给我来一听可乐,给那只斑马来点儿埃托啡!"我们正咕嘟咕嘟地大口喝着咖啡,听到这话全笑了起来。

"学生们都去哪儿了?"科布斯问。

"我们把他们留在营地了,让他们喝点儿东西,休整一下。"劳拉答道。

"我让雅克两点钟过来……要不我们先吃午饭吧?直升机很快就能完成任务。当然,也要看你发射飞镖的技术如何,"科布斯补充道。他转向我,眼睛闪闪发光。"你想从直升机上发射麻醉飞镖吗?"

我惊得一口咖啡差点吐出来。我确实一直期待着这样的机会,但从没想过真的能实现。鉴于调用直升机的昂贵成本和客户对任务的要求,现实中我根本不可能有这样的机会。我几乎要像个孩子般跳起来大喊:"我想!我想!"但一想到可能出现的失败和其他不可控因素,我的心又止不住因恐惧而狂跳。

科布斯仿佛看穿了我的心思。他对我说:"别担心,你在地面上的经验很丰富。你很清楚该怎么做。你需要做的只不过是换个地方发射飞镖。这是我的斑马、我的麻醉飞镖、我的药剂,雅克会告诉你具体怎么做,他也会驾驶着直升机带你接近猎物,就跟扎水桶里的一条鱼差不多。如果直升机驾驶员技术很好,你习惯从空中发射飞镖后,会发现从直升机上射击比在地面上更容易。我跟雅克一块工作超过二十年,谁的技术也比不上他。"

他的话让我觉得安心。理论上,他说的也完全正确。这是一个绝佳的学习机会,学习环境又是难得的安全和放松。但我的心依然怦怦跳个不停。我得把自己曝光给大家:雅克、劳拉、科布斯,十四名学生和抓捕团队的几乎所有成员都要依靠我才能完成任务。我犯的任何错误都会被大家看在眼里。这样的恐惧令人窒息,但我必须紧紧抓住这个宝贵的机会。"如果我们允许自己犯错,"我想起在哪里读过,"也就意味着我们同时有机会表现卓越。"

"谢谢。我愿意做。"我听到自己说。

回到营地后,我吃着汉堡,沉浸在自己的思绪里。人们在一旁叽叽喳喳地聊着天。学生们在讨论,等抓捕行动结束后,如果还有时间,他们也能上直升机飞一圈。很好，我想，如果行动出了什么差错，我还得向失望的学生们解释。

我即将踏入一直以来令我畏惧的未知地带，我记得我头一次蹦极、头一次跳到鳄鱼背上时那种极度的恐惧。然而，相比过后的兴奋激动以及这些经历给我带来的转变，一开始受点惊吓是完全值得的。我知道不管结果如何，几个小时之后，我又会多一项经验。

天空传来熟悉的轰鸣声，打断了我的思绪。不到几分钟，直升机已经在我们头顶盘旋，高度不超过一百英尺。片刻之后，雅克驾驶的直升机降落在草场上，扬起滚滚烟尘。不论我见过多少次这样的场景，每次还是会在心里赞叹：直升机真是运输工具的终极形式啊。

引擎熄火，螺旋桨渐渐慢下来，烟尘落定，一架 R44 直升机显现在我们眼前。雅克摘下耳机，挂在头顶上方的架子上，打开机舱门走了出来。见到科布斯，他脸上露出了灿烂的笑容，紧紧地握了握科布斯的手。科布斯转向我，把我介绍给雅克。

"今天我们让乔纳森执行任务。"他说。

"好，没问题。"

雅克和科布斯共事多年，两人有很深的默契。他们一块走向直升机，把四扇机舱门拆卸下来，连同两罐多余的燃料一起放在了不远处的灌木丛里。

我走到小货车那边整理自己、收拾装备。我在上午已经准备好了几枚麻醉飞镖，再加上科布斯的，手上一共有四支。目标斑马是三匹。我有点担心麻醉飞镖数量不够。但科布斯让我别担心。他又说，如果有必要的话，他可以随时降落，准备更多飞镖。按照常规流程，应该在直升机内制作额外所需的飞镖。但我是头一次执行这种任务，提出这样的要求也许太过分了。因此我什么都没说。

拿上我的麻醉镖枪和装着四支麻醉飞镖的容器，我返回了直升机。学生们也已经在那儿了。科布斯从我手上拿过麻醉枪，开始向我们示范从直升机上射击的基本技术、姿势和安全事项。射击时，为避免行动受限，只能使用三点式安全带的腰带来固定身体。右脚踩在直升机的起落橇上，半个身子探出直升机外，左脚固定于飞行员座位下方以维持身体平衡。麻醉枪始终要指向机舱之外，枪口朝下，指向远处；等候飞行员发出的射击就位指令；朝着直升机前方射击，以尽量减少倒灌风对飞镖的影响……

我努力在脑中记住他说的一切，等待会儿上了直升机再自己复习。突然间，我感到一阵强烈的晕眩。万一我出什么差错，导致雅克受到生命威胁怎么办？他开了超过二十七年的飞机，从没发生过一起坠机事故。飞机的维护工作也一直是他一个人在做，他对飞机的每个零件都了如指掌。整架飞机都在他的掌控之中——除了我。雅克能让一个完全陌生的人带着装好麻醉药的麻醉镖枪进入飞机，可见对于科布斯是多么信任。

演示完毕，科布斯把学生们领回车队那边安置。现在直升机上就只剩下雅克和我了。我登上飞机，像科布斯刚才示范的那样摆好姿势。我没科布斯那么高，因此当我的脚踩在起落撬上时，我的大半个身子都在机舱外。我又检查了一遍安全带，确认它足够安全才放下心。雅克绕着飞机做了一圈机身外部检查，登上飞机，在飞行员座位上坐了下来。他每次的飞前检查都非常认真。飞行员的平均职业寿命只有六年。因此我完全理解他。他示意我戴上耳机，然后自己也戴上了。整个世界突然安静下来。

"你能听到我说话吗？"雅克仿佛在我脑袋里对我说话。

"可以，很清楚。"

"你准备好了吗？你开心吗？"

"是的，安全带已绑好。"

"很好。跟你说一声，我们可以通过耳机自由交流。地面上的人听不到我们，我用另一个频率跟他们通话。明白吗？"

"明白，谢谢。"

"这是你头一次从飞机上发射麻醉飞镖吗？你需要适应一下，但我会教你的。我们起飞后要先找到那群斑马，然后我再找出哪几匹是我们的目标。之后要紧跟目标，预测它们的前进方向，观察地形，提前找出最合适的发射点，我会告诉你何时装载飞镖、何时就位、何时关闭保险。剩下的就靠你自己了。"

"好。听起来不错。你怎么预测它们的方向呢？"

"所有动物都有自己的路径。这些路径在地面上往往看不到，但从空中看得一清二楚。观察这些路径就好。但这也同样要靠经验，不同的动物行进方式也不同。发射飞镖算是比较容易的部分了！"

我见过飞行团队执行任务的情形，给我留下了很深的印象。但那是从地面上看到的，现在我要从另一个完全不同的角度见识雅克的飞行技术了。

"对了，还有件事。麻醉枪一定要离起落撬远一点。如果不小心让麻醉飞镖撞到了起落撬上，麻醉药就会洒到我脸上。如果出现这种情况，我就得带你飞到五千英尺的高度。到时候我昏过去了，你得担责任！"他的笑声里透着固执，我知道他并不是在开玩笑。

一定要避开起落撬，我在心里想。我紧张地把麻醉枪又朝机舱外伸了伸。

"直升机呼叫地面。听到请回复。完毕。"

"地面收到，听得非常清楚。"科布斯的声音从对讲机中传来，夹杂着电波轻微的噼啪声。

"好。这只鸟要升空了！"

雅克一边说着，一边已经按下了几个按钮。引擎突然间轰隆隆地启动了。螺旋桨由慢到快加速旋转。机身轻轻震动了一下，我们离开了地面，片刻之间离地已有十几英尺。随后飞机升入空中，朝东面飞去。这实在太令人激动了！我觉得自己像动作大片里的明星。

我们的直升机在数百英尺高的空中飞向保护区大门的方向，从那儿开始对整个保护区展开地毯式搜索。尽管在地面上时，我对保护区的地形十分熟悉。但从空中看，却又如此奇特而陌生。很快我就分辨不出哪里是哪里了。

"那边有几条我说过的路径。"雅克的手探出直升机外，指着东方说。

我能清楚地看见灌木丛中交织贯通的小道，的确像雅克说的那样，一览无遗。但在地面上根本看不到。

最先进入我们视线的是一群黑斑羚，然后是两头长颈鹿伸着长长的脖颈在吃含羞树顶端的树叶。它们谁也没注意到我们。我们还看到了保护区边缘处山岩间的牛羚和白面大羚羊。朝东面更远的地方看去，我能望见停在草场的小卡车和拖车。学生们聚在车旁，紧紧地注视着我们。一只鸵鸟突然穿过马路跑到他们左边去了，他们也丝毫没有察觉。天空视角太壮观了。

不过几分钟时间，我们已经飞到了保护区的最边沿。徒步走到这里得花上足足一个小时。我们在那儿头一次看到了我们要抓捕的一群斑马。一个崎岖的山头上有片灌木丛，它们就在那里，一共有七匹。开车是绝对无法到达那个地方的，那里显然是它们的秘密藏身处。

"发现目标，"雅克向地面报告，"我会把它们赶到开阔地带实施麻醉。请随时待命。完毕。"

"收到。"科布斯回答道。

我又朝草场方向望去。地面团队正忙着往两辆小货车车上装东西，为即将开始的抓捕做准备。我的心又怦怦跳起来。观光到此为止，我马上就得干活了。

"我会把它们赶到开阔地带，"雅克对我说，"你看到另外一匹斑马了吗？那是匹年轻的公斑马。我想我们应该先把它放倒。"

他的观察力让我惊叹。灌木丛非常茂密，即便是从空中俯瞰，地面上的动物也不容易看清。我能看到有匹斑马体格格外大。我猜那是匹怀孕的母斑马，但要区分其他斑马的性别，我实在做不到。雅克从那群斑马上方越过又折回，逐渐降低到距斑马只有十五英尺高的高度，好把它们从陡峭的山头上赶下来。突然而至的奇怪"空袭"足以让它们转移。

"你能看到它们沿着哪条路前进吗？它们肯定不是第一次来这个地方。"我能看到山岩间曲折的小路。

"现在还没到射击的时候。"他减慢直升机的速度，跟在那群斑马后面，密切地留意着它们和前方的地形。"它们经常改变方向，"他接着说，"最宜于发射飞镖的是直直的上坡路。因为上坡时它们会放慢速度，可以从正后方发射。我们很少会遇上这种路，但今天遇上了。它们从灌木丛走出来之后，会转头朝左边前进，进入那边的谷地。"他指了指一块开阔的草地。那块草地上散布着几片很大的灌木丛。"我会把它们赶到灌木丛另一边。这样它们就会前后排成一队往山上走——到时候你就发射飞镖。你可以装载麻醉飞镖了，保险还得先上着。"

"明白，谢谢。"我这时才明白过来，他一直在用心地研究地形，条条路径在他脑中已形成一幅详细的地图。我通过地形测量图来了解地形，而他是通过实际观察。但我看的是公路、便道和马道，而他看的是黑斑羚、斑马和长颈鹿所走的小径。我对这项技能一窍不通。

我把麻醉枪远远地伸出机舱外，打开安全锁，把麻醉飞镖装进了枪管里。我把安全针重新固定好，再次确认安全保险处于打开状态，然后开始为枪膛加压。科布斯说，从发射距离来看，压力指示针加到三格就行。我打开压力阀，看着压力计上的指针慢慢移动第三格才停下。这是相对较低的压力值，意味着我的射击距离将小于十米。

我装好麻醉枪之后，那群斑马果然已经沿着雅克预料它们要走的那条小路进入了那片开阔地。雅克在空中略作停留，好让斑马们调整队形。

"你准备好了吗？"

"麻醉枪已装载并加压，保险处于打开状态。"

"很好。你能看到目标斑马吗？左边倒数第二匹就是。"

"我看到了。"

"如果我们运气好的话，等斑马群转到远处那片灌木丛的另一头，朝山上走的时候，它依然会走在队伍后面。到时候你就可以把麻醉镖枪的保险关掉。我会降低高度。你看准时机发射就行。别着急，但也别犹豫。五十米之后，它们会排成一队向西前进，翻过山头，进入一小片灌木丛。"

说完，雅克将机身倾斜，朝右方飞去，对那匹体格硕大的母斑马形成侧压之势。它走在队伍的最后面。这招相当聪明。受惊的母斑马跑到年轻的公斑马前头一点去了，公斑马于是落在了队伍后面。

"走在队伍最后面的那匹就是我们的目标。"雅克说。

"我看到它了。"

斑马群行进的路线就跟雅克预料的一模一样。它们翻过山头，绕过最后一片灌木丛时，果然排成了一队。雅克降低直升机的高度，从上方逼近队伍最后面那匹公斑马。直至我们距地面不到十米。我把麻醉枪扛在肩上，从瞄准镜里对准目标。我的心狂跳不已，我克制着自己激动的心情，尽量稳定住枪身。我解除了麻醉枪的保险，瞄准那匹斑马的屁股，按下了扳机。

然而，什么也没有发生。我想再次瞄准、发射，但已经太迟了。我错过了机会。雅克抬升飞机高度，将机身朝左侧倾斜。但斑马们朝同一个方向奔去，消失在茂密的灌木丛中。我恶狠狠地骂了一句。我有绝佳的机会，麻醉枪却卡住了。

"我不明白这是怎么回事。"我半是抱歉半是糊涂地说。

"麻醉枪的压力值是多少？"雅克问。

"科布斯说三格，我就调到了三格。"

"调到四格。"

"这样行吗？"

"飞镖遇上了倒灌风，提前掉落了。"

"你的意思是说飞镖实际上发射出去了？我没感觉到发射，也没看见飞镖。我以为是枪卡住了。"

"是的，你的确发射了，但它提前掉落了。"

我惊讶得说不出话来；脑子也变得有点儿乱，这感觉太怪异了。在这之前我不知发射过多少次麻醉飞镖。每次扣下扳机后，我都很清楚飞镖有没有被发射出去。但这次却一点儿感觉都没有，不用说是直升机的噪声掩盖了射击声，但我也没看到射出去的飞镖。我百分百相信是麻醉枪出了问题，导致飞镖没有射出。但检查过枪管之后，我发现雅克是对的：枪管里没有飞镖。

不用说，没有命中目标的原因是我经验不足。这是没办法的事。失误是学习过程的一部分——尽管如此，我依然为自己的蠢笨感到丢脸。我很清楚，机会极其有限，我不能再失误。但现在我必须放下这些情绪，继续前进。

我们的直升机在斑马暂时藏身的茂密灌木丛上方盘旋，雅克又在研究这片新地形。我也试着像他那样去研判地形，想知道自己有没有从他那儿学到一两手。我在心里琢磨着下次如何射击。这些灌木丛外围的地势区域平缓，最终与一条汽车道相接。这条汽车道沿着一道山岭伸展，贯穿整个保护区中部。汽车道的另一头又是一片开阔的原野，但长的不是灌木，而是零星的金合欢树。

"我会把它们引到那条汽车道上，迫使它们朝那片原野前进。"雅克对我说，"到了那儿，有树木阻隔，它们就不能结成一群了。你发射飞镖时要迅速点儿。因为我得开着直升机在树木间穿梭。不要被其他的斑马影响，把注意力集中在目标斑马身上。我敢保证，只要你一分心，肯定会错过目标。那群斑马里有两匹可以作为目标——先前那匹年轻的公斑马，还有年轻母斑马。它看上去倒没怀孕。"

"好。"我想都不用想，就对他的话照单全收。我不知道他从半空中怎么分辨得出动物的年龄和性别，但我知道他的判断肯定是对的。

单单在斑马上方盘旋就足以把它们吓出藏身的灌木丛，赶上那条汽车道。我迅速装上另一只麻醉飞镖，摆出射击姿势。我知道留给自己的时间并不多。又一次，雅克准确地预料到了斑马的行动：它们遇到一棵树，分成了两队：一队三匹绕到了树左边，另一队四匹绕到了树右边。它们再次出现在视野中时，我已经完全认不出哪两匹是目标斑马了。但雅克还认得，他紧跟着那四匹斑马。

"你的麻醉枪加载好飞镖了吗？那匹年轻的母马在队伍右后方，所以要抓住时机，不要犹豫。"

他再次降低飞行高度，机身微微朝右倾斜，以避开一棵很高的树。我看到我们的影子飞快地扫过地面。这意味着我们将以略微倾斜的角度接近斑马。我知道这次我要射向目标斑马的大腿，而不是臀部。我透过瞄准镜锁定目标。保险一解除，我立刻将飞镖发射了出去，一秒钟都没耽搁。

这次我能看到飞镖射出后的抛物线。然而飞镖只是在那匹斑马的尾巴上擦了一下，便掉进了草丛里。这一切像慢动作一样眼睁睁地发生在我眼前。我沮丧极了。我没预料到会出现这种意外。斑马当时正在向前方移动，而我的麻醉镖枪压强不够，没能射中它。我重重地靠回椅背上，闭上眼睛，刚才的失误立刻又浮现在我脑中。

"对不起。"我无力地说。

"别想太多，谁都有手生的时候。再说了，从这个角度发射确实很难射中。"他的话很温暖，但我依然觉得，他肯定也有点沮丧。我想知道在自己被礼貌地请下飞机之前，还能再失手多少次。该死。我觉得下一次我肯定还会失手。

"我们不管这群斑马了。从另一群里找目标吧，"雅克把我未能命中目标的消息传给科布斯时说，"我们追逐这群家伙有一阵子了，现在该让它们歇会儿了。"

直升机又朝保护区大门飞去。我立刻看到了另一队斑马。他们在我们的左边，在一处地势较低的饮水点边上。在两百英尺的高空，我们的飞机对它们构不成什么威胁。因此它们并未留意我们。雅克绕着那五匹斑马飞了一大圈，观察着下方的地形，判断着该把它们往哪个方向引。尽管水塘被十几棵树所环绕，但树丛外，四周两百米都是草场。草场的右方是我们的营地，再远处是工人宿舍。我们得再把斑马群引回我们来时的那条路。

"有两个可以快速射击的机会，"雅克说，"它们离开饮水点时，会沿着小路排成一队行进——这是你的第一个机会。之后它们会钻进一处比较茂密的灌木丛，但很快就会出来。灌木丛另一边是陡峭的山地，地势开阔；它们攀登高坡时，由于地势很陡，速度会变慢。这是你的第二个机会。等它们爬坡爬到三分之二的地方，从后面射击。照它们的行进速度，你应该能射中目标斑马的屁股。但如果射得再远点儿的话，会射中它的背肌。"

"明白了。谢谢。"雅克不仅能做好自己的工作，同时也注意到了我的失误。他在教我如何改进。这次搭乘直升机作业，让我有机会以全新的视角观察这些团队成员，对他们的高超本领也有了更深刻的认识。

直升机在空中画了一个半圆，同时降低高度。斑马群第一次有了反应。两匹斑马抬起脑袋。一匹惊慌地摆动脑袋，另一匹发出示警的叫声。"现在右方有一匹公斑马，饮水点附近有两匹小斑马，左方有两匹怀孕的母斑马。我们先去射那两匹小斑马。希望它们能留在队伍后方。"

"我看到它们了。"

"很好，你可以重新装载麻醉枪了。我飞过去让它们动起来。"

我把麻醉飞镖装进枪膛，把压力值设到第四格，调整好自己的姿势。这一次我必须打中。直升机掠过树梢，斑马们受惊四下奔逃，随后又在那条它们熟悉的小路上聚拢成一队。

"目标斑马在队伍后方。"

"我已锁定目标。"

我解除了麻醉枪的保险，透过瞄准镜瞄准它脖子下方的脊背，扣动了扳机。这一次我射中了。麻醉飞镖粉色的尾部与斑马身上的黑白条纹相映，很是显眼。飞镖落在斑马的背而不是屁股上，但仍算有效命中。我感到如释重负，内心十分激动。那匹被射中的斑马停了下来，想弄清发生了什么。然后跑向右方，脱离了队伍。雅克不去管它，继续追逐着别的目标。

"干得好！装上飞镖，准备下一次射击。"他把我已命中一匹斑马，正在追逐第二匹斑马的情况报告给了地面团队。斑马们钻进直升机正下方的茂密灌木丛，消失不见了。这时我们离地面只有二十英尺。这次雅克没有提升飞机高度，他在灌木丛上方盘旋。我们随即看到，领头的斑马正从灌木丛的另一边走出来，进入那片崎岖的开阔地。

"队伍后方倒数第二匹是目标斑马。"

"谢谢。"没等雅克吩咐，我已经在装飞镖了，心里非常兴奋。

当天头一次，斑马没有按雅克预测的那样行动。相反，在领头的那匹公斑马的带领下，斑马们奔向右方。它们要穿过一个被岩石包围的小块谷地，进入林木葱郁的地带。半个小时前，我们刚开始搜寻行动时，它们或许就是在这里藏身。雅克调整了一下航向。"等等，先别发射……"

但已经太晚了。肾上腺素飙升的我已经朝那匹小斑马射出了飞镖。那匹斑马正弓着背，后腿发力掉转方向向前奔，射出去的飞镖从它屁股上方掠过。

"对不起。"我喃喃地说。

"执行这种任务时不能太着急，你得保持头脑冷静。"我第一次从雅克的声音里听出一丝不耐烦，"现在我们飞回去找那匹射中的斑马。"飞机再次抬升，向左方飞去，飞向我们头一次看到那匹斑马的地方。我们能看到坐满人的小货车正从草场的方向沿着大路开过来。我搜寻着下方熟悉的黑白条纹。雅克先发现了它，它在一棵金合欢树下慢吞吞地跑着。看来麻醉剂已经发挥药效了。片刻之后，它便倒在了地上。

小货车停下了，大家下了车。从一百英尺的高空看下去，人们在高高的草丛中像乱转的蚂蚁。尽管有我们的直升机在上方为他们指引方向，但队员们毕竟不像我们在天上看得一清二楚。他们对斑马的确切位置依然一无所知。突然，队员们看到了它，随即像扑火的飞蛾一样纷纷围拢过去。

"你还剩几支飞镖？"雅克问我。地面上的队员们会处理斑马，于是他驾驶飞机朝更高处飞去。

"用完了。"我回答说。

"那我们降落，你可能还得再准备四支飞镖。"他说得很客气，但我能听出他的沮丧。

"谢谢。"我很想说，我只要两支飞镖就够了。但这么说显得太傲慢，所以没有跟雅克争辩。

不一会儿，我们便降落在草场上。下直升机前，我正要摘下耳机，却听到雅克的声音从耳机里传来。这时直升机的引擎依然隆隆响着，螺旋桨还在旋转。雅克说："别忘了从机身前方离开。免得被后螺旋桨打到。"

我很感激他提醒我。我当然知道要从直升机前方离开，但当时我满脑子想着发射飞镖的事，很可能一走神，脑袋已经被螺旋桨削掉——这种错误犯一次就完蛋了。

下了直升机后，我朝我的卡车跑过去。直升机在我身后轰鸣。前面，一组队员正把第一匹捕捉到的斑马从车上卸下来。我也得表现得像个制作飞镖的老手才行。此外还有别的压力和干扰，要把制飞镖所需的全部步骤都回想一遍并不容易。但没用十分钟，我就按科布斯建议的剂量准备好了四支麻醉飞镖。我回到直升机上跟雅克会合，我们再次升空。

"如果我把它们从这里赶出去，"我听到雅克从耳机里对我说，"它们会沿着山路走到高地上去……你应该能妥妥地射中那匹母斑马，然后我们再去追击那匹公斑马。它在另一个队伍里。你看怎么样？"

"没问题，"我回答，这次我觉得自己很有把握。如果斑马们真能按照雅克预测的那样，沿着山路往上走，那么他们就不会突然转向，我直直地射出飞镖就可以了。这次我一定能射中，对成功的确信让我振奋。

雅克小心地越过树林边沿较矮的树丛，急速掉头，飞向树林最外围。在那里，我们以几乎垂直于地面的姿态逗留了片刻。这是为了迫使斑马群往树林边沿更高的地带走，它们一开始就是从那儿进入树林的。

"把麻醉枪装载好，我稍后低空飞越这块区域时会鸣响警报。这会把它们从树林里吓出来，你需要做好射击准备。"

"好的。"不用雅克再说第二遍，我几秒钟之内就装好了麻醉飞镖。与此同时，雅克降低飞机高度，将机身侧转为水平姿态，在树梢上方盘旋。翻转机身的动作让我觉得像在坐过山车。我一下子被甩回到自己的座位上。我的右脚踩在起落撬上时滑了一下。我用门框支撑住身体，很快重新摆好姿势。我的身子整个探出机舱之外，等着雅克的进一步指示。我们掠过树梢飞向山坡时，雅克时不时拉响警报。飞机的轰鸣声加上尖锐的警报声，足以让最镇静的动物惊慌失措。果不其然，那群斑马从我们前方三十英里的藏身处冲了出来。

"从前数第二匹是目标斑马，"雅克说，他一直在观察和辨别下方的斑马，"记住——跟前面一样。从后方瞄准斑马后再射击。我会在它们开始爬坡后接近它们。"

"明白了。"

雅克又一次预测对了。斑马们放弃了此前它们经过的饮水点附近的那条小径，直接奔向那条崎岖山道，开始爬坡。我把麻醉镖枪抵在肩膀上。我从瞄准镜里能看到它的脑袋，然后将瞄准点移动到背部，最终锁定它脊椎右侧、肋骨后方的位置，扣下了扳机。飞镖分毫不差地射中了我瞄准的位置。落镖点位置很高，在臀部前方约一英尺。但飞镖射中了它脊椎一侧的肌肉。我宁愿飞镖落在那个位置，也不愿朝着臀部射击而没中。我在心里祝贺自己：我总算有点儿上手的感觉了。

别太得意了，伙计，我对自己说，五发才中了两发而已，这枪法可算不上准。雅克立刻把命中目标的好消息用对讲机传给了科布斯。同时直升机抬升高度，向右飞去。落在队伍后面的那匹斑马在直升机的驱赶下，重新跟上了走在前头的两匹。这一队三匹斑马爬上了高地。我们的直升在它们后方盘旋，有意与它们隔出一段距离，好让它们重新安顿下来。我们右方，小货车也已经开动。几分钟之后，随着药效的发挥，被射中的那匹斑马开始在原地小跑着转圈。另外三匹斑马察觉到了它的异常，丢下它逃走了。这次地面工作人员很快就发现了它。他们缓慢地向它接近，只等它一倒下，就来捕捉它。这对我们是个很大的鼓励。我们出发去寻找在另一支队伍里的最后一匹斑马。这次我们没怎么费劲就发现了它们。它们离我们上次看到它们的地方并不远。显然是觉得直升机已经飞走，可以继续安心地吃草了。然而我们的直升机再次飞过来时，它们却逃开了。它们越过山坡，朝着我首次发射飞镖的那片原野前进

"我会把它们赶到那片灌木丛的另一边去。到时候它们要么会向我们头一次看到的那个藏身处前进，要么会走到右边的原野上去。不论如何，等它们从灌木丛另一头走出来后，必定会排成纵列前进。这是你的机会。先把麻醉枪装载好。"

我现在对整个作业流程已经比较熟悉了。下意识地把镖枪装载好之后，才反应过来。我在脑中演练着将要进行的射击。我汲取了之前几次射击的经验，确信自己下次也能命中目标，心里已经迫不及待了。

它们逃进了灌木丛。雅克对它们紧追不舍，所以它们并未停留，三十秒后便出现在了灌木丛的另一头。它们想逃回我们任务开始时的那个藏身处。

"倒数第二匹斑马似乎是我们的目标。你准备好了吗？它们再前进一百米左右，就会掉头向左进入树丛。这一百米左右的距离就是你唯一的机会。"

"完全准备好了。"我已经摆好姿势。雅克确认目标后，我立即通过瞄准镜锁定目标。它们的行进速度很快，我们直升机的速度与斑马保持着同步。这片区域十分开阔，没有树木遮蔽。雅克把直升机降到空前低的高度，与队伍最后面的那匹斑马极为接近，近到我的飞镖几乎是水平地射了出去。如果我以斑马的背部为目标，角度就太刁钻了。飞镖可能会弹开。所以我选择以后腿上部为目标。我看着它跑了一小段，确定它就是我们的目标，于是扣下了扳机。

时间似乎停止了。直升机突然升高，斑马们向左方奔逃。我突然醒悟过来，我抓住最后的机会，把飞镖射了出去。但这并不重要：我能很清楚地看到麻醉飞镖粉色的尾羽，就在斑马后腿肌腱中段的位置。

"干得漂亮！看来你已经开窍了。"

我的任务完成了。雅克称赞的话语回响在我耳边，我心里的石头总算落了地。我总算可以放松下来，仔细品味这段经历了。当我刚从兽医学院毕业不久，头一次完成臀位接生或为母狗绝育的任务时，也曾体会到同样强烈的喜悦。我充满自豪的欢愉，因为我知道，我战胜了自己的恐惧，成为了一个更好的兽医，一个更好的人。

斑马小百科

拉丁学名	Equus quagga
通用名	平原斑马
地理分布	从埃塞俄比亚东部直至博茨瓦纳和南非东部的东非地区。平原斑马是3种斑马中分布最广的一支，也是自然保护区和动物里最常见的斑马品种。平原斑马有6种亚属。
名称	在英语中，雄斑马被称作stallion，雌性斑马被称为mare，幼斑马被称为foal。成群的斑马被称为dazzle或zeal。
寿命	约25—30年。
栖息地	没有林木的草原或大草原上的林地。
食性	斑马为草食性动物，主要以杂草为食，但也吃小灌木、药草、嫩枝、树叶和树皮。
孕期	360—396天，通常一次只生一胎。
体重	出生时约30公斤，成年后在175—385公斤之间。
生长	斑马幼崽出生后数小时即可站立，一周后开始吃草，但直至出生后7—11个月才完全断奶。母斑马产下第二胎后，未成年的雄斑马会离开原有的斑马群，加入同类群。但未成年雌斑马会继续留在原有的群中。雄斑马和雌斑马出生后约20个月即可达到性成熟，但雄斑马出生约5年后才具备繁殖能力。斑马出生4年后完全成年，但由于天敌、疾病或饥饿等因素，只有50%的斑马幼崽能活至成年。
体温	37.6—38.6℃。
斑马冷知识	胚胎学证据显示，斑马是"黑底白纹"，而不是像人们一直以为的那样是"白底黑纹"。科学家们对斑马身上的条纹有不同的假说，有的说这是一种伪装；有的说是为了便于辨认彼此；有的认为是为了驱赶苍蝇；有的认为是帮助身体降温。每种假说都有相应的证据支持。还有种假说认为，斑马身上的条纹会让试图捕猎它们的动物眼花缭乱、难以分辨目标。这种假说较为可信。
保护	平原斑马在全世界的数量约为750000只，被世界自然保护联盟列为"近危物种"。独特别致的斑马皮是斑马遭到滥捕的主要原因，栖居地减少也是导致斑马种群数量降低的因素之一。幸运的是，平原斑马的多支亚种都受到保护。它们的族群数量因此得以保持稳定，目

前没有重大威胁。遗憾的是，斑马族群中最大的一支——分布于肯尼亚和埃塞俄比亚的细纹斑马，就没那么幸运了。由于栖息地缩减，自1970年以来，细纹斑马的数量减少了70%，据估计，生活在野外的细纹斑马数量仅剩2500头。因此细纹斑马被世界自然保护联盟列为濒危物种。

SUGAR GLIDER

18

蜜袋鼯

我宁愿在家里花过多时间跟我的蜜袋鼯腻在一块，也不愿意跟人交往。

——亚农

作为一名兽医，我们有很多手术要做。这是我们职业的一部分。从为好奇心爆棚的狗狗取出体内的异物，到为动物处理骨折或切除肿瘤，但毫无疑问，我们为不同种类的动物做得最多的一项手术就是阉割。

过去这些年，我阉割过的动物种类繁杂，数量众多。如果我有机会参加《足智多谋》节目（BBC的一档老牌益智类电视节目），我答题的专业领域一定是"动物睾丸切除术"。仓鼠、豚猪、兔子、猫、狗、山羊、猪、羊驼、牛、马和驴只是其中一小部分。尽管为所有动物做阉割术的目的只有一个，但因为动物的生理构造各不相同，手术的具体方式也存在差异。对动物的个体差异及差异化手术方式的忽视将可能使动物受到生命威胁，或留下疝气的后遗症。即便是常规手术，如果动物的种类较为特殊，则必须考虑其生理特征。一般来说，从解剖学教科书上就能轻易找到答案。但如果书上没有相关信息，就有点棘手了。遇到这种情况，做手术时一定要格外慎重。

诊所的每个兽医每周都有一天是"手术日"，我的手术日是周三。我扫了一眼早上的日程安排，都是常规接诊：两只猫要做绝育，一只狗要阉割，一个肿块切除术，一个牙病。没什么棘手的活儿……直到我的目光落在了最后两项上：为两只蜜袋鼯做阉割术。蜜袋鼯是什么东西？直到两天前，我都不知道世界上还有这种物种。

周一晚上接诊时，本来一切都挺顺利，直到六点钟的时候——一位名叫图雅的小姐带一只臭鼬来诊所就诊。那是她的宠物，名叫萨丽。主人周日吃剩的炸鸡腿和蔬菜显然让萨丽觉得算不上什么大餐，所以它后来又抽空往肚子里塞了两碗猫食。那本来是给两只叫苏格拉底和莎士比亚的猫吃的。这下可惹了大麻烦。图雅别提有多糟心了。当天早上，她刚醒过来，就有一股难闻的气味直冲鼻孔。她随着气味飘来的方向走出卧室，走下楼梯，一脚踩在萨丽的腹泻排泄物里，溅得脚踝上都是，脚趾间黏糊糊的。强烈的臭味让她差点儿呕吐。急于把这一切收拾干净，她跳进了杂物室，却发现自己正站在臭鼬棕色的溏便中。差不多每个橱柜底下都有臭鼬留下的粪便。清理工作花了她一个小时，她上班都迟到了。萨丽一整天都被图雅关在箱子里。图雅小姐下班后约了兽医，希望能赶紧把萨丽治好。

接诊过程很正常；萨丽除了止不住腹泻外，别的方面都很好。我建议图雅调整一下萨丽的饮食，开了些益生菌。萨丽的腹泻应该很快就能止住。我以为接诊这就算结束了。"乔，我离开前，还能问你点儿别的事吗？"

我为图雅和萨丽打开接诊室的门时，图雅小姐突然问。

"当然没问题。"

"我养了两只蜜袋鼯，它们是兄弟俩。我养了四个月了，它们一直相处得很好。但最近它们老是打架，我觉得需要给它们做阉割手术。你说这有用吗？你做得了这种手术吗？"

"如果它们是雄性，或许只是因为它们性成熟了，一般来说，做阉割手术的确有用。是的，我做得了。"我很有信心地回答说，"但做完阉割手术后，还要过几个星期激素水平才会降下来，不会马上见效。说到为蜜袋鼯做阉割，想必你也能猜到，我们接手过的蜜袋鼯并不多。但我会查阅具体细节，我很乐意为它们做手术。"

"那太好了。我知道动物做完手术后，会出现严重的自残倾向。所以为它们缓解疼痛和提供良好的术后喂养很有帮助。我有点充内行了吧。"

"并没有，我会考虑这些问题的。如果你想尽快为它们做手术的话，我可以给你安排到这周三。"

图雅小姐同意周三手术，并对我表示感谢。送走她之后，我立刻在办公室的电脑上搜索"蜜袋鼯"，蜜袋鼯原来是毛丝鼠与仓鼠杂交的后代。谁能想到？

周二晚上，为了保证第二天手术成功，我查遍了与蜜袋鼯及蜜袋鼯阉割术相关的资料。正如图雅小姐所说，自残是个很大的问题；丁丙诺啡是推荐的止疼药；还有件事，雄性蜜袋鼯的生殖器是分叉的。这点对我的手术而言意义不大，但多知道一点儿冷知识总是好的！尽管我对 Petaurus breviceps（蜜袋鼯的拉丁学名）的了解还很粗浅，但这些新知识足以让我对接下来的手术颇有信心。

"我的天，你得来看看这两只蜜袋鼯，"那天上午，朱莉走进预诊室时，对我说，"它们的大眼睛配上小鼻子，简直太可爱了。"

"这么说，你给它们登记了？"我问。

"是的，手术单上头一个就是它们。它们的主人给它们带了点儿吃的。她说等它们一醒来就得喂它们，"然后，她又有点儿迷惑地说，"她还拿过来几个小袋子，说手术完之后把它们放进去。"

"它们在术后恢复阶段有自残倾向，因此它们一醒过来就得喂它们，以分散它们的注意力。蜜袋鼯是有袋动物。把它们放进小袋子里能让它们感到安全，这么做还能避免它们太关注手术创口。"

"哎呀，听上去你对它们还挺了解的，乔。看来你提前做过功课了。直到昨天，我都没听说过蜜袋鼯这个物种。"

"我也就是昨晚看了点儿书而已，"我坦白道，"它们确实很有趣。蜜袋鼯是夜行动物，所以它们眼睛特别大。它们在树枝之间滑翔，寻找含蜜糖的食物。所以它们叫'蜜袋鼯'。"

"挺酷的。那么它们产自哪里？为什么那么多人把蜜袋鼯当宠物？"

"它们原产自澳大利亚。在美国，养宠物蜜袋鼯的人很多。但在英国，才开始流行养蜜袋鼯。所以蜜袋鼯很受追捧，价格非常高。"

"听听！你确实做了不少功课！那么该采用什么麻醉方案呢？"

"我查到的麻醉方案有好几种，但鉴于它们身体较小，我认为最好还是采用气雾剂麻醉。尽量不要在它们意识还清醒时给它们做肌肉注射，这会让它们受惊过度。"

"有道理。镇痛剂呢？"

"最好用丁丙诺啡。非甾体抗炎药存在争议，我们不用。"

"你了解得很清楚，真棒。你打算怎么安排手术顺序？"

"先给猫做,再是狗,然后是肿块切除术,之后轮到蜜袋鼯。最后治牙。"

两个小时之后,我给一只十岁左右的雌性拳师犬缝完了最后几针。它左侧身子上有个可疑的肿块,我为它做了切除。终于,我可以关注一下这两位长着对趾的小朋友了。

"先给谁做,肖恩还是西恩?"朱莉问。

肖恩和西恩是那两只蜜袋鼯吗?当然,不然还能是谁呢?那两只猫分别叫苏格拉底和莎士比亚,那只臭鼬叫萨丽。我想知道她那边还有多少只动物。没准儿还有只叫"西蒙"的蝾螈,或是一只叫"西斯"的萨路基犬。

"都行。你分得清它们谁是谁吗?"

"很容易分。肖恩脑袋上的黑色条纹比西恩大,肚子底下的黄毛也比西恩更深。"

"不错,但它们俩对我没区别。先把那只叫麦耶斯的拳师犬送回狗屋,海瑟尔会负责它的术后恢复。然后去预诊室为第一只蜜袋鼯做术前准备。"听明白安排之后,朱莉出去了。不一会儿,她又回来了,手上多了一个包裹。她把包裹放在工作台上的一个小盒子里,从绿色针织袋里探出一个小小的鼻头,接着是两只圆溜溜亮晶晶的小眼睛。我必须说,它的确很可爱。朱莉把它放进去的那个盒子,是专门用于麻醉像它这种体格的小动物的。我合上盒盖,给盒子接上麻醉机,打开麻醉机的开关,将氧气和雾化异氟烷注入盒子中。几分钟之后,那只蜜袋鼯就沉沉地睡着了。我向盒子里注入空气,之后才打开它,把那只小家伙捧出来。

"这就是西恩吧?"我说,我看到它额头上有大大的黑色条纹。

"我看是。"朱莉说。她把一个小号麻醉面罩连接到麻醉机上,然后用面罩罩住西恩的嘴巴和鼻子。在手术过程中,我们需要始终让它处于麻醉状态。

我把它翻了个身,它的生理特征让我很是惊讶。我此前查阅了大量与蜜袋鼯相关的资料,但亲眼见到它垂悬于身下的硕大睾丸时,还是有点儿不淡定。

"对这些小飞行员来说,这就是它们的起落架。"朱莉说。

"没错，现在我总算知道为什么人们叫它们'毛绒球'了！"

"叫它们什么？"

"肯定是因为它们的阴囊很像毛绒球。"

"认真的吗？我喜欢这个说法。你要把它的阴囊连同睾丸一块切除吗？"

"我从资料上读到，有常规切除术和阴囊切除术，也就是'去毛绒球术'。我还没想好用哪种，等我做手术时再确定。"

"去毛绒球术？这个说法真有意思！是专业说法吗？那么我是不是应该用剪刀清理一下'毛绒球'，给它做术前准备了？"

"我们得把它固定在隔热垫上。你先为它做术前准备，我去抽点丁丙诺啡注射液，洗个手什么的。"

"没问题。"

我已经计算好了剂量——不到一针头——我把药液抽入注射器，为它进行了皮下注射。西恩一动也没动。

朱莉把它裹在一块太空毯里，放到加垫了几块毛巾的隔热垫上。她一副忙忙碌碌的样子。"它看起来睡得很沉。"我对她说，

"它肯定又舒服又暖和。"

朱莉开始在手术台上固定它，我走开去洗手。这是个细致活儿，朱莉很认真，花了好一会儿工夫。我已经洗完手了，她还没准备妥当。准备工作完成后，她抽身暂时离开，为我打开手术箱。箱子里放着手巾、手术衣和手术器具。我戴上无菌手套，开始把手术器具拿出来摆好。这时朱莉忽然注意到用剪刀清理手术部位的问题。

"完了！"她忽然叫道，"我不是有意的。我可能已经给它'去毛绒球'了！"

一点儿没错。尽管朱莉用剪刀清理蜜袋鼯的手术部位时很用心，但她的剪刀咔嚓了一下，就这一下，使我的外科手术本领没有了用武之地。

"现在我知道该做哪项手术了！"我说。我仔细查看了睾丸被剪除后留下的伤口。让人意想不到的是，伤口处居然一点儿血也没有。这一剪真是干净

利落。

"对不起，乔。太抱歉了。可怜的小家伙。"她愧疚地说。

"我们发现了一个为蜜袋鼯做睾丸切除术的高效方式！我可以先把血管缝上，然后把皮肤黏合到一起。这样一来，手术就大功告成了。"我说。我用止血钳夹住裸露的血管，对朱莉说："把薇乔牌4—0缝合线递给我。"片刻之后，手术即告完成。

"瞧瞧！史上最成功的阉割手术！"

"我简直不敢相信自己做的事，"朱莉看着从剪刀中间垂下来的蜜袋鼯睾丸说，"你说图雅小姐愿意留着这串毛绒球吗？"

"没准儿哪天，带毛绒球耳环会成为红极一时的时尚呢。但我们还得等等看。"我说。

我关掉麻醉蒸发罐的开关，观察着西恩，等它醒过来。它的伤口被处理得很好，我们很欣慰。我们把它放进针织袋里，为它拿来事先准备好的草莓干和苹果干，以转移它的注意力。不一会儿，它就醒了。手术似乎对它没什么影响，它立刻就闻到了食物的味道。朱莉递给它一块草莓干，它用两只前爪抓过去，贪婪地吃了起来；对我递过去的苹果干同样兴高采烈。

"它用爪子把东西送到嘴里的模样可爱极了，不是吗？"朱莉说。

它的模样的确非常可爱。

"现在我们还要做什么？"

"如果海瑟尔已经做完了麦耶斯的术后护理工作，请让她过来继续给这个小家伙喂食。我们接着给肖恩做手术。"

给肖恩动手术时，我们略微调整了一下手法。我们用一把手术刀代替了剪刀，比给西恩做手术时效率更高。手术很成功。跟西恩一样，肖恩术后状况也很好。我把它们都还给了图雅小姐，她对手术结果很满意。图雅小姐也告诉我们，她的日子总算好过一点了：萨丽的腹泻已经好了，没有再用便便"装点"楼下。

"图雅小姐说很感谢我们。"朱莉收拾我们当天用过的手术器具时,我对她说。

"太好了。她那只叫萨丽的臭鼬怎么样了?"

"好多了。"

"一个星期之内,又是蜜袋鼯,又是臭鼬。我们真是什么怪事都遇上了,乔。"

"是的。对咱们这样的乡村兽医诊所来说,的确不常见。你说咱们的'绒球切除术'会不会被当作经典案例写进教科书?"

蜜袋鼯小百科

拉丁学名	Petaurus breviceps
通用名	蜜袋鼯
地理分布	广泛分布于澳大利亚大陆北部和东部、塔斯马尼亚、新几内亚和印度尼西亚的部分岛屿。
名称	在英语中，雄性蜜袋鼯被称为sugar bear，雌性蜜袋鼯被称为honey glider，蜜袋鼯幼崽叫作joey。成群的蜜袋鼯被称为colony。
寿命	约9—12年。
栖息地	热带雨林，或干燥的桉树林和金合欢树林。它们需要栖居的林地有中高密度的护荫，以便在其中穿行。蜜袋鼯是夜行动物，它们在夜间活动、采食，白天躲在树洞里。
食性	蜜袋鼯是杂食动物，食性随季节变化。夏季以昆虫为食，冬天以植物分泌的糖胶、汁液或花蜜为食。蜜袋鼯也是随机采食者，小蜥蜴、鸟蛋、菌类或生长于当地的水果都是它们的采食对象。
孕期	15—17天，一般一胎可生2只蜜袋鼯幼崽。
体重	出生时重0.2克，成年后约120克。
生长	蜜袋鼯幼崽出生后会迁移到母亲的育儿袋中，以母乳为食，长达60天。雄性蜜袋鼯出生后4周即可达到性成熟，而雌性蜜袋鼯出生后8个月才能达到性成熟。雄性和雌性蜜袋鼯出生后2年才能完全达到成年。
体温	35.8—36.9 ℃。
袋鼠冷知识	在食物匮乏的严寒季节，蜜袋鼯会进入昏睡状态以保存体能。此时它的体温可降至10.4 ℃，且身体不会因此受伤。这种昏迷状态与冬眠不同。它只是一个持续2—23个小时的较短周期。蜜袋鼯前肢和后肢间都有一层肉膜，它们从树上降落时，可凭借肉膜最远滑翔50米。有人计算过，它们平均每平直前行1.82米，就会滑翔1米。
保护	在澳大利亚，过去200年来，蜜袋鼯的天然栖息地大面积缩减。但蜜袋鼯学会了在小块灌木中生存，它们的数量持续增加，不属于濒危物种。世界自然保护联盟认为蜜袋鼯是最不需要加以保护的物种之一。然而，滥伐森林导致澳洲负鼠和桃花心袋鼯等蜜袋鼯的近亲沦为濒危物种。自1990年以来，全球的森林面积已经减少了1亿2900万公顷——相当于南非的国土面积。世界自然基金会积极倡议各国政府改进用地方式，从现在起至2030年，遏制森林滥伐现象。

WILDEBEEST

19

牛羚

大自然不是一个仅供游览的地方。
它是家园。

——加里·斯奈德

牛羚

我又热又饿又累，满身是汗，但却无比开心。我又回到了南非。我环顾周围三千公顷的野生动物保护区，四面八方都是干旱的荒原，唯一的景致只是零星的相思树。人类活动的唯一迹象就是被我们抛在一旁的车辆，以及三十来个忙着搭建帆布帐篷、竖立木架的人。仅仅在二十四小时之前，这里还是一片无人涉足之地。但现在，以一辆大货车的车斗为起点，一个巨大的 V 字形围栏在地面上张开，一直延伸到一公里之外一个影影绰绰的小山包顶部。

这个临时建筑是为了方便捕捉和迁移总共四百头黑尾牛羚。南非的干旱已经持续了两年多，原本野生动物们赖以为生的茂盛植被现在已所剩无几。水源也干涸殆尽。这片保护区中的动物们面临严峻的生存危机。若是放在一百年前，动物们还能迁移到别的地方寻找新的栖息地。但现在这片大陆已不同以往，人口比过去增长了好多倍，这对野生动物的生存十分不利。为了保护野生动物，动物不再能够自由游荡，而是被围在大型野生动物保护区内，这意味着当干旱发生时它们无处可去。作为它们的守护者，保护区在这种情况下有责任进行干预。因此，我们被要求将一部分牛羚转移到受旱灾影响不那么严重的地方，同时祈祷老天能下雨。

占据这片区域的是所谓的"非洲五大物种"，因此它是不同种类动物共同的家园。很多动物的数量都需要削减，但今天我们的任务只是迁移黑尾牛羚。我们找到了一个新的地方，但只能容纳这里大约四分之一的牛羚，这意味着今天繁重复杂的任务以后还得再来一次。我们为这项任务投入了大量时间、心血和人力，但对与我们合作的捕捉团队成员和兽医而言，不过是日常的工作而已。我们分成两队：一队负责搬运和装卸所需设备；另一队负责场地的布置。实际的捕捉行动可能几个小时足矣，但这最终取决于到时直升机驾驶员的技术和动物们与"布玛"的距离——我们把临时搭建的围栏叫作"布玛"。

这种捕捉作业方式堪称是高配版的牧羊犬赶羊，只不过我们采用的是直升机和布玛，而不是牧羊犬和羊圈。具体来说，是先由直升机将牛羚集中到一块，然后将它们驱赶到漏斗形状的布玛里面，再以鸣笛方式通知地面人员拉起布玛入口处的幕帘，把动物围挡起来。之后直升机会继续将动物朝卡车的方向赶，地面人员则一边在牛羚后面紧追，一边将幕帘不断地往前拉。如此一来，牛羚群就会越来越集中到一处。最后它们全部都会被赶到卡车前面，无处可去，只得乖乖进入卡车。至少理论上是这样！

这项作业相当复杂。最关键的一步在于布玛的选址，这需要综合考虑路线、风向和伪装等诸多因素。这样的情况并不罕见：工作人员花了整整一天时间才把一处大型布玛架设好，但实际作业时，却发现动物们由于受到了惊吓，怎么也不肯进入布玛。遇到这种情况，工作人员别无他法，只能将架设好的布玛全部拆掉，再选择一个新的地点，重新搭建布玛。

时间是上午九点，气温已经高达二十多摄氏度。天空万里无云，地面上也没有任何遮蔽物。此时，我们这支由学生和兽医团队组成的队伍已经工作了一个小时。我们的工作是帮助捕捉团队最终完成布玛的搭建。我们的一天从凌晨五点半就开始了。但当我们抵达现场时，捕捉团队已经在忙了。他们昨晚就在这里露营，看上去并未受到"非洲五大物种"的袭扰。我走到我们的小巴士拿水壶，一边想着周围那些没有出现在我视线之内的生物：黑曼巴蛇、膨蝰、眼镜蛇和蝎子就不用说了，树丛中一定还潜伏着别的生物。没准儿有一头完美伪装的狮子正躲在树丛后面，无声无息地观察着我的一举一动呢。经验告诉我，对动物们来说，今天太热了，不宜猎食。所以它们应该正在某个荫凉之处，打着呼噜，轻轻摆动着尾巴，驱赶打扰它们美梦的苍蝇。但人的想象力太厉害了，我依然能感觉到我血管里的肾上腺素在急速飙升。我仔细打量自己经过的每一棵树，希望能看到一头金钱豹正在大口吞吃飞羚肉，这是它夜间狩猎成功的回报。

这项任务与我在松林制片厂的工作相差可太远了。前些天，我在电影片场为一部好莱坞巨制大片担任兽医顾问，指导剧组人员给恐龙动手术和抽血——就好像我在兽医学校专门学过这些一样！多亏我在南非与野生动物打交道的经验，我才能胜任这个职位。借助反关思维和我自身的专业经验，我对自己给出的建议充满信心。毕竟谁不愿抓住这个机会呢？让全球数百万计的潜在观众在大屏幕上欣赏你的工作成果，这样的机会太棒了，绝对不可错失。同导演和演员一道合作，亲眼见证巨大的人力财力的投入，看着逼真的恐龙模型在团队成员的控制下获得生命……这一切都太迷幻、太神奇了。我抓住每一个机会，不遗余力地去认识和探索这个对我而言前所未知的电影世界，之后便转身离开；我很高兴自己选择了兽医这行，毕竟我的心思是照护动物，而不是制作电影和赢得票房。这是一次奇妙的经历。我很庆幸能拥有这样的经历。但现在是时候从侏罗纪回到现代，继续我的兽医和野生动物保护事业了，而非洲正是野生动物保护的前线。也许我是唯一一个为恐龙缝合过伤口的人，但当我打量四周杳无人迹的茫茫荒野，我知道，这才是我应该待的地方。

我的思绪突然被 R44 直升机无比熟悉的轰鸣声打断。它像一个白点出现在天际，片刻之后，便已经盘旋在我们的头顶上方。最终，它降落在螺旋桨掀起的飞扬尘土中。我们的"牧羊犬"已经到了，围栏也已经架设好，剩下要做的就是确定牛羚群的位置。

我们聚拢在一条泥土小径上听作业简报。捕捉团队的负责人比扬恩借助一块帆布向我们介绍捕捉计划。他说，我们每个人都要负责一块围栏内的幕帘。任务很简单：首先我们要躲藏好；等我们感觉到地面随着牛羚奔跑而震动、听到直升机发出的鸣笛信号时，就"抓着自己负责的那块幕帘拼命跑，一直跑到对面才能停下"！

比扬恩蹲在地上，用一根约四英寸长的小树枝充作马克笔，在他那块脏兮兮的帆布行动图上指指画画，一边抬头看着自己的听众。这次作业计划让我不禁想起以前捕捉伊兰羚的经历。那次行动就像一场伏击战：也是这样偷偷摸摸、悄无声息的躲藏，当身躯庞大的动物从距离我站立之处仅仅几英尺远的地方轰然跑过时，我的心都要跳出嗓子眼了。我觉得自己随时可能被踩成烂泥，但它们只是从我身边跑过去而已。信号声响起时，我拼命地朝前奔跑，冲向对面象征着安全的幕帘，尽管脚下的路崎岖不平。

我看着学生们充满热切的面孔，他们还不知道自己要面对的是什么。但整个行动结束后，回头看，其实我自己也同样一无所知。"如果一切按计划进行，那么就会像驱赶羊群一样顺利。但如果风把帘幕吹起来了，牛羚们看到了逃跑的路径，那么一切将陷入混乱。谁也阻止不了它们逃窜，我们也没办法再将它们重新赶回布玛了。如果你感到了危险或不安全，务必立即离开。"比扬恩指示说，接着他又补充道，"一定要为队友和自己的安全负责！"

　　每辆卡车只能装大约四十头牛羚，这意味着我们得赶三趟。过去的经验告诉我，第一趟是最慢的。

　　因为直升机驾驶员杰瑞得花一点时间确定牛羚群的位置。但一旦找到了牛羚群，我们的速度就会加快。我们一大早就开始行动了，因为此时牛羚群很可能还聚集在某处水源边上。再过几个小时，就到了一天中最热的时候，它们就会动身在保护区的众多灌木丛中找一个荫凉的地方歇息。那时再驱赶它们，几乎可以肯定会造成人员伤亡。

　　行动简报结束后，杰瑞回到了直升机上，准备开始搜寻。不一会儿，直升机便轰鸣着升上了天空，越升越高，最后消失于湛蓝的天空中。他通过对讲机与地面上的队员们保持联络，一旦确定牛羚的位置就会即刻通知我们。在此之前，我们能做的只有等待。对此我们再熟悉不过了。

　　之后我们的注意力转移到了别的方面：我和比扬恩开始把石块扔到二三十米外的树桩或岩石。这是我们在作业间隙打发时间的众多花招之一，也是我职业的一部分。但我对此从来都没厌倦过。置身于广袤的非洲原野，从事当地野生动物保护工作，总能让我感到极大的快乐。这里的生活完全是城市生活的反面。我在学生时代一度很喜欢城市生活，但后来我逃离了。现在，我只会去有动物和开阔空间的地方。

　　太阳已近天心，由于没有遮蔽，大家很快热得受不了。我们已经喝了好几升水，后来又被迫躲到货柜车的阴影底下，那里多少还有点儿凉意。一个小时后，杰瑞的声音从对讲机中传来，他告诉我们，他已经发现了一大群牛羚，全少有一百多头。它们距离一个水坑只有几英里的距离，但已经开始转移了。它们也在不停地寻求荫凉，直到黄昏时才会停下来。

杰瑞会慢慢将这群牛羚驱赶到一起，免得它们奔跑起来热过头。他推测再过十五分钟，牛羚群就能到达我们这里。我们也该就位了。在第一轮的驱赶行动中，我要守在漏斗状的布玛入口处，负责一面非常重要的幕帘。幕帘一旦拉起，就会形成一道坚固的屏障，将牛羚封锁在里面。我们最终的目标是把牛羚赶上卡车。这需要保证牛羚群在围栏内持续向前走，这才是最难的一点。被关在围栏内的牛羚会变得紧张，出于本能，它们会来回兜圈子和往回跑，发现任何出口都会拼命逃生。

我们的目的地在货车一公里之外。杰瑞离我们已经很近了，我和德瑞克、杜米森和捕捉团队的西尼一起加快脚步朝我们的位置赶过去。几分钟后，我们均已就位。这是我第一次看到布玛的入口。这时我才明白他们为什么要选择这座山头作为目的地。顺着牛群的方向来看，它们看不到通往卡车的大部分围栏。灌木和草丛也为我们提供了很好的遮挡。牛羚还不知道是怎么回事，就已经被关进布玛里了。

我们简单地检查了一下，幕帘拉起来很平顺。只要稍微不顺，就可能导致布玛的入口无法关闭。这样一来，我们搞不好就会前功尽弃。

一切就绪！周围一片沉默，我听到自己的心脏怦怦直跳。我已经习惯了这种时刻，但从未感到厌倦。我们周围的伙伴都是已执行过数百次类似任务的专业人员，但我们心里都清楚野生动物相关工作的潜在危险：灾难可能就在下一秒。

几分钟后，我们听到了直升机的嗡嗡声。声音越来越大，甚至盖过了牛羚群靠近的轰鸣声。倒霉的是，我们躲藏的地方蚊虫特别多，但我们深知自己的责任，依然保持着专注。我感觉到了脚下大地的震动，牛羚群忽然出现在我们眼前，它们的蹄声震耳欲聋，扬起的尘土呛得我们不停咳嗽、打喷嚏——等我们回过神来，它们已经无影无踪。正当我们乱作一团的时候，突然传来直升机尖锐的笛声——冲刺开始了！我根本辨不清方向，只能靠幕帘的指引，跑过崎岖不平的地面。我心里很清楚此时一旦跌倒会对整个捕捉行动造成什么后果。好不容易从飞扬的尘土中钻出来，我再次听到了直升机发出的鸣笛声。这次的鸣笛是告知我们牛羚群的进程：它们现在已经被赶到了划定的第二区，暂时没有逃脱的危险。

幕帘固定好之后，德瑞克、西尼和我一块走进布玛，去卡车那边协助其他工作人员把牛羚装上车。在直升机的轰鸣声消失前，它又鸣了两次笛；杰瑞已经降落，牛羚群也已经通过了最后一道幕帘。我们从一个作业区跑到另一个作业区。其他团队成员也加入了我们，因为他们也完成了各自的任务。整个捕捉行动进展似乎非常顺利，但直至卡车车斗的门合上的那一刻，我们都不能松懈。

当我抵达最后一个幕帘时，我听到幕帘另一侧传来一阵骚动。我透过幕帘的边沿看到牛羚正被赶到卡车上，一切看起来井然有序。片刻之后，卡车的门便被嘭的一声关上了。三十八头牛羚总算被安全地运上了卡车。我们几个人爬上车顶，透过车顶的天窗，利用注射杆为每一头牛羚注射镇静剂。镇静剂会让牛羚们在接下来的旅程中保持安静和放松。

等牛羚们都放松下来之后，卡车就载着它们上路了。它们将被转移到另一个更为坚固的布玛，距离这里不远。

它们会在那里待上一段时间，再在较为凉爽的条件下被转运到最终目的地。第一辆车开走后，第二辆车马上就补了上来，整套作业流程已非常成熟。

第一轮任务完成后，杰瑞也加入了地面团队；他做了二十五年的飞行员，对野生动物保护工作中的其他方面也充满热爱，从来不缺席任何任务。但现在他应该回去履行他的专职了。地面上的团队成员已经很多，也不缺我一个，于是我问杰瑞执行第二轮驱赶羚牛的任务时能不能把我也带上直升机。

"当然可以，小伙子，上来吧。"他以自己典型的熟络语气对我说。

我爬上了 R44 直升机，系好安全带，戴上耳机。以前我只从地面上见过

牛羚

直升机大规模驱赶野生动物的作业，想到能从一个前所未见的角度观看这一切，我非常期待。我猜想第二轮作业肯定不会像第一轮那样花费那么多时间，因为杰瑞现在已经知道了牛羚群的确切位置，就算它们为了躲避太阳而藏在什么荫凉之处，把它们赶出来也不是什么难事。虽然如此，要从一大群动物中区分出特定的物种，然后再将这个物种中特定数量的动物赶到一起，还是需要对目标动物非常了解，也需要极为高超的飞行技术。而杰瑞这两者都具备。

杰瑞的直升机迅速升空，斜飞着掠过布码。我们很快地飞过辽阔的原野，飞向牛羚群之前聚集的那一处水源。从高速飞翔的直升机上，我们能看到直升机投射在几百米下方地面上的阴影，它看上去那么完美。片刻之后，那处水源就进入了我们的视野。在第一轮作业中受到干扰的牛羚群现在又回到了这片绿洲，重新加入了之前被它们抛下的狷羚群，现在两种动物混在一起，心满意足地饮着水。

但直升机的到来再次让它们陷入惊慌，这一次它们已经知道直升机意味着什么。于是牛羚群和狷羚群一块朝着辽阔的原野狂奔。多亏杰瑞飞行技术极佳，他逐渐降低直升机的飞行高度。感受到压迫的动物出于群聚的本能，自然地分成了不同的两群。这正合杰瑞的心意。他立刻抓住这个机会，降低飞行高度，将狷羚群赶走。直升机再次抬升，杰瑞调转机头，返回去追赶牛羚。牛羚群现在朝着布码的方向前进，但这一群牛羚太多，一辆卡车根本装不下，所以得设法减少它们的数量。尽管杰瑞凭本能也知道该将一卡车就能装走的四十头牛羚从哪里分出来，但这群牛羚彼此贴得很近，以至杰瑞不得不再次将飞机压低，以便在牛羚群间隔出一定的距离；直升机低到我几乎伸手就能够到它们。以我们此刻的飞行速度和高度，我本应感觉害怕才对，但杰瑞从容的态度，反而让我感到这一切非常刺激。

牛羚群被成功分开了。我清点了一下数量，被分出的两群牛羚中，其中一群有三十六头；杰瑞精准的计算让我惊叹不已。他用对讲机把牛羚群预计抵达目标区域的时间告知了地面团队。牛羚群此时已经照着自己的速度在前进，杰瑞需要做的只是在它们偏离原本方向时干预一下。他驱赶动物的本领实在太高超了。在我们的控制下，这群牛羚缓慢而稳妥地走过开阔的原野，离目标山头越来越近，已经看得到布玛了。布玛的入口被草丛和树木所遮掩，这再次说明，这个地方选得好。尽管野生动物凭本能就能觉察到危险，但这群牛羚对自己正进入其中的陷阱却浑然不觉。

等牛羚群进入围栏后，最后一步也算完成了。杰瑞鸣笛，地面上的幕帘仿佛凭空般冒出，封锁住了布玛的入口。直升机继续将牛羚群朝前赶，每隔一段时间就鸣笛提醒地面团队拉起另一层幕帘。从空中我们能看到，只要再过几分钟，牛羚群就能通过最后一道幕帘，抵达卡车的入口。杰瑞的直升机又盘旋了一圈，降落了下来。等我们到卡车那里时，牛羚已全部被安全地赶上了车，只等给它们打镇静剂了。

头两轮驱赶作业都成功完成，今天只需要再完成一次驱赶作业就可以了。虽然开始时我们耗费了一些时间，但后面都相当顺利。

在杰瑞为直升机加油时，比扬恩对我说："小伙子，接下来就剩最后一轮了，我需要你去守'自杀幕帘'。"

自杀幕帘就是卡车入口前的最后一道幕帘。这一名称再恰当不过，它处于整个布玛最狭窄的位置。一般情况下，等动物跑过去之后，幕帘操作员（一般被叫作"跑者"）会把帘幕拉起，牢牢地封死动物的退路。奔跑的动物距离帘幕操作员只有短短几英尺的距离。如果动物们顺顺利利地进入了卡车就还好，不会对幕帘操作员造成什么威胁。但万一动物惊慌失措，开始兜圈子或掉头狂奔，情况就完全不同了。要顺利完成这一环节，"跑者"必须相信幕帘牢固无比，动物只能看到一道幕帘，且基本没有可能冲撞幕帘。但事实上，当自己被限制于一个小小的空间，和一群慌乱的动物困在一处，仅有的保护屏障只是层小小的防水布时,即便对最无畏的勇者来说,也是严峻的考验。

"没问题,我来就好。"由于上午的两轮作业非常顺利,我心情很是激动。因此比扬恩问我时,我顺口就答应了。如果他相信我的能力足以操作"自杀帘幕",我对自己当然也有信心。

杰瑞再次驾驶直升机升空,而这一次我留在了地面上,和大家一样走向各自新的岗位。在距离卡车大约五十码的地方,有一块较为松垮的帘幕,从那里可以抄近路进入布玛,而不必迂回很远走到布玛的入口,也不用穿过卡车。我躲开固定幕帘的钢管,进入了布玛,朝"自杀幕布"走去,其他队员则沿着围栏外围走向各自应守的位置。

我的那块帘幕是闭合的,但还没有封起来。在上一轮驱赶作业中,牛羚群直接就被驱赶上了火车的装载斜板,顺顺利利进入了卡车。这样的状况堪称理想。作业结束后,这块幕帘也就无人理会了。当接近幕帘时,我不禁想,自己还会不会有那么好的运气?不管怎么样,我还是把接下来要做的事情预先演练了一遍。我把幕帘紧紧封住,之后再拉开,确认幕帘可以被很顺滑地拉开,滑槽没有卡住。我知道得益于整个围栏的漏斗形设计,即便我守的这块幕帘没有及时封好,往回跑的牛羚顶多也只能跑到倒数第二层屏障而已。但我依然感到很紧张。

我的装备一切正常,这让我很高兴。我躲在皱巴巴的布帘后面。这时,我脑子忽然闪过童年时在祖父母家玩捉迷藏的画面。像那时一样,我知道自己必须保持安静,耐心等待。杰瑞已经离开五分钟左右。尽管我充分相信他的能力,觉得他很快就会再从我们之前去过的那处水源那边驱赶另一群牛羚过来,但现在我跟他以及比扬恩之间已经没有沟通的渠道,这意味着我只能通过直升机的鸣笛声来得知牛羚群的到来,在等待的间歇,我不禁胡思乱想,猜测着我们周围潜在的危险,这可以说是无事可做时不好的一面;好的一面是,我可以趁此机会喘口气,欣赏一下自然的美景。在等待的时候,我看到一只灰椋鸟轻快地扎进了布玛,发现没什么可吃的之后,一下子又飞走了。一群蚂蚁在地上忙忙碌碌，搬运着比它们大上十倍的树叶或小树枝。几英尺之外，一只屎壳郎正朝之前那群牛羚留下的粪便爬去。

我依然在等。为了转移注意力，我又拉了拉本就很顺滑的幕帘。我看到下一道帘幕那里守着两个队员，他们一动也不敢动，因为牛羚群随时都可能奔过来。随后，突然响起了尖锐的鸣笛声，提示我们牛羚群即将抵达！我把身体紧紧地贴在防水布上，在幕帘后蜷起身子。我紧紧抓住幕帘，准备迎接狂奔的牛羚。鸣笛声再次响起。片刻之后，是第三次鸣笛。我的心剧烈地跳动起来。我感到整个大地都开始震动。从我藏身的幕帘之后望出去，能看到牛羚群扬起的滚滚烟尘越来越近。鸣笛声第四次响起的时候，牛羚群冲了过来，距离我仅有几英尺，蹄声震耳欲聋。我完全被笼罩在烟尘之中。我只能透过漫天烟尘影影绰绰地看到牛羚的脑袋和尾巴，无法估算它们的数量。但是等它们聚集在卡车与"自杀帘幕"之间时，我看到了源源不绝出现的牛羚角。

突然，领头的那几头牛羚在卡车的装载斜板前停了下来。如果没有人驱赶它们，它们才不会乖乖自己走进卡车里。只消片刻，它们便会转回头。我得拉起幕帘，封锁它们的退路。但我必须等到最后一头牛羚也过去。我从藏身处忐忑不安地朝外张望着；最后几头牛羚还有几英尺就要进入我负责的区域了，但此时它们受到前方障碍的阻滞，放慢了脚步。我眼看就没有机会拉起幕帘了。

幸运的是，在全部牛羚决定掉头后撤之前，最后一头牛羚也走过去了。为了抓住这个宝贵的机会，我一边拔腿狂奔，一边拉起横贯围栏的幕帘，成功地封住了牛羚群的退路。跑到围栏另一边之后，我用强力钉把防水布牢牢固定住。牛羚群已经被挡在了围栏里。至此我的任务已大体完成。但当我转过身查看现场情况时，心里却没有多少成功的喜悦。牛羚群显然也很清楚目前的状况。它们从卡车前掉转头，朝围栏的入口处走去。但它们遇到了另一个障碍：我。牛羚群感觉到了威胁。有几头牛羚用前腿扒着地面，似乎准备猛冲过来。它们反击猎食者时，才会摆出这样的姿态。我忽然很庆幸自己面对的是牛羚，

牛羚

而不是毫无预兆就发起攻击的野牛。尽管如此，此刻的情况也难免令我心生恐惧。我尽量用防水布遮挡住自己，以免进一步刺激它们。

尽管我已经小心翼翼地躲避，但被困住的牛羚们依然越来越焦躁。它们不耐烦地磨蹭着围栏边上墙壁一般的幕帘，迫不及待地想逃离这里。我处于孤立无援的境地，唯有盼望队友的支援。与此同时，我也希望牛羚只是用脚扒地就好，不要在某一头格外自信的牛羚的带领下发起冲击。

终于，我听到比扬恩和西尼来到我的幕帘边上了。虽然中间的空当只有短短几分钟，我却觉得像永恒一样漫长。"小伙子，你在哪里？"比扬恩低声说，"牛羚被赶上车没？"

"还没有。它们对卡车和卡车的装载板很怀疑，现在正在兜圈子。"我回答说。

"我觉得也是。先让我们进去；我们有块防水布，可以试着用防水布驱赶它们。"

我顿时感到如释重负，现在我总算不是一个人了。我小心翼翼地打开固定幕帘的钉针，避免让牛羚看到任何可以逃脱的空隙。比扬恩和西尼从幕帘底下钻了进来，麻利地打开一大块防水布。它展开后的宽度足以横贯整个围栏。此时，牛羚们又惊又怕，彼此挤得更近了。有些羚牛徒劳地用角去顶防水布，防水布被顶得哗哗响，它们又被吓得退缩了回去。

比扬恩和西尼分别守住防水布的两头，我则站在中间提供支援。与此同时，德瑞克和杜米森也到了，并且爬上了布玛两端的固化墙。在他俩的鼓励下，比扬恩、西尼和我借助防水布慢慢地把羚牛群往前赶，把它们逼到货车上。几分钟后，当卡车车斗的门终于关上时，我们都长长地松了口气。最后一批牛羚也被赶上了车。大功告成！

回城途中，我凝视着窗外。外面是绵延不绝的甘蔗园、柳橙园和香蕉田，

种植园的围栏之外种着果树，羚羊跟斑马在慢悠悠地吃草。一群狒狒正在穿过前方空旷的马路。

我们在非洲丛林中度过了刺激的一天——我精彩非凡的职业生涯中又添了一笔经历。与那个怀着兽医梦的六岁男孩相比，我如今的路远远超过了他当年的梦想。真是难以置信。未来还有哪些冒险在等着我？我这样想着，闭上眼睛，昏昏沉沉地睡着了。

牛羚小百科

拉 丁 学 名	Connochaetes taurinus
通 用 名	黑尾牛羚
地 理 分 布	非洲南部及东部，共有 5 个亚种。
名 称	雄性牛羚叫作 bull，雌牛羚叫作 cow，小牛羚叫作 calf。成群的牛羚叫作 confusion。
寿 命	20 年。
栖 息 地	被灌木丛覆盖的草原边缘的短草原野，可能会因每年降雨和草木生长状况不同而迁徙。
食 性	牛羚属于粗食动物，主要以短草为食。
孕 期	257 天，通常一胎生育一只牛羚。
体 重	牛羚出生时约 20 公斤，成年后可达 260—290 公斤。
生 长 周 期	牛羚幼崽出生后 15 分钟就可以站立，出生数天后就能跟上牛羚群。出生 4 个月后断奶，但出生后的头一年会一直跟在妈妈身边。一年后，雄性牛羚会离开牛羚群，组成"单身"牛羚群。雌牛羚 2 岁左右达到性成熟，雄性牛羚则 3—4 岁达到性成熟。雄性牛羚会在 4—5 岁之间建立起自己的领地。
体 温	38—39.2 ℃
牛羚冷知识	牛羚速度每小时可达 50 英里，是世界上 10 种速度最快的陆地生物之一。牛羚幼崽通常出生于雨季开始的两三个星期之内。这段时间植被生长茂盛，刚好可以提供给它们充足的营养。
保 护	17 世纪的英国诗人约翰·邓恩在自己的名诗中说："没有人是一座孤岛，在大海里独居；每个人都像一块小小的泥土，连接成整个陆地。如果有一块泥土被海水冲刷，欧洲就会失去一角，这如同一座山岬，也如同一座庄园，无论是你的还是你朋友的。无论谁死了，都是我的一部分在死去，因为我包含在人类这个概念里。因此，不要问丧钟为谁而鸣，丧钟为你而鸣。" 也许这首诗里的"人类"一词应该用"物种"代替。一个物种的灭绝就是地球上所有物种的损失，其中也包括人类。据估计每天约有 200 个物种灭绝，比正常速度高出 100 倍。约翰·邓恩诗中的"丧钟"24 小时都在鸣响。在过去的 40 年里，全球野生动物的数量

下降了一半。对世界上的大部分人而言，相当数量的物种都是在不知不觉中消失的。我们想为自己的孩子以及孩子的孩子留下一个什么样的世界？我们每个人都有关心自然世界的责任和义务，我们每个人都应该为保护自然积极行动起来。所以，你会做点儿什么呢？

致　谢

我已经引用过约翰·邓恩的名言，"没有人是一座孤岛，是完全独立的"，这本书更是如此。在写作过程中，我得到了来自朋友、家人和同事的支持、鼓励和帮助，这是我莫大的荣幸。

事实上，多年来我一直觉得我会在某一天写一本书来记录有幸拥有的这些令人惊奇的经历，但我总觉得那将是很多年以后的事了。多亏了弗尼斯·劳顿文学代理公司的雷切尔·米尔斯，以及艾伦&安文出版社的克莱尔·特拉斯代尔和凯特·巴拉德，在他们的大力鼓励下，我的这个梦想才得以实现，更不用说能在这么短的时间里就实现了。

但如果没有我在迄今为止的职业生涯中得到的支持、帮助和鼓舞，我永远不会有故事可以讲，所以我要特别感谢他们。六年的兽医课程经历过高潮和低谷，没有什么比在此结成的纽带更牢固的了，我要感谢和我一路同行的朋友们，感谢他们一直以来的友谊和智慧。到目前为止，我职业生涯中一些最珍贵的记忆来自我在北德文郡查特兽医集团的第一份工作，那是一个很棒的团队，他们培育了我对这个职业的热情和热爱。牛津郡的拉克米德兽医集团同样对我帮助很大。切尔滕纳姆的龙兽医中心特别值得一提，正是他们的支持、鼓励和包容，才让我有时间写作。客户们的激励和热情也给了我很大的鼓励。南非野生动物兽医团队每年都张开双臂欢迎我，他们展现出的专业和对我的教导，让我体验了很多东西。我每年去南非的旅行是真正地实现了童年的梦想。中国重庆海扶医疗科技有限公司的团队对我在低强度聚焦超生技术在兽医行业应用研究工作上给予了极大的帮助，他们非常热情好客，安排了我在重庆动物园的考察时间。在与重庆动物园的同行工作的那段时间里，我同样感受到他们的慷慨和热情。

到目前为止，这些感谢都是基于职业的——对同事的感谢，我现在把他们中的很多人都视作亲密的朋友。但我更要感谢无数其他的朋友，他们是如此支持、鼓励和帮助我，给了我很多可靠、明智的建议。说出其中一些人的名字似乎就等于忽略了另一些人，我真的无法表达出对你们所有人的感激之情。

最重要的是，我要感谢我的家人。我的父母从未怀疑过我想从事兽医工作的愿望和热情，他们对我在这条路上所走的每一步，都如此开明，充满支持和鼓励。我的三个兄弟对我的关心、善意、帮助、鼓励和肯定，以及我们分享着彼此的乐趣和开心，真正定义了兄弟之爱。还有我兄弟的妻子们，她们使得我兄弟们总能展现出最好的一面，也非常支持我。我的大家庭，包括我已故的祖父母和劳拉的家人，对我都有着极大的影响和支持。我美丽出色的妻子劳拉，我最好的朋友、旅伴、睿智的顾问、挑战者和推动者，是她驱使我成为我能成为的最好的人，并成为我们共同热爱的动物王国的拥护者。

最后，我要感谢上帝赐予我"说不尽的恩赐"。生命中最大的冒险是发现你的才能，并利用它们来荣耀神。谢谢你！

乔纳森·克兰斯顿

2018 年 6 月